花鳥茶屋せせらぎ

志川節子

祥伝社文庫

目次

山《やま》雀《がら》の女

一

天が裂《さ》けたかと錯覚しそうな暴雨が、今しがた上がった。

海を渡った、遥《はる》けき熱帯の地。鬱蒼《うっそう》と繁《しげ》る木々が陽《ひ》の光をさえぎり、森の中は昼日中でもほの暗い。

陽射《ひざ》しを求めてひときわ高く伸びた樹木が、幹のてっぺんからぎざぎざに切れ込んだ葉を四方八方に投げ出している。自力で伸びてゆけぬ草木は他の幹に絡《から》まり、蔓《つる》を這《は》わせる。視界をくまなく緑が覆《おお》い、緑が塗りこめ、緑が封じている。

熟《う》れきった果実がまき散らす甘くただれた香り、水気を含んだ土の匂い、屍《しかばね》となった獣が放つ臭気。それらが混ざり合わさって、森じゅうを満たしている。

わずかに射し込む光を映したしずくが、宙に垂《た》れ下がる蔓を伝い落ちていった。あたりが熱気にじわりと包まれ、森の体臭がにわかに濃くなる。

ギーイーイー、ギギー。

一羽の鳥が静寂を破って雄叫《おたけ》びをあげ、止まり木を発《た》って宙を滑《すべ》っていった。

はばたきが木々の枝葉を揺らし、風を呼ぶ。まばゆい陽射しが、森を突き抜けてくる。地表を立ちのぼっていくおびただしい量の蒸気を、幾筋《いくすじ》もの光が照らし出す。

大きく広げた翼が、悠然と、力強く宙を切っていく。黒く猛々《たけだけ》しい嘴《くちばし》、鬱金《うこん》色に染《そ》まった腹、緑青《ろくしょう》を溶《と》かしたふうな頭、空の青をそのまま切り取ったような背中の羽が、小暗い緑を背景にくっきりと浮かび上がる。

翼が光の筋を横切ると彩《いろど》りは鮮《あざ》やかさを増し、森のすみずみまで色をあふれ返らせる。その軌跡は、森に色とりどりの帯を渡すようでも、七色の虹を架《か》けるようでもあった。


ああ、いつか瑠璃金剛《ルリコンゴウ》インコみてえな鳥を飼うかごをこしらえてえなあ。

竹ひごを編《あ》む手を止めて、勝次《かつじ》は窓の外へ目をやった。不忍池《しのばずのいけ》の上に広がる五月あたまの空は白っぽくかすんで、上野《うえの》の山の緑も心なしかくすんでいる。

待てよ。瑠璃金剛は身の丈《たけ》が三尺《じゃく》（約九十センチ）もあるってお師匠さまが言ってたな。

並んで立てば、今年で十六になる己《おの》れの胸許《むなもと》くらいには届くかもしれない。竹ひごなぞは鋭利な嘴で食いちぎられてしまうだろう。金網張りの、どでかい庭籠《にわこ》でもこしらえなければ飼えなそうだ。

勝次は一人うなずいて、腰高障子《こしだかしょうじ》が開け放たれている仕事場の表口へ視線を移した。中庭に植えられた草花ごしに、幾羽《いくわ》もの鳥たちが収まる禽舎《きんしゃ》が見えている。

金糸《きんし》と翡翠《ひすい》の玉《ぎょく》を綾《あや》に織り込んだような羽を、扇状に広げている孔雀《くじゃく》の雄《おす》と目が合った。瞳はつぶらだが、長い首をもたげた姿には気品が漂《ただよ》っていて、「おまえに瑠璃金剛の庭籠なぞこしらえられるのかね」と勝次を見下しているふうでもある。

鳥かご職人の修業をしている勝次が孔雀を目にできるのは、仁王門前町《におうもんぜんちょう》にある花鳥茶屋《かちょうぢゃや》「せせらぎ」内に仕事場があるから至極《しごく》もっともなこととして、異国にしかいない瑠璃金剛の姿をなにゆえ想像できるかというと、子供時分に通った手習い所の師匠が、鳥についての高い見識を持つ人物であったからだった。

勝次たちに読み書きを手ほどきするかたわら、手習い師匠の立花玄斎《たちばなげんさい》は鳥にまつわるさまざまな話を聞かせてくれた。勝次は、天神机《てんじんづくえ》の前にかしこまって字を書いたり、掛け算の九九を暗唱するときは尻《しり》がむずむずしてじっとしていられないのに、鳥の鳴き声の聞き分け方や餌付《えづ》けの仕方といった話になると、足が痺《しび》れるのも忘れて聞き入った。

勝次の父は柿葺《こけらぶき》の屋根職人だが、高い所だと足がすくんで使いものにならない倅《せがれ》を心許なく思っていたとみえ、しいて同じ道を勧《すす》めはしなかった。鳥にかかわる職につきたいと勝次が言い出すと、どこかにいい弟子入り先はないかと玄斎に相談した。ここならよかろうと引き合わせてもらったのが、いまの富十《とみじゅう》親方なのだ。

せせらぎは不忍池に面したおよそ六百坪《つぼ》の敷地に、珍しい鳥たちを集めた禽舎や植物を配した、いわば行楽の苑《その》であった。園内には休《やす》み処《どころ》もあって、一服《いっぷく》しながら鳥たちを愛《め》でることができる。江戸に花鳥茶屋は幾軒かあり、両国《りょうごく》や、すぐそこの山下《やました》などでも見かけられるが、せせらぎは盛り場にありがちないかがわしさとは縁遠く、不忍池をのぞむ景色に風趣が味わえるとあって、女子供にもたいそう受けがよい。

園内を見物するうちに鳥を飼いたくなる客も少なくなく、休み処の隣には飼鳥《かいどり》屋が設《もう》けられていた。十姉妹《じゅうしまつ》や文鳥《ぶんちょう》を入れた鳥かごが棚《たな》に並ぶ店座敷の隣部屋では、職人が鳥かごをこしらえている。それが、富十の仕事場であった。

六畳間の壁には用途別の鋸《のこぎり》が架けられ、大小の鉋《かんな》や削《けず》り台、小刀、ひご通しといった道具が棚に整然と収まっている。手前に並んだ竹筒には、太さごとに束《たば》ねられた竹ひごが差してあった。

飼鳥屋に立ち寄る客の中には、園内を見物している心持ちが働き続けているのか、職人の手許に見入って動こうとしない手合いもいた。えらの張った四角顔に太い眉《まゆ》、低い鼻というご面相《めんそう》の見習い職人を見たところで面白くもなかろうに、自分が見世物《みせもの》になったみたいで勝次は落ち着かないのだが、富十は「見られたほうが腕が上がる」と、まるで意に介《かい》さない。

そっと横をうかがうと、富十は城の天守を模した鳥かごを組み立てている最中であった。とある藩の殿様に所望《しょもう》された、特別あつらえの品である。普段はぎょろりと丸い富十の目が、鳥かごに向き合うとすっと細まり、鋭い光を宿す。そのたたずまいが、どことなく梟《ふくろう》を連想させる。

富十の手さばきには、熟練の者だけが放つ神々《こうごう》しさが宿っていた。見とれていると、目がくわっと開いてこちらを向いた。

「ぼさっとすんな。手ェ動かせ」

「へえ、すいやせん」

首をすくめて、勝次は手許に視線をもどした。胡坐《あぐら》を組んだ足に収まっているのは、鶉《うずら》用のかごに取り付ける、網目に編んだ天井部分だった。鶉は驚くとまっすぐに飛び上がる習性があるので、頭を傷つけぬよう、天井を柔らかくこしらえるのだ。見目《みめ》や声の善《よ》し悪《あ》しを競う会が開かれるほど人気が高く、武家、町方を問わず広く飼われている。せせらぎの飼鳥屋でよく出るのも鶉で、勝次が組み立てるのもたいがいは鶉かごであった。

水に浸《ひた》して柔らかくした竹ひごを編みながら、勝次はそっとため息をつく。小柄で大人の手のひらに乗るほどの鶉を可愛《かわい》くないとは言わない。だが、鶉は地味な鳥だった。その、ありふれた鳥のために根を詰《つ》めてこしらえたかごを、富十は例のぎょろ目で「ん」と見やるきりで、勝次はまた次の鶉かごに取り掛かるのだ。

十一で弟子入りして五年。そのあいだに前髪も落とし、背丈も五尺（約百五十センチ）を超えたのに来る日も来る日も手掛けるのは鶉かごで、たまに別のかごをこしらえさせてもらうことがあるとしても、十姉妹か文鳥がせいぜいだった。このままでは、いつになっても華《はな》のある職人にはなれない気がする。

勝次は、新緑の梢《こずえ》にさえずる大瑠璃《おおるり》を想像した。重なり合う葉と葉のあいだをこぼれてくる柔らかな光に、群青《ぐんじょう》をまとった背がきらめいている。雀より心持ち大きく、腹は雪をまぶしたような白さで、そこから発せられる清らかな声が、風にのって谷間《たにあい》を渡っていく。

大瑠璃は、いっとうお気に入りの鳥だった。澄んださえずりもさることながら、胸を張って前を見据《みす》える凛《りん》としたたたずまいが、勝次を惹《ひ》きつけてやまない。異国渡りの鳥に比べると派手さに欠けるものの、日の本《ひのもと》の空を舞う鳥は、それはそれでしみじみとした可憐《かれん》さをまとっている。生涯に一度は極彩色《ごくさいしき》の瑠璃金剛を拝《おが》んでみたくもあるが、手許において寝起きをともにするなら、だんぜん大瑠璃だった。親方がたまにくれる小遣いで食べる汁粉の美味《うま》さは格別だけれど、毎日となると胸焼けがしてあっさりしたものが恋しくなる。それと同じだ。

一人前の職人になったら、大瑠璃にぴったりの鳥かごをこしらえたい。来る日《きたるひ》に向けて、図面も引いてある。ふところに忍ばせて、いつも持ち歩いているのがそれだ。

大瑠璃に窮屈な思いをさせずに、その優美さを目いっぱい引き立たせ、いつまでも眺《なが》めていたくなる、そんな鳥かご……。幾度も図面を見返すあいだに容易に思い描けるようになった像を宙に結んで、勝次はうっとりと頬《ほお》をゆるめる。

「勝《か》っちゃん、ねえ、勝っちゃん」

　顔をもどすと、ひなたが店土間に立っていた。休み処の茶汲《ちゃく》み娘で、勝次とは同い齢《どし》だ。二人はいわゆる幼馴染《おさななじみ》で、屏風《びょうぶ》坂下にある下谷車坂町《したやくるまざかまち》の裏長屋で生まれ育った。

　ひなたは中肉中背の体軀《たいく》に茶汲み娘のお仕着《しき》せをまとっていた。山吹《やまぶき》色の単衣《ひとえ》と黒繻子《くろじゅす》帯が浅黒い肌をすっきりと引き立て、赤い前垂れが娘らしい華やぎを添《そ》えている。

「何べんも呼んでるのに、ちっとも気づいてくれないんだもん。にやにやして、いけないことでも考えてたんじゃないの。いやァらしい」

　そう言って、ひなたは眉をひそめた。くりくりした両目に、いかがわしいものを見るような色が滲《にじ》んでいる。

「ばっ。おめえ、頭おかしいんじゃねえの。用があるならさっさと言えよ」

　きまり悪さを隠そうとして、勝次の口調はいささか乱暴になった。いつのまにか親方は飼鳥屋の主人吉五郎《きちごろう》に呼ばれて、客と話をしている。

　上向き加減の鼻をつんと反《そ》らせ、ひなたは空《から》の鳥かごが積み上げられている戸口のほうを目で示した。

「お客さんよ。さっきからだいぶお待ちになってます」

二

「どうぞ、お入りくださいな」

ひなたにうながされ、鳥かごの陰になっていた客が店に入ってきた。四十がらみの裕福な商家の主人風で、細身の長身を上等な着物と羽織《はおり》に包んでいる。

男には女の連れがあった。齢は二十を二つ三つ出たところか、黒目がちの眸《ひとみ》が、ぱっと目を引く美人である。萌葱《もえぎ》色の地に霰《あられ》小紋《こもん》を染めた単衣が、白い肌に映《は》えている。

ひなたは客と入れ替わりに戸口を出ると、勝次にだけ見えるようにあかんべえをして、休み処へもどって行った。

「あいすみません、お待たせしました。どのようなご用向きで」

勝次は竹ひごを下に置き、上がり框《がまち》に膝《ひざ》をついた。

「鳥を飼いたくてね。いや、じっさいに飼うのはこれなんだが」

男が、かたわらに立つ女へわずかに視線をくれた。

「これまでに鳥を飼ったことはおありですかい」

「なあんにも。初めてです」

店先の鳥かごを物珍しそうに眺めていた女が、振り返って応《こた》えた。舌足《た》らずな喋《しゃべ》り方だった。生温かく粘《ねば》っこいものが耳に触《ふ》れた気がして、勝次の背中にぞわりと粟《あわ》が生じた。

「さいでございますね……」

勝次は腰を上げて、間続きになっている飼鳥屋の店座敷へと二人をいざなった。店座敷は十二畳ほどで、壁際の棚に大きさも形もまちまちなかごが並び、それぞれに鳥が一羽ずつ入っている。敷居をまたぎながら、旦那《だんな》と妾《めかけ》かな、と見当をつける。

富十と吉五郎は、まだ客につかまっていた。三日に一度は顔を出して、飼っている鳥の腹具合がどうだの、次に飼う鳥は何がいいだのと話し込んでいく爺《じい》さんだ。

店にはもう一組、客がある。商家の母娘だろうか、前に置かれた五つの鳥かごを指差して、どうのこうのとやっている。応対にあたる飼鳥屋の手代が、欠伸《あくび》をかみ殺していた。

店の者が手一杯なときは、勝次も客に応対する。客にしてみれば、一つ暖簾《のれん》の先にいる人間は、いずれも店の者だ。

棚の鳥かごをざっと見渡して三つほど選ぶと、勝次は框に腰掛けている旦那と妾のあいだに並べて置いた。目白《めじろ》、駒鳥《こまどり》、黒つぐみ、と口に出して、順に指で示す。飼いやすさなら鶉も引けをとらないが、あえてはずした。

「ふむ、駒鳥はいいね。ごらん、首から上のところ、赤味がかった羽が華やかだ」

止まり木につかまって羽づくろいしている駒鳥を旦那がのぞき込み、つられて女も首を伸ばす。

「この鳥は、鳴き声もなかなか乙なものでね」

旦那のほうは、いくらか心得があるらしい。

「よくご存じで。こいつは癖《くせ》のある鳴き方をしますんで」

勝次が合いの手を入れたとき、ヒンカラカラカラ、と駒鳥がさえずった。鳴き声が馬のいななきに似《に》ているのが、駒鳥という名の由来だそうだ。小さな身体《からだ》から発せられる力強い声が、店いっぱいにこだまする。

満足そうに耳を傾ける旦那のかたわらで、だが、女は思案顔で顎《あご》に手をやっている。

「鳴き声より見目に重きを置かれるってえなら、紅雀《べにすずめ》はいかがですか」

「ほう、紅雀がいるのかえ」

またもや旦那が食いついてくる。

「もともと唐《から》渡りの鳥ですが、近ごろは江戸でも雛《ひな》が孵《かえ》るんで。ごらんになりますかい」

「そうだな、見せてくれ」

へえ、と勝次は腰を浮かしかけた。

「何か、芸のできる鳥はいないのかしら」

唐突に、女が口を開いた。

「芸、ですかい」

腰をもどして、思案をめぐらせる。

「文鳥ですと、手乗りにできますが」

「芸ってほどではないわね」

「あとは、山雀《やまがら》ですかね。紐《ひも》にぶら下がったつるべを足でたぐったり、輪をくぐったり」

女が手を叩《たた》いた。

「そう、それそれ。縁日で見たことがある。旦那さま、あたし、山雀が飼いたいわ」

上目遣《うわめづか》いになった女に、旦那が苦笑した。

「お絹《きぬ》、おまえの鳥だ、好きにしなさい。しかし、少しばかりせっかちすぎやしないかね。まずは、じっさいに見せてもらおうじゃないか」

勝次は腰を上げて棚の前へ行き、紅雀の隣に並べられた鳥かごを抱え上げた。

「まあ、たいそうな器量よしだこと」

山雀を目にして、お絹と呼ばれた女が声を上げた。山雀は雀ほどの大きさで、ふっくらと丸みを帯びた体軀は背から翼にかけて青みがかった灰色、腹は赤褐《せきかっ》色《しょく》をしており、頭のてっぺんから頰にかけてと咽喉許《のどもと》は黒く、嘴の上に白い帯がはしっている。

およそ一尺四方の方形をした鳥かごに顔を近づけて、お絹がチチ、と舌を鳴らした。

「この中で輪っかをくぐるのかえ」

「いや、輪くぐりさせるなら、縦長《たてなが》で広めのかごじゃねえと」

だが、ここ十日ばかりのあいだに山雀かごは立て続けに出ていき、残っていた

一つも昨日さばけてしまった。勝次がそう告げると、

「かごがないんじゃ、飼えないじゃないか」

　お絹が口をとがらせる。

「おい、どうした」

　富十親方がかたわらにきて、勝次の太ももをつついた。最前までつききりにな
っていた爺さんの後ろ姿が、戸口を遠ざかっていくのが見えた。

　富十は勝次から話をひとしきり聞き取ると、旦那のほうへ膝を進めた。

「山雀かごはあいにくと出払っておりますが、お待ちいただけるようでしたら、
手前どもでこしらえさせていただきます。さいですね、ひと月ほどみていただけ
れば」

　富十の目は、客を前にすると目尻が下がる。

「ふむ、ひと月か」

　旦那が腕組みになる。

「あたし、待ちますよ」

　あっさりした口調で、お絹が言った。

「おい、いいのか。すぐにも飼いたいふうだったのに」

「なんだか、待つのも楽しそうな気がしてきたんです。でも、ぼんやり待ってるのはつまらないから、今日のところは文鳥でも連れて帰ろうかしら」

「おまえが言うなら、そうするか。女の持ち物だ、いっそ凝《こ》ったものを注文しよう」

「いいんですか。嬉《うれ》しい」

にわかに気が乗ってきた旦那に、お絹が艶然《えんぜん》と微笑《ほほえ》みかける。

「いくら掛かっても構わないから、うんと贅沢《ぜいたく》な細工《さいく》をしてもらうといい」

いちいち鼻につく旦那だが、勝次にそんなことは言えるはずもない。

旦那が富十に細《こま》かな注文をつけ始めると、お絹はすっと立ち上がった。

「いま一度、中庭をひとめぐりしてきていいですか。さっきは枝葉に隠れてた鳥もいたし」

「文鳥はどうする」

「旦那さまにお任《まか》せします」

旦那が鷹揚《おうよう》にうなずくのを見て、富十が勝次の背に手をやった。

「おめえ、ご案内して差し上げろ」

「へえ」

勝次は腰を上げながら肩に渡した襷《たすき》をほどき、土間へ下りて下駄《げた》に足を入れた。そこでちょっと考えて、紺《こん》の前垂れもはずして戸口を出た。

三

先に中庭へ出ていたお絹が、いそいそと近づいてくる。

「せっかくだから、入ってきたところから案内しておくれ」

笑みにほころんだ顔を、勝次はまぶしく見つめた。

柱に「花鳥茶屋　せせらぎ」と書かれた掛行燈《かけあんどん》のある表門をくぐると、客は左手を蘇鉄《そてつ》や棕櫚竹《しゅろちく》といった異国風の木々、右手を池に迎えられて、中庭へと通じる小路を抜ける。

「今時分は花菖蒲《はなしょうぶ》の盛りでして。あやめ、杜若《かきつばた》、花菖蒲と順に咲いていく時季が、池まわりはいっち賑《にぎ》やかになります」

お絹がふんふんとうなずいて、水面《みなも》を指差す。

「あすこにいるのも、ここの鳥かえ」

河骨《こうほね》の黄色い花が浮かぶ合間を、鴛鴦《おしどり》のつがいと鴨《かも》が三羽ほど泳いでいる。

「鴛鴦は外から入ってきてるんでさ。鴨はここで飼われてますけど」

「ふうん、そう」

お絹は屈託《くったく》げに水辺を見やった。

園内では、客が禽舎の前で立ち止まったり、中庭に植え込まれた花々を眺めたりと、思い思いにすごしている。男女の二人連れはむろん、お供を連れた商家のご新造《しんぞ》風や人品いやしからぬ風体《ふうてい》の武士、子供の手を引いた長屋の女房、商用で江戸に出てきたのだろうか、耳慣れぬ訛《なま》りで言葉を交わしあっている一行もいた。

そうした人たちの中にあっても、お絹の容貌《ようぼう》はひときわ目立った。すれ違う人の視線がお絹に吸い寄せられ、次いで自分を盗み見ていくのを、勝次は痛いほど感じた。

気恥ずかしさに目を伏せながら、お絹を禽舎へと導く。禽舎は木材と金網を組み合わせた造りで、敷地の北側と西側に配されていた。

北側の禽舎は、およそ八畳が三間続きになった広さで、高さは七尺（約二百十センチ）ほど、雨をしのげる屋根がついている。金網で仕切られた部屋のおのおのに、鳥たちが放たれていった。錦鶏《きんけい》、かささぎと見ていって、二人は孔雀の前にさしかかった。

「さっきは羽を広げてたのに……」

お絹がすねた声を出した。身体のうしろで組んだ手に巾着《きんちゃく》を提《さ》げ、胸を突き出すようにして孔雀と向かい合っている。勝次の目の高さにあるつぶし島田《しまだ》から、鬢付油《びんつけあぶら》の芳香が寄せてきた。ほっそりした顎の先へつづく胸許には、思いのほか量感がある。

「ねえ、いつになったら広げるの」

お絹の視線が下から絡んできて、あわてて目を逸《そ》らした。

「それが、誰にもわからねえんで。孔雀が羽を広げるのは、雄が雌《めす》に、おれと一緒になってくれって口説《くど》く合図でしてね」

「へえ、そうなんだ。それはそうと、どうして仕切られてるんだい、つがいなのに」

孔雀の部屋は十畳ほどだが、中ほどに葭簀《よしず》を立てかけて雄と雌を隔《へだ》ててある。

「盛りのついた雄は気が荒くなって、雌に喧嘩《けんか》を仕掛けることがあるんでさ。ひどいときには殺しちまうんで、気をつけてやらなきゃいけねえんで」

「殺す？　口説くはしから」

「へえ。そこんところの気持ちが、なかなか了簡《りょうけん》できねえんですが」

お絹は無言で孔雀を見つめていたが、しばらくすると感心したふうに勝次を見上げた。

「兄さん、たいそう物知りじゃないか」

「や、まあ、このくらい、どうってこたねえですよ」

勝次は首のうしろに手をやった。正直いって、おおかたは手習い師匠から聞いた話の受け売りなのだ。

不忍池を渡ってくる風の向きが変わったようだった。

中庭に首をめぐらせたお絹が、ふと目をとめた。

「あの子、兄さんのいい人かい」

視線の先をたどって、勝次は思わず噴きだした。

「とんでもねえ。ただの幼馴染でさ」

休み処の門口で客を呼び込んでいるひなたが、ちらちらとこちらをうかがっている。

互いにおむつのとれない時分から母親の背中に負《お》ぶわれて顔を合わせているし、手習い所も一緒に通った。きょうだいみたいな存在で、男だとか女だとか気にしたこともない。

親方に弟子入りするときに勝次は長屋を出たが、ひなたは今も車坂町からせせらぎに通ってくる。もっとも、せせらぎを取り仕切っているのはひなたの伯父《おじ》さんだから、当人は親戚の家に遊びにきている程度にしかわきまえていないかもしれない。

「幼馴染ねえ」

お絹の声には人をからかう響きがあったが、勝次は取り合わなかった。

「さて、次に参りやしょうか」

孔雀を離れ、インコの前に移った。ここには、さまざまな種類のインコが放たれている。名の通り、とりどりに彩られた五色青海《ゴシキセイガイ》インコをはじめ、緋《ひ》色が鮮やかな猩々《ショウジョウ》インコ、軽やかな緑色をまとった達磨《ダルマ》インコなど、禽舎の前に立つと、無数の色をちりばめた友禅染《ゆうぜんぞめ》の反物《たんもの》を眺めるような心持ちになる。

勝次が一羽ずつ名をあげて示す指の先を、お絹は熱心に目で追いかけている。背中にちくちくと刺《さ》さる視線を、勝次はかたくなに無視した。ひなたは子供時分から、鼻水を垂らした勝次に洟《はな》をかむよう指図したり、手習い所で勝次が悪ふざけをして叱《しか》られたことを母親に言いつけたり、何かとお節介な女子《おなご》だった。今だって、勝次が客に粗相《そそう》をしでかすのではないかと、お目付役を気取っているに相違ない。

あいつ、いつから見てたのかな。頭黒《ズグロ》インコを指さしながら、頭の隅《すみ》で考える。お絹のふくよかな胸許に釘付《くぎづ》けになっていたのを悟られたのではないかと思うと、勝次は気が気ではなかった。ひなたを煙たがるのが二分《ぶ》、何となく後ろめたいのが八分で、振り返るに振り返れないのが実のところだった。

「ああ、もうお腹いっぱいだ。異国の鳥ってのは、目にもたれるね」

勝次がひとわたり講釈し終えると、お絹は腹をさすってみせた。鶴《つる》などの和鳥がいる西側の禽舎は端折《はしょ》って、飼鳥屋にもどることにする。

「しかしなんでまた、山雀に芸を仕込みてえとお思いになったんですかい」

二、三歩先を行く背中に訊《たず》ねた。

「おかしいかえ」

「おたくさんなら、金糸雀《カナリア》なんかのほうがお似合いじゃねえかなあ」

応えが返ってくるのに、わずかな間があった。

「旦那を待ってるだけっていうのも、これで案外に手持ち無沙汰《ぶさた》なものでね」

足を止めた勝次を、お絹が振り返る。飼鳥屋の前に来ていた。

「あたしも一つ訊《き》いていいかえ」

「へえ」

「逃げないのかえ」

「へ？」

「鴨」

ああ、と勝次は池のほうへ目をやった。

「風切羽を削《そ》いでありましてね。まったく飛べないってことはねえんですが、そんなに遠くにゃ行けねえ。鴨のほうでも、飛ぶのをあきらめちまうんで」

お絹が薄曇りの空を仰《あお》ぎ、何を思ったか、かごはなけれどォ逃げらりゃァせぬゥ、と節をつけて唄《うた》った。お世辞《せじ》にも上手《うま》いとは言えぬ唄声に勝次が苦笑したときには、後ろ姿が飼鳥屋に吸い込まれている。

お絹の旦那と富十の話し合いは、折《おり》しも片が付いたようだった。

「それじゃ、文鳥はのちほど店の者に届けさせますんで」

上がり框に腰掛けた旦那と言葉を交わしていた富十が、勝次をぎょろりと見た。

「勝次、こちらさまの山雀かごは、おめえに任せることにしたぞ」

卓の前に腰を下ろして、勝次は鳥かごの図面と睨《にら》めっこしていた。

せせらぎの休み処である。十畳ほどの座敷には、卓が四つ置かれていた。中庭に面した障子は残らず開け放たれており、給餌係《きゅうじ》が差し入れてまわる餌《えさ》を鳥たちがのんびりとついばんでいるのが、朝の澄んだ光の中に見渡せる。

「ちょいと。これからお客さまをお迎えするんだから、散らかさないでよ」

顔を上げると、ひなたが胸に盆《ぼん》を抱えて立っていた。縁側《えんがわ》から下りられるようになっている露天の入れ込みで、さっきまで縁台《えんだい》に毛氈《もうせん》を掛けていたのに、いつ座敷に上がってきたのか、勝次はちっとも気づかなかった。

「五ツ（午前八時頃）にはまだ半刻《はんとき》（約一時間）ばかりあるんだ。いいじゃねえか、ちっとぐれえ隅っこ借りたって」

日中ならば座敷も露天も客でいっぱいになるが、表門が開くまで間がある今時分はがらんとしている。

ひなたが眉をわずかに持ち上げて、盆の向こうから卓をのぞき込んだ。

四

「それ、何。山雀かごみたいだけど」

「わかってんなら訊くなよ」

「誰がこしらえるの」

「おれ」

「へえ、勝っちゃんに出来るんだ。そんなのこしらえたことないでしょ」

まるで見くびった口ぶりだった。こいつは、いつもこうだ。

「親方が任せてくだすったんだ。出来るかどうかは、親方に訊いてくんな」

勝次のほうも、突っかかりぎみになる。鶉でも十姉妹でもない垢抜《あかぬ》けた山雀のかご、それもあつらえの品を任されてやる気をみなぎらせているところに、水を差された気がした。

赤い前垂れの前をさっと払ったひなたが膝をついて、盆を卓に置いた。裏底しか見えなかった盆に載《の》っていたものが、初めて目に入った。

「おい、先に言えよ」

勝次は奪うようにして小鉢《こばち》を手に取った。硝子《ビードロ》のひんやりした感触が、手のひらに伝わってくる。小鉢に張られた水の中を、透《す》き通った葛《くず》もちが泳いでいた。つるんと滑りそうになる葛もちを慎重に箸《はし》でつまんで、添えられている黒蜜《くろみつ》の小皿に落とす。黒蜜をまとわせたあとは、口で迎えにいった。ほどよい弾力となめらかな舌ざわり、黒蜜の甘みが相まって、口いっぱいに涼《りょう》がひろがる。勝次は陶然《とうぜん》と目を閉じた。鼻を抜けてゆく葛の香りを、心ゆくまで堪能する。

夏場はこの葛もちが、休み処の名物なのだった。葛もちが食べられるのは四月から九月まで、十月から翌三月には葛湯を供している。生姜《しょうが》のきいた葛湯も、寒い時季の逸品だ。いずれも上方《かみがた》から取り寄せた葛粉を用いており、そのへんで出されるものとは風味が違うといって、これを目当てにせせらぎの門をくぐる客もある。

混じり気のない優しさが、咽喉許を下っていく。勝次はほうっと深い息を吐《は》いた。

「これ注文したの、こないだの人でしょ」

まぶたを開くと、ひなたが断りもなしに図面を手にしている。

「こないだ?」

「勝っちゃんが、でれっとしてた女の人」

勝次は無言で図面を取り返した。

ひなちゃん、台所をみてくれるかい、と内暖簾の奥から声が聞こえた。休み処を切り盛りしているお兼《かね》だった。

はあい、と返しておいて、ひなたが顔をもどした。

「さっさと食べて、器《うつわ》をきちんと下げておいてね」

低く言って、濡《ぬ》れ布巾《ぶきん》を卓に載せる。しずくの跡を残すなということだろう。

ひなたの姿が暖簾の向こうに消えるのを待って、勝次は葛もちを口へ運んだ。指でつついたら葛もちみたいに押し返してきそうな、張りのあるお絹の頰が脳裡《のうり》をかすめる。

食べ終わると、卓を隅からすみまで布巾で拭《ふ》いて腰を上げた。

その日の昼すぎ、勝次は親方に断りを入れてせせらぎを出た。

お絹の旦那、松川屋彦左衛門《まつかわやひこざえもん》は、米沢町《よねざわちょう》一丁目に店を構える線香問屋の主人であった。とびきり洒落《しゃれ》たものをこしらえてくれと富十に頼んだそうだ。めったにない折だ、せいぜい励《はげ》め、と富十は勝次に言った。

お絹の住まいがある小島町《こじまちょう》までは、歩いて四半刻《しはんとき》（約三十分）とかからない。訪ねるのは、これで三度目だ。山雀かごの細かな注文をうかがいに行ったのが一度目、それをもとに描いた図面を持参したのが二度目だった。裏通りに面した仕《し》舞屋《もたや》の格子戸《こうしど》を引いて訪《おとな》いを入れると、障子が開いて、顔見知りになった飯炊《めした》き婆《ばあ》さんが板の間に膝をついた。

「まあまあ、ご苦労さまにございますなあ。せっかく出向いてくだすったのにあいにくでございますが、お絹さんはちょっと……」

婆さんが口ごもる。

「お留守ですかい」

勝次はいささか困惑した。十八日の九ツ半（午後一時頃）と取り決めたのはお絹であった。

「それじゃあ、また出直しまさ」

腑《ふ》に落ちないが、お絹がいないのでは話にならない。勝次は格子戸を閉じかけた。

「待っとくれ。いま行くから」

声が先に飛んできて、じきにお絹が二階から下りてきた。

「熱っぽくて横になってたんだ。なに、もう平気だよ。上がっておくれ」

うながされて、勝次は六畳の茶の間に上がった。茶箪笥《ちゃだんす》が寄せられた壁に三味《しゃみ》線《せん》が架かり、濡れ縁の軒先《のきさき》では文鳥がしきりにさえずっている。

気遣わしそうな顔をしている婆さんを目で制して、お絹が火の気のない長火鉢のわきに坐《すわ》る。その向かいに勝次が腰を下ろすと、婆さんは台所へ茶を淹《い》れに行った。

「具合がよくねえなら、またこんどにしますが」

改めて向かい合ってみると、お絹は頬が上気して、心なしか目もうるんでいる。

「たいしたことないってば。始めておくれ」

ふだん通りの、しっかりした口調だった。勝次はためらいを追いやって、山雀かごの図面を畳《たたみ》の上に広げ、そのかたわらに、携《たずさ》えてきた風呂敷《ふろしき》包みの結び目を解《ほど》いた。

「材料の見本をお持ちしました」

「へえ、いろいろあるもんだね」

竹ひごとひと口に言っても、直径が一分《ぶ》（約三ミリ）に満たぬ極細のものから、三分（約九ミリ）ほどの太いものまでさまざまだ。

「竹屋から竹を仕入れて、おれたち職人が削っていくんでさ」

鳥かごにもっとも適しているのは真竹《まだけ》で、伐《き》ったのちに一年から二年ばかりかけて乾燥させる。それを適当な長さに切り、なたや小刀で直径が三分ほどになるまで割っていく。大釜で煮《に》て油を抜き、細くするものはさらに削るというのが、ざっとした流れである。元黒門町《もとくろもんちょう》にある富十の家でそこまでの下ごしらえをして、せせらぎの仕事場で組み立てていた。

勝次が順を追って話すのを、お絹は興趣をそそられた顔で聞いている。

「こたびは、煤竹《すすだけ》を組み合わせようかと思ってまして」

勝次は焦茶《こげちゃ》色の竹ひごを拾い上げて、お絹に持たせてやった。煤竹は、囲炉裏《いろり》がある家の天井で、長いあいだ煙にいぶされて褐色になった竹のことだ。

鳥かごは大まかにいって、柱や梁《はり》などの骨組みを、壁面の細い竹ひごで支える造りになっている。高さがあって縦に長い山雀かごは、腰まわりにも太めの竹材を幾本か横に渡して丈夫さを補う。

柱や梁、腰まわりに煤竹をあしらえば全体がぐっと引き締《し》まるし、白い竹ひごと煤竹のめりはりも利《き》く。ただ、見た目がうるさくなりがちで、落ち着きを持たせるために底板と台座には焼き杉を合わせてはどうかというのが、勝次の思案だった。

あつらえを任されたときは、紫檀《したん》や黒檀《こくたん》といった値の張る材料を用い、螺鈿《らでん》や蒔絵《まきえ》などの細工で贅を尽くしたいと考えたが、お絹が鳥かごにつけた注文は「山雀が心おきなく寛《くつろ》げるねぐらにしておくれ」というもので、豪華さとは程遠かった。がっかりしなかったといえば嘘《うそ》になる。しかし、客の望むものをきっちり形にしてこそ職人の仕事だ、と勝次は思い直した。親方の「せいぜい励め」という言葉には、そうした意味合いも含まれているに相違ない。

両手にある白と焦茶の竹ひごを交差させて、お絹がためつすがめつしている。

「その組み合わせは垢抜けちゃあいるが、それきりだと、ちっと渋《しぶ》すぎます。それで、戸口のここんとこ」

勝次は風呂敷をわきへずらし、図面を正面に据えた。水や餌を出し入れする戸口を指で示す。

「ここに、とんぼ玉を持ってきてはどうかと」

「とんぼ玉？」

「戸を素早く開《あ》け閉《た》てできるよう、錘《おもり》を竹ひごに通すんでさ。翡翠とか珊瑚《さんご》って手もあるが、仰々しくなっちまうし、とんぼ玉なら打ってつけなんじゃねえかと」

「見せておくれよ」

「それが、あいにくと今日は持ち合わせてねえんで」

とんぼ玉が入用なときは、そのつど硝子職人に注文を出すので、見本がないのだ。

勝次が額《ひたい》へ手をやると、お絹は二、三度うなずいた。

「いいよ、任せる。兄さんの気が済むようにしておくれ」

「ありがとう存じます」

頭を低くした勝次に、お絹が苦笑まじりに言う。

「だって、たいそう熱心なんだもの」

そりゃ当たり前だ。何といっても、生まれて初めてのあつらえ仕事なのだ。親方の「せいぜい励め」は、「おめえを試すぞ」の言い換えでもあるのだ。勝次の鼻息は荒くなる。

縁側では、文鳥が朗《ほが》らかに唄っていた。廂《ひさし》の向こうに、梅雨《つゆ》どきらしからぬ青空がのぞいている。隣家との境の板塀際《いたべいぎわ》に並べられた鉢植えの万年青《おもと》が、陽射しを受けて活《い》きいきと葉を伸ばしていた。

「飼い始めると情が移るもんだね」

お絹が鳥かごを見やり、口許に白い歯をのぞかせる。熱はすっかり下がったようだった。

「あんな小せえ生き物でも、寝起きをともにすると気持ちが通じてきやすからね」

「兄さんも、何か飼ってるのかい」

「住み込み先の親方が、鳥は飼わねえって人でして。仕事場でずっと鳥と顔をつき合わせてるから、家にいるときは見たくねえって」

「それでも、兄さんだって好きな鳥くらいはいるだろ」

「そいつは大瑠璃でさ」

勝次はすかさず応えた。

「大瑠璃って、あの深い藍《あい》色の。ふうん、なかなか小粋《こいき》だね」

お気に入りの鳥を褒《ほ》められて、勝次は臍《へそ》のあたりがくすぐったくなった。ふところへ手を入れかけていったん止め、意を決していま一度、手を伸ばす。

「あのう、こんなのもありまして」

お絹の前に、広げた図面を差し出した。

「何だい、山雀かごとは違うみたいだね」

受け取ったお絹が、小首をかしげる。

「いつか、自分でこしらえたそのかごで、大瑠璃を飼いてえんでさ」

口にするはしから、腋《わき》と背中に汗がにじんだ。

図に乗って、と嘲《わら》われやしないだろうか。思い込みたっぷりの嫌味《いやみ》なやつ、と眉をひそめられるかもしれない。分不相応に意気がって、と憐《あわ》れまれたりしたら。

図面に隠れて、お絹の顔は見えない。

文鳥は休むことなく唄い続けている。

手前で見せておきながら、勝次は今すぐ図面をむしり取って、この場を立ち去りたい衝動に駆《か》られた。

「出来るよ」

図面のわきに、笑った目がのぞいた。

「兄さんなら、きっと出来る。手のタコを見ればわかるよ」

図面が取り払われて、お絹の微笑があらわれた。そこには、嘲《あざけ》りも厭《いと》わしさも憐れみもない。

さらに噴き出した汗で、着物の襟《えり》と背が湿る。勝次は、身体が拳《こぶし》ひとつぶん宙に浮き上がった心地がした。そして、どうだ今の言葉を聞いたか、とひなたに言いたくなった。いつも人を軽《かろ》んじた口ばかり利くあいつに、お絹の爪《つめ》の垢を煎《せん》じて飲ませてやりたい。

梯子《はしご》段をきしませて足音が下りてきたのは、そのときだった。

文鳥のさえずりが、ふっと熄《や》んだ。

五

茶の間に背を向けたまま、男は台所に入ろうとした。肩幅と背中が広い。風体《なり》はお店者《たなもの》風だが、松川屋彦左衛門のなで肩とはまるで違う。

「待って、卯之《うの》さん」

立ち上がったお絹を、男がちらと振り返る。鼻筋の通った横顔、切れ長の目。お絹の肩ごしに鋭い一瞥《いちべつ》が刺してきて、勝次は男から視線を逸らした。

梯子段の下で交わされる低い声が、途切れとぎれに聞こえてくる。婆さんは、自分の部屋に引っ込んだようだ。

「夕方までいられるって言ったじゃないか」

「あいにく、用を思い出してね」

勝次は、畳へ放り出されている大瑠璃かごの図面を拾い上げる。長居しすぎたと思った。

衣擦《きぬず》れの音がして、男が勝手口を出て行く気配が伝わってくる。しばらくすると、お絹が茶の間にもどってきた。

「おいらはこれで」

勝次は、材料の見本をまとめた風呂敷包みに手をかけた。

「兄さんまで、あたしを置いていくのかい」

目の縁《ふち》を赤くした女を振り切ることなど出来っこない。風呂敷包みから手を引くと、お絹が湯吞《ゆの》みを盆に載せて台所へ下がり、茶を淹れ替えてきた。

「今しがたの人は扇屋の若旦那で、卯之さんっていうんだ。こんど扇子《せんす》をあつらえるから、絵柄《えがら》の相談に乗ってもらっててね」

空々しいほど明るい声音《こわね》に、勝次が黙っていると、お絹は湯吞みを荒っぽい手つきで置いて、

「何か言いたいことがあるんだろ」

居直った口調になった。

熱い茶をひと口すすって、勝次は小さく息を吐く。

「松川屋の旦那が来なすったら、どうするつもりで」

子供時分に長屋で目にした光景が、まぶたに浮かんでいる。勝次は五つか六つだったろうか、隣近所の友だちと隠れんぼをしていたら、路地で異様な物音が上がった。

勝次はお稲荷《いなり》さんの祠《ほこら》のわきを離れて、井戸端《いどばた》へ出ていった。一緒に遊んでいた子たちも、怪訝《けげん》そうな顔をして集まってくる。端《はし》っこにある家の陰から路地をうかがうと、下駄屋の猪作《いさく》の家の前に、戸口をはずれた腰高障子が表に向かって倒れ、それに乗りかかる恰好《かっこう》で、猪作の女房がべたりと坐り込んでいた。なぜか着物を羽織《はお》っているだけで、帯を締めていなかった。女房の肩ごしに、男の顔がのぞいている。その顔に、勝次は見覚えがあった。長屋のかみさんたちに鼻紙や元結《もとゆい》を売りにくる小間物屋だ。小間物屋は尻餅《しりもち》をついて、身体の前で両手を合わせている。

どういうことかと見ていると、家の中から猪作がのっそりとあらわれた。路地へ出た猪作は、勝次たちに背を向けて女房と小間物屋の前に立ちふさがった。おじさんは下駄の歯直しに行ってるはずなのに、なんでここにいるんだろう。いぶかしく思ったが、猪作の振り上げた手に鑿《のみ》があるのを目にした途端《とたん》、その因《わけ》を考える気は吹き飛んだ。

「猪作さん、早まっちゃいけないよ」

「そうだよ、何かの間違いかもしれないんだし」

各戸の腰高障子が開いていて、かみさんたちが口々に言葉を掛けている。

「猪作さんてさ、夫婦と子供の下駄を直したあとに『うっかりしてた、手許にこれだけしかねえんだ』と言われれば、にこにこ笑って『子供さんのぶんはおまけしときまさ』ですませるような人だよね」と勝次の母親に評される猪作が、どんな形相《ぎようそう》をしているかは、全身をおののかせている女房を見れば容易に察しがつく。

猪作が無言のままに前へ出た。小間物屋が尻餅をついたまま後じさり、向かいの家の壁に突き当たる。女房はまるきり腰を抜かしていて、猪作が鑿を持たないほうの手で髪を摑《つか》んで引っ張ると、木偶《でく》のように身体をつんのめらせた。猪作は意味の聞き取れぬわめき声をあげて、女房を引きずりまわす。女房の髷《まげ》の根を縛る元結がはずれ、振り乱れた髪が黒々と地面を這った。

勝次はとっさに隣にいる子の袂《たもと》を摑んだ。ひなたがじろりと睨み返してきた。

結局のところ、かみさんの一人が呼びに行った大家と、長屋で居職《いじよく》をしているひなたの父親が割って入り、事なきを得たのだが、あの緊迫した光景は、長いこと勝次の心に残ることとなった。ばらばらにほどけて土埃《つちぼこり》にまみれた髪、恐ろしさに歪《ゆが》んだ女房の顔が、今しも目の前にいるお絹にだぶってしまう。

「鉢合わせたりゃしないよ。旦那は六の人だから」

お絹が薄く笑った。勝次が眉をひそめると、言葉が畳《たた》み掛けてきた。

「ここから北へ行ったところに、小さな寺がずらっと並んでる通りがあるだろ。二年前まで、あたしゃ門前町の花屋で花を売ってたんだ。そう、仏さまにお供えする花」

お絹は縁側へ目をやった。雲が出てきたらしく、万年青に射しかけていた陽が翳《かげ》って、いくらか蒸《む》してきている。

仏さまにお供えするのとは別の花も売っていた、とお絹は続けた。墓参りの行きがけに供花《くげ》を買い、帰りに店の二階に上がってお絹を買う松川屋彦左衛門は、花売り娘のあいだで「六の人」と呼ばれていたという。

「お父《と》っつぁんは六日、おっ母《か》さんは十六日が命日なんだって。旦那は松川屋の入《い》り婿《むこ》で、墓参りがてら羽を休めてたのさ」

「お絹さんは、どうして、その、花屋なんかに」

「おとうと」

お絹がぽつりとつぶやいた。返す言葉を思案しかねている勝次に、弟が博奕《ばくち》でこしらえた借金を肩代わりさせられたんだ、とお絹は言い添えた。

「あたしとは一つ違いで、凧《たこ》職人の修業をしてた。ちょいと気の弱いところもあるけど、根はまじめでね。つき合った仲間が悪かったんだよ」

縁側を漂う眼差《まなざ》しは、どこか遠くを見ているふうでもある。

六のつく日になると花屋を訪ねてくる彦左衛門は、お絹の身の上を聞くと、その肩にのしかかっている重石《おもし》を取り除いてあげようと申し出た。その代わり、この先は己れのためだけに咲く花になってほしいという。入り婿とはいえ、他人の借金を引き取り、妾を囲う金子《きんす》を工面《くめん》するほどの甲斐性《かいしょう》はあるらしい。

お絹は話を飲み、ここへ移ってきたのだった。

「今でも、旦那は墓参りの帰りにここへ寄るんだ。六日、十六日、二十六日。だから今日は来ないのさ」

合点《がてん》しかけて、勝次は首をひねった。

「でも、二十六日は」

「おとうと」

お絹は同じ言葉を繰《く》り返した。

「旦那に借金を帳消しにしてもらって、賭場《とば》の元締めと手打ちの盃《さかずき》を交わして、そこまではよかったんだ。一人で居酒屋に入って祝い酒なんか飲まなきゃ、酔っ払って川で溺《おぼ》れるなんてこともなかったのに」

愚《おろ》かな子、と着物の袂を目許へあてる。

「弟さんのことは気の毒だが、慈悲深え旦那《ぶけ》じゃねえか」

せせらぎの飼鳥屋で、お絹に鳥を選んでやっていた松川屋の、温厚そうなたたずまいを勝次は思い返している。

「そうかもね。弟の墓参りもしてくれるし、月ごとの手当も前の月の二十六日にきちんと渡してくれる。慈悲深くて律儀《りちぎ》な旦那だよ」

「それじゃいけねえのか」

思ったままを口にした勝次に、お絹は鼻白《はなじろ》んだ目を向けた。

「それだけだから、いけないの」

文鳥が思い出したようにひと鳴きして、また口をつぐんだ。

六

山雀かごの図面を検《あらた》めた富十は、幾つかの助言を勝次に与えたあと、「よし、これでやってみろ。煤竹は数が限られるから、しくじるんじゃねえぞ」と背中を押してくれた。

勝次は親方の家にある納屋で出番を待っている煤竹を選び抜き、細心の注意を払って削り出していった。飼鳥屋で客の応対にあたったり、親方に言いつけられた雑用があるときのほかは、山雀かごを組む手を休めなかった。わずかでも手を止めると、そこに生じた空白に、お絹の甘ったるい物言いが忍び入ってくる。

慈悲深くて律儀な旦那の、何がいけないのだろう。松川屋彦左衛門に欠けている何かを、卯之さんという男は持っているのだろうか。

縁側を見やった物憂《ものう》い横顔が、眼裏《まなうら》に浮かぶ。

「ちょいと、根を詰めすぎじゃないの」

土間に立つひなたが、勝次の手許をのぞき込んでいた。

「ばかやろう、おどかすな」

竹ひごを削っていた勝次は、手にした小刀を道具箱にもどした。

「大きな声で悪うござんした」

むすっとして、ひなたが框に腰掛ける。

仕事場の隅に淡《あわ》い闇がにじみ、ひなたの輪郭《りんかく》も宵《よい》色に溶けかかっている。飼鳥屋では、手代たちが棚の鳥かごに布を被《かぶ》せてまわっていた。そういえば、おめえもきりのいいところで切り上げろ、とさっき親方が言っていた気がする。

「なんか用か」

「勝っちゃんとこのおばさんに言伝《ことづて》を預かったの。寝苦しくなってきたから、夜具を剥《は》いでお腹を冷やさないようにって」

全身から、どっと力が脱けた。世の中はどうしてこうも、垢抜けた女とそうでない連中とではっきり線引きされているのだろう。

窓から入ってくる風が、思いのほかひんやりしている。勝次は自分が汗をぬぐうのも忘れて手を動かしていたことに気がついた。首に垂らした手拭《てぬぐ》いで、額と首筋を押さえる。

「おい、猪作さんのとこだけど」

いつごろ長屋を出て行ったんだっけと訊こうとしたときには、ひなたは戸口を出ようとしていた。

「なあに。聞こえない」

振り返るひなたに、勝次は舌打ちした。同じ問いを繰り返す気はない。

「おまえんとこのお父っつぁん、加減はどうだ」

「このごろは息をするのもだいぶ楽みたい。具合のいい日は、兄さんにつきっきりで口出ししてる」

ひなたの父親は、長屋の片隅を仕事場にしている眼鏡《めがね》職人だが、喘息《ぜんそく》の持病があって寝たり起きたりを繰り返している。その許で、二つ違いの兄耕太《こうた》が修業中であった。

腰高障子に手を添えて、ひなたは駒下駄のつま先で土間を二、三度、蹴《け》った。

「ねえ、勝っちゃん。そのかごをこしらえたら、もう、あの人のところには行かないんだよね」

ひなたは青黒い影になっている。

「どういう意味だ」

「あの人に深入りするのは、よしたほうがいいと思う」

影はひらりと戸口を出て、外の闇にまぎれていった。

七

勝次は池之端仲町《いけのはたなかちよう》を歩いていた。本郷《ほんごう》から上野へと抜ける往還は、市中から寛永寺《かんえいじ》へお参りにきた人々や諸国からの旅人たちで賑わっており、煙管《キセル》屋や袋物《ふくろもの》屋、地本《じほん》問屋など土産物《みやげ》にあつらえ向きの品を商《あきな》う店をはじめ、筆墨《ひつぼく》商や小間物屋などの老舗《しにせ》が軒を連《つら》ねている。

通りを一本入ると出合茶屋がひしめき合い、喧騒を背にした秘めやかさを肴《さかな》にしっぽりしけ込もうという手合いが、門口に吸い込まれていく。その路地の裏手に、とんぼ玉職人の家があるのだった。

陽は高いのに、いわくありげな男女連れがどこからかあらわれ、すっと消えていく。自分がまるで場違いなところに身を置いているようで、勝次はおのずとうつむきがちになる。

足を早めたそのとき、茶屋を出て来た人影とぶつかりそうになった。

「気をつけな」

「す、すいやせん」

すかさず頭を下げた勝次は、聞き覚えのある声に顔を上げた。寄り添う女の腰に手を回し酒の匂いを残し、男は背を向けて歩き出していた。女がきゃあっと身体をくねらせた。ている。その手が臀《しり》を丸く撫《な》でると、女がきゃあっと身体をくねらせた。男が横顔に白い歯をのぞかせ、女の耳許で何かをささやく。女が男の肘《ひじ》のあたりを軽くぶって、勝次をちらと振り返った。からかうような、冷やかすような目だ。

こめかみの血管が大きく脈打つと同時に、襟首から頭の後ろがかっと熱くなった。とんぼ玉職人の家へと続く裏小路に入り、勝次は茶屋の板塀に身を寄せて路地をうかがった。ふざけるようにもつれ合いながら、二人の後ろ姿が遠ざかっていく。

路地が突き当たりになる手前で、男が女の腰を無造作《むぞうさ》に引き寄せた。女は男をぐっと押しやると、今のいままでくねくねしていたのが嘘だったみたいにしゃんとして、角を折れていった。

男が一人になったのを見計《みはか》らって、勝次は裏小路を出た。男の正体を見届けなければという気持ちが、反射的に首をもたげたのだ。

男は湯島《ゆしま》の切通《きりどお》し坂《ざか》を上っていく。左手は湯島天神の石垣で、そこにめぐらされている生け垣を越えて枝を伸ばしている松の影を踏みふみ、男は舞うような足取りで進んでいった。昼間から女と酒を飲んで、上機嫌なのだろう。勝次に気づく様子はない。

男は湯島天神の境内《けいだい》を突っ切った。肩幅の広い後ろ姿が参詣《さんけい》客の群《む》れに紛《まぎ》れかけて勝次は気が焦ったが、門前町の通りへ抜け出したのを見つけてほっとした。しかし、小料理屋と菓子屋に挟《はさ》まれた路地を折れたところで、勝次は唐突に男を見失った。

路地の先には、長屋へ続く木戸が口を開いている。勝次があたりを見回していると、木戸の内側に潜《ひそ》んでいた男がぬっとあらわれ、大股に近づいてきた。

「兄さん、あたしに何か用ですかえ」

気安そうな笑みを口許に浮かべて、唐桟物《とうざんもの》を粋に着こなした男が勝次の前に立った。足を肩幅に開いて腕組みした全身から、ひやりとするような凄《すご》みが押し寄せてくる。

「な、何でもねえです」

「何でもねえ、はねえでしょう。池之端からずっとつけてきておいて」

男が一歩前に出る。思わず後じさると、表店の蔵壁が背中に触れた。

「お、お絹さんのことは、ど、どういうつもりで」

声をうわずらせた勝次を、男は視線ですくい上げて、ははあという顔になった。どんな表情もいちいちさまになっていて、役者にでもなれそうな男ぶりだが、どんな表情をしたところで、目がすさみきっている。

男は、口許の笑いを大きくした。

「お絹さんなんてえ人は存じ上げませんがね」

「でも」

その先を口にするより前に、勝次は胸倉を摑まれていた。とっさに身をひねったものの、重い拳を脇腹《わきばら》に二発くらった。息が詰まる。

「小僧、金輪際《こんりんざい》おれの周りをうろつくなよ」

低く吐き捨てると、男は木戸をくぐっていった。どぶ板を踏み鳴らす音と、腰高障子を開け閉てする音が、うずくまっている勝次の耳に届いてくる。

どうにかまともな息を出来るようになり、立ち上がって木戸をのぞいてみたが、陽の射し込まぬ路地に男の姿はなく、長屋の戸口がひっそりと並んでいるきりだった。

身体を前屈《まえかが》みにしながら、小島町へ向かった。

框に膝をついたお絹は、左の脇腹を押さえて上がり口の壁へ寄りかかる勝次に眉をひそめた。

「怪我《けが》をしてるのかい、顔が青いよ」

「どうってこたありやせん」

「そんなこと言ったって、まっすぐ立ってられないじゃないか。とにかくお上がり」

「いや、ここで構わねえ。いま、お一人ですかい」

六のつく日ではないとはいえ、念を押すに越したことはない。お絹はいささか考える顔つきになり、小さくうなずいた。

歩いているときはさほどでもなかったのに、お絹の手を借りて框に腰掛けると、熱をもった痛みが脇腹にうずき、身体がどこまでも沈み込んでいくようだった。

いったん奥へ引っ込んだお絹が、水の入った湯呑みを持ってきた。

「喧嘩かえ」

勝次の額に浮いた汗を手拭いで押さえながら、心配そうに訊ねる。痛みをこらえ、勝次は声を絞《しぼ》った。

「卯之吉だか卯之助だか知らねえが、あいつはやめたほうがいい」

お絹の手が止まる。

「あいつは扇屋でも若旦那でもねえ。湯島の裏長屋に住んでるんだ」

「ちょっ、待っておくれ。いきなり何を言い出すかと思ったら……」

お絹が軽くいなすふうに言う。勝次はぐっと視線を上げた。

「でたらめじゃねえぞ。ついさっき、この目で見てきたんだ」

お絹はまばたきもせず、勝次を見返している。

「昼間だってのに、酒の匂いをさせてた。あんなやつは駄目だ」

女と肩を並べて出合茶屋から出てきたのを見たとは、さすがに言えなかった。

茶の間の縁側にいるはずの文鳥は、うんともすんとも鳴き声を立てずにいる。

お絹が上体を起こし、手拭いを摑んだ手を膝においた。

「だから何だっていうんだい」

抑揚のない、乾いた声だった。

勝次は言葉に詰まった。湯呑みの水で舌を湿らせる。

「あんなのとつき合ってると、ろくなことはねえ。松川屋の旦那にばれる前に、手を切ったほうがいい」

子供時分に目にした修羅場が、脳裡によみがえる。前にいるうつくしい女《ひと》に、あんな目に遭ってほしくはなかった。

「誰とつき合おうと、あたしの勝手だろ。子供にとやかく言われる筋合いはないね」

お絹がつっけんどんに吐き捨てる。

もっともな言い分だと勝次は思った。手前は松川屋彦左衛門のような分限者《ぶげんしゃ》でもなければ、卯之さんみたいな男ぶりにも程遠い。地味な鶉かごをこしらえるよりほかに能のない、それもまだ見習い中の職人だ。

だが、半端《はんぱ》者ということでいえば、女をたらし込んで世渡りする色男よりも、いっさいの手抜きなしで修業に打ち込む無骨者のほうが、いくらかましな気がした。

勝次はゆっくりと身体を起こした。

「お絹さんには、ずるい大人になってほしくねえ」

いくらか間があったのち、お絹がやにわに咽喉をのけ反らせて笑い始めた。

勝次はひるまず言葉を継いだ。

「このままじゃ、お絹さんのためにならねえと思うんだ」

格子戸の外を、青菜売りの売り声がのんびりと流れていく。

笑い声を引っ込めて、お絹が勝次を見た。

「まったく、子供と年寄りは何かっていうと道理を説《と》きたがる」

挑《いど》みかかるような目に見つめられて、勝次は思わず口をつぐむ。

「あんた、世の中にずるくない大人がいるとでも思ってるのかい」

勝次に訊ねていながら、お絹はさして応えをのぞんでいるふうでもなかった。

何がお絹の気に障《さわ》ったのか、勝次には量《はか》りかねた。ただ、まともに取り合おうとしてくれないのにはかちんと来た。

「子供子供って、寝小便とはとうに縁が切れてやすから」

ぶっきらぼうに言い返すと、お絹が鼻で笑った。

「勝次さんは、いくつなんでしたっけ」

粘りを帯びた声でだしぬけに名を呼ばれて、勝次はどきりとした。

「じゅ、十六でさ」

「そうかぁ、まるきり子供でもないんだね」

伸ばした語尾とともに、お絹が膝をくずして横坐りになる。腰の丸みがあらわになった。身体が近づいたぶん、女の甘酸っぱい匂いが濃さを増す。

青菜売りの売り声が遠のいて、上がり口は息苦しいほどの静寂に満たされた。

「ねえ、あたしたち、上方へ行かないかえ。あっちにゃ伯父さんがいて、小商《こあきな》いだが店を出してるんだ。ここにいても面白みのない旦那としなびていくだけだし、卯之さんはあんたに言われるまでもないろくでなしだ」

ろくでなし、といま一度つぶやいて、お絹はくくっと咽喉の奥で笑う。

「知らない土地でやり直してみたいと、常々思っててね。でも、女ひとりじゃ道中が心細い。だからさ、一緒に行こうよ」

何を言われているのか、さっぱり飲み込めなかった。絡みついてくる視線から逃れるように伏せた目の先を、白い耳たぶがちらついている。

「伯父さんに頼んで、鳥かご職人の親方を探してもらってあげる。あんた、いつか大瑠璃のかごをこしらえるって言ってたろ。上方だって出来るじゃないか」

髪に挿された翡翠の玉　簪《たまかんざし》が、耳のわきで妖しくきらめいた。

いつ格子戸が開くかもしれない恐ろしさと、今しばらくこうしていたい不埒《ふらち》な心に縛られて、勝次は身動きできなかった。

八

青空に白く盛り上がった雲があらわれて、梅雨明けが近いことを匂わせている。

あれから五日ほどで、山雀かごは仕上がった。幅八寸半（約二十五センチ）、奥行き一尺一寸（約三十三センチ）、高さ二尺一寸（約六十三センチ）の大きさで、つるべ上げの芸を愉《たの》しめるよう、上部の側面には張り出し窓を設けてある。等間隔で並ぶ竹ひごの白い筋はすがすがしく、骨組みに用いた煤竹の渋い飴《あめ》色が要所を引き締めている。出入り口の戸には深緑色をした梨子地《なしじ》のとんぼ玉があしらわれ、女の持ち物らしい優美さをかもしていた。

「ふむ、まあまあだな」

鳥かごすれすれに顔を寄せて細かいところに目を凝らし、それからぐっと肩を引いて全体を見渡してから、富十親方は常と変わらぬ口調で言った。おまえにしてはまあまあよく出来ているという、富十ならではの褒め言葉であった。

しかし、せり上がった胃ノ腑に咽喉許をふさがれているようで、勝次は嬉しいのかどうかもよくわからなかった。脇腹は殴られたところが青あざになっていることを除けば、身の回りの用を足したり仕事をするのに障りはない。土間にはひなたもいて、山雀かごに見入っている。休み処はさほど忙しくないのだろう。

「勝っちゃんでも、やろうと思えば出来るんだね」

普段なら聞き捨てならない言い草も、耳を素通りしていく。

いぶかしそうな顔を向けたひなたには構わず、勝次は障子の開いている窓へ目をやった。

晴れた空に輝く雲を、祈るような気持ちで眺める。

夕どきまでもってくれるといいんだが。

十日まで待っておくれ、とお絹は言った。勝次の手形と路銀もととのえてくれるという。今日が、まさにその日であった。

仕事場に目をもどすと、親方はいまだに鳥かごを眺めまわしている。言葉や振る舞いは素っ気《そけ》なくとも、弟子を見守る目にはいつも温かさが通っていた。勝次が弟子入りしたときは四十二だった富十も、このごろは髪に白いものが増え、背中もだいぶ丸まってきている。

この数日のあいだに巡ってきた六のつく日のことを、勝次は思った。松川屋彦左衛門と向き合ったお絹も、自分に似た感慨を抱いただろうか。

ふと、ただならぬ空気に包まれた気がして、勝次は物思いを途切らせた。ひなたが外へ首を伸ばしている。

「あっ、いたいた。ひなちゃん、ちょいとあんた」

表口にあらわれたのは、おかつだった。車坂町の長屋のかみさんで、勝次も顔を見知っている。

よほど急いできたのか、おかつは肩で息をしていた。しばらくして、おかつとひなたが立ち話をはじめたが、声はくぐもって聞き取れなかった。うす暗い土間に立つひなたの後ろ姿が、心なしか頼りなく見える。

「おい、どうした」

框を下りて声を掛けると、つっかい棒を失《な》くした案山子《かかし》のように、ひなたの上体が傾いた。とっさに手を出し、肩を支える。存外にか細い骨組みだった。

「おや、勝っちゃん。そうか、あんたここで修業してるんだったね」

おかつがそう言って、顔をしかめる。

「徳松《とくま》っつぁんの咳《せき》が止まらないんだ。医者はほかの人が呼びに行ってる。なんだか、いつもより息が苦しそうでね」

ひなたの父親が、喘息の発作を起こしたのだ。

どうしよう、と腕の中で消え入りそうな声がした。

「ひなた、しっかりしろ」

小刻《こきざ》みに震える肩口をきつく抱く。

「勝次、早く連れてってやれ」

背中から、富十の声が飛んできた。

せせらぎから車坂町までは、ゆるい坂がだらだらと続いている。陽射しがふりそそいで白く見えている坂道を、勝次はひなたと手をつないで駆けた。途中、幾度か立ち止まりかけるひなたに、声を掛けて励ました。

路地では相店《あいだな》の住人たちが案じ顔で部屋をのぞき込んでおり、勝次がひなたの手を引いて木戸を入っていくと、黙って家の前を空《あ》けてくれた。

家族があわてず介抱にあたったのと、医者がすみやかに駆けつけたので、発作は深刻になる手前で鎮《しず》まり、ひなたが枕許に膝をついたとき、徳松《とくまつ》は軽い寝息をたてて眠っていた。せせらぎからずっと洟をすすり上げているひなたの横で、勝次は手を握っていてやることしかできなかった。

ひなたの家に、四半刻ほどいただろうか。

耕太に妹を送り届けてくれた礼を言われて戸口を出ると、路地が暗くなっていた。お天道様《てんとうさま》が、いつしか黒い雲に覆われている。

野次馬の中に、母親の顔があった。

「勝次、おまえ、少しくらい家に寄っていけるんだろ」

うなずきかけたとき、上野の鐘が夕七ツ（午後四時頃）をつき始めた。

はっと見上げた空に、稲妻《いなずま》がはしった。

「すまねえ、おっ母ぁ。いずれまた」

後ろで母親が何やらがちゃがちゃ言っているが、振り返らずに木戸へ向かった。

表通りの家並みにも、雲が重くのしかかっている。駆け出した勝次の額に、雨のつぶてが落ちてきた。

大粒の雨が地に跳ね上がり、あっという間に水溜りをこしらえていく。濡れた足に下駄が滑るのももどかしく、勝次はひたすら駆けた。両脇に山門が並ぶ通りを駆けに駆け、報恩寺《ほうおんじ》にある鐘楼にたどり着くまでは、四半刻とかからなかったろう。

鐘楼の石垣のまわりを、勝次は三周ばかりした。だが、刻限をとうに過ぎた待ち合わせ場所に、お絹の姿は見当たらなかった。

暗くなった境内に、鐘楼の屋根を叩く雨音だけが響いている。

九

松川屋彦左衛門とお絹がせせらぎの飼鳥屋を訪《おとず》れたのは、六月半《なか》ばの昼下がりであった。富十の指図を受けて、勝次が仕上がった山雀かごを棚から抱えてくると、

「ほう、これはこれは」

框に腰掛けた彦左衛門は、身を乗り出してかごに見入った。

細工の一つひとつについては親方が講釈し、勝次はかたわらに控《ひか》えて聞いていた。時折、それとなくお絹に視線を送ったが、彦左衛門に寄り添っているお絹は、富十の話にうなずいたり旦那と言葉を交わしたりするものの、勝次には毛筋ほども注意を向けなかった。

かごの中に放たれた山雀が一羽、止まり木につかまってビイビイ鳴いている。チチ、と富十が送った合図に止まり木を飛び立つと、天井から吊り下がる輪をく

ぐってみせた。

「あら、お利口だこと」

お絹が胸の前で手を叩き、それをしおに鳥かごの話はひと区切りついた。

「勘定《かんじょう》をすませるから、お絹、おまえは中庭をひとめぐりしてきなさい」

はい、旦那さま、と返事をして、お絹が勝次に微笑みかけた。

「兄さん、また案内してくれるかえ」

鴨が見たいと言われて、表門に近い池のほとりに立った。

先《せん》だっての夕立で梅雨が明けたとみえ、蟬《せみ》がさかんに鳴きたてていた。葉ばかりになった花菖蒲の株が、粘っこい陽射しの下でよどんだ緑をさらしている。

お絹は黙って、水面に漂う鴨を見つめていた。無数の言葉でなじられるよりも、無言の棘《とげ》を降らされるほうが、勝次には幾倍もこたえた。

「おいら、行ったんだ。刻限には遅れちまったけど」

お絹は横顔を見せたままだ。

聞こえていないのかと思って、いま一度、勝次が口を開きかけたとき、お絹がゆっくりと振り向いた。

「どうせ、一緒には行けないって言いにきたんだろ」

嘲りと厭わしさと憐れみが、その目に映っている。図星だった。

飼鳥屋にもどると、お絹は顔に微笑みを貼《は》りつかせて松川屋の腕をとった。

「ねえ、旦那さま。あたし、やっぱり猫が飼いたい」

框をまたいでいた勝次は、土間へ身体をひねった。

松川屋が、革巾着に財布をしまいかけていた手を止める。

「猫?」

「だって、待たされるうちに飽きちまって」

「そうはいっても、おまえ。鳥のいる家に猫は剣呑《けんのん》だろう」

やりとりを耳にしながら、富十が何食わぬ顔で山雀かごに艶出しの乾布巾《からぶきん》をかけている。

甘えたり膨《ふく》れたり、それでも己れを曲げぬお絹に、とうとう松川屋が根負けした。

「仕方がない、山雀はあきらめるとしよう。親方、すまないけれども聞いての通りだ。鳥かごは引き取ってもらえんかね。そうそう、いま飼っている文鳥もだ。むろん、勘定をすませたぶんはそのまま納めておくれ。あつらえを注文したのはこちらのほうだからね」

「いや、それには及びません」

富十が短く言って乾布巾を置き、膝の上に手をそろえた。

「訳合いは飲み込めました。山雀かごと文鳥は引き取らせてもらいまさ。だが、品をお渡しせずにお代だけ頂戴《ちょうだい》するなんてえことはお天道様が許してくれませんや。きっちりお返しいたしますんで、へえ」

松川屋は何か言いたそうに口を動かしたが、富十のぎょろ目に気圧《けお》されたように小さくうなずいた。店を出て行くまで、お絹が勝次と目を合わせることはなかった。

仕事場の隅に坐って、勝次は山雀かごを見つめた。幾筋もの竹ひごの向こうに、お絹の大きな眸や翡翠の玉簪が浮かんでは消え、浮かんでは消えした。

松川屋とお絹を見送りに出ていた富十が、仕事場に上がってきた。

「そう気を落とすな。これならまたすぐに買い手がつくさ」

勝次の肩をぽんと叩いて席につく。

今なら泣いても親方に不審がられることはあるまい、と勝次は思った。

孔《く》雀《じやく》きらめく

一

梅雨《つゆ》の明けた青空に、くっきりとした白い雲が浮かんでいる。

休《やす》み処《どころ》の支度《したく》部屋で、ひなたは山吹《やまぶき》色の単衣《ひとえ》に黒繻子《くろじゅす》の帯という茶汲《ちゃく》み娘のお仕着《しき》せに着替えると、飼鳥《かいどり》屋の二階へ行った。「せせらぎ」頭取の詰所になっている八畳間には中ほどに長火鉢《ひばち》が置かれ、そのかたわらにある机に向かって、善《ぜん》兵衛《べえ》が帳面に目を通していた。

「伯父《おじ》さん、おはようございます。本日もお世話になります」

机のこちらに手をついて、ひなたは頭を低くした。

「ああ、おはようさん」

善兵衛が帳面から顔を上げた。薄鼠《うすねず》色の着物をまとった大柄な体軀《たいく》には、商家のあるじのような風格が漂《ただよ》っている。福々しい人相で、肌つやもいい。二皮目《ふたかわめ》の大きな目許《めもと》に、ひなたの母おのぶの面影があった。善兵衛はおのぶの兄である。

「徳松さんの具合はどうかえ」

帳面を閉じて、善兵衛が訊《たず》ねた。

「おかげさまで今朝は調子がよさそうで、あたしが家を出るときには炉《ろ》に火を熾《おこ》してました」

ひなたの家は父徳松が眼鏡《めがね》職人で、その許で兄耕太が修業に励《はげ》んでいる。眼鏡は、水晶や硝子《ビードロ》を円形に磨《みが》いた玻璃片《レンズ》と、それを嵌《は》め込む縁《ふち》、そして鼻あてから成っており、父は硝子の玻璃片をもっぱらにこしらえていた。

ただ、父は喘息《ぜんそく》を患《わずら》い、先《せん》だってもきつい発作を起こしたばかりであった。善兵衛は、四十三で同い齢《どし》の徳松をいつも気遣《きづか》ってくれる。

「まあ、あまり無理はせぬことだ。これから先、まだひと踏ん張りもふた踏ん張りもせぬといかんからな」

善兵衛はそう言って、膝《ひざ》許の盆《ぼん》に載《の》せられた土瓶《どびん》を取り上げ、麦湯を湯呑《ゆの》みに注《そそ》いだ。熱くも冷たくもない、ごくごく生ぬるい麦湯が、夏場の善兵衛のお定《き》まりだった。

麦湯をひと口すると、善兵衛がひなたに目を細めた。

「おまえもずいぶん娘らしくなったなあ」

感慨深そうに言って、口許を弛《ゆる》める。ちょっとのま、ひなたは言葉に詰《つ》まった。

「ん、どうした」

「昨晩《ゆうべ》、おっ母《か》さんも同じことを言ってたから」

「それにしちゃ、何だか浮かない顔じゃないか」

母は、そろそろ縁談があってもいい齢頃《としごろ》だと言った。十六で縁談なんて、ひなたはちょっと早い気がして、そばにいた父に助けをもとめたのだが、徳松も満更《まんざら》ではなさそうで、いい話があれば嫁にやってもよいふうな素振《そぶ》りであった。たいていの父親は娘を嫁にやりたくなくて渋《しぶ》るものだと思っていたから、ひなたはいささかがっかりした。

「そりゃ、自分がおたふくだってことくらい心得てます。色は浅黒いし、鼻だって天井を向いてるし。でも、だからって少しでも若いうちに娘を片付けようだなんて、あんまりだと伯父さんもお思いになりませんか」

「おいおい、誰がおたふくだって?」

善兵衛が笑いを含んだ声で言う。

「おまえは若い時分のおのぶにどんどん似《に》てくる。あれは池之端小町と呼ばれてたんだぞ」

それについては、ひなたも母に聞かされたことがある。だが、今となっては顔にも身体《からだ》にも肉がついて、相店《あいだな》のかみさんたちと似たり寄ったりのおばさんになっている。

「おっ母さんに似るのも善《よ》し悪《あ》しだわ。中年になって肥えたら困るなあ」

ひなたは明るくまぜっ返した。

「はは、ごもっともだ」

善兵衛もおどけた調子で言い、二人でひとしきり笑い合って、ひなたは詰所を出た。

梯子《はしご》段へと続く廊下はほの暗かった。ひなたはしばしその場にたたずんだ。

伯父には黙っていたけれど、昨晩、母が縁談の話をしたあと、父はまた発作を起こしたのである。さいわいに軽くてすんだが、父の咳《せ》き込む姿が今も脳裡《のうり》に焼きついていた。

父は身体を折り曲げ、切れ目のない咳をする。咽喉《のど》の奥では、ひゅうひゅうと木枯らしみたいな音がしている。息を吐《は》ききっても咳は続き、空気を吸おうにも咽喉が詰まって吸い込めない。息継ぎができぬ苦しさにもがく父を見ると、こちらまで胸が痞《つか》えてくる。

今のところ、重い発作が起こることはそうあるわけではなく、たまに息が詰まったとしても、母やひなたが背中をさすっているうちに少しずつ治まってくる。だが、いつか激烈な発作に見舞《みま》われたら一体どうなってしまうのか、ひなたは不安でたまらない。

そんな父に、兄が口答えしてばかりなのも悩みの種だった。ひなたにはやさしい徳松も、相手が耕太だと、ことさらあたりがきつくなる。二人は仕事を離れても、しょっちゅう言い合いになっていた。

世の中は頭の痛いことだらけだ。重い気持ちで梯子段を下りていくと、飼鳥屋と間続きになっている富士工房で、勝次が竹ひごを選《よ》り分けているところだった。

「勝っちゃん、おはよう。ねえ、勝っちゃんたら」

二度ばかり声を掛けられて、勝次はびっくりしたように顔を上げた。

「え、あ、おう」

「今日も暑くなりそうだよ。蟬《せみ》が夜明けから鳴きだしてたもん」

「う、ああ」

勝次があいまいにうなずいた。四角い顔に並んだ太い眉《まゆ》の下で、つぶらな目がきょとんとしている。

この、何の憂《うれ》いもなさそうな顔を目にすると、ひなたは心底ほっとする。竹ひごを手にしてはいたが口は半開きでぼんやりしていたところをみると、およそふられた女のことでも思い出していたのだろう。

勝次には気の毒だけれど、あれはどのみち磯《いそ》の鮑《あわび》の片想いだった。もっとも、そういう勝次をそばで見ていたひなたの胸も、ちくちく痛んでいたのだが。

「あのかご、早く買い手がつくといいね」

仕事場の隅《すみ》に置かれた山雀《やまがら》かごへひなたが目をやると、勝次の顔がたちまちこわばった。

「お、おう、売れるとも。どこに出しても恥ずかしくねえ出来だからよ」

痛みを堪《こら》えるような表情で、しかし、勝次ははっきりと言い切った。

二

ひなたが休み処にもどると、朋輩《ほうばい》のおけいやおようも揃《そろ》いのお仕着せに着替えて店の支度をととのえていた。二人とも、ひなたと似た齢頃だ。

支度部屋に入り、赤い前垂《まえだ》れを腰の前にあてる。紐《ひも》がしっくりと身体に馴染《なじ》まず、結ぶのに手間取った。ひとこと多い自分に、気が滅入《めい》っている。いつもそうだ。勝次の気持ちを察していたなら、あとで葛《くず》もちを食べにおいでとか、暑いから身体に気をつけてとか、ほかに言いようがあったものを。

「ひなちゃん、手伝ってくれるかい」

「はい、ただいま」

紐を無理やりきゅっと締《し》めて、ひなたは支度部屋を出た。

せせらぎの表門が開く五ツ（午前八時頃）まで、あと四半刻《しはんとき》（約三十分）ほどだ。台所では、休み処を切り盛りしているお兼が、葛もちづくりの下ごしらえをしていた。上方《かみがた》から取り寄せている葛粉を深鉢の水に溶《と》き、木枠《きわく》の篩《ふるい》で濾《こ》して大鍋に移している。

お兼はもともと菓子屋の娘で、二十五歳になった今は亭主とのあいだに授かった二人の子を姑《しゅうとめ》にあずけ、摩利支天《まりしてん》横丁の長屋から通ってくる。からりとして面倒《めんどう》見のよい気性が、すっきりとのった目鼻立ちにあらわれていた。せせらぎの葛もちは、この人の腕にかかっている。

背中に襷《たすき》を渡すと、ひなたは火吹き竹を持って竈《かまど》の前にしゃがんだ。まずは中くらいの火を熾す。

朝とはいえ夏のことで、火吹き竹に息を吹き込むはしから汗が噴き出してくる。木べらで大鍋の中をかき回しているお兼も、額《ひたい》が汗で光っている。

葛に熱が通り始めると、白濁していた水が少しずつ透《す》きとおって、もったりとしてくる。頃合いをみてお兼が合図を出し、ひなたはいくらか火を弱める。

葛はいよいよ透明になり、お兼がさらに木べらで練《ね》り続ける。そのあいだに、ひなたは桶《おけ》に水を張っておく。お兼いわく、葛粉に合わせる水の量で出来上がりの弾力が、練る作業で咽喉越しが決まるのだという。その日の空模様や湿気でも加減が変わるそうで、これればかりは理屈で片付くものではないらしい。

「ひなちゃん、水」

「はい」

桶を抱えたひなたが鍋のわきに立つと、お兼は練り上がった葛もちを木べらですくって水に放った。葛もちのぷるんとした表面に、水に射し込む光がきらきらと反射している。

しばらくおいて粗熱《あらねつ》を取り、小分けに切って客に出すのだが、葛もちは水に長く浸《つ》けると白く濁《にご》り、なめらかな舌ざわりが失われてしまう。せせらぎでは、出来立てを味わえるよう作りおきはしないのが信条で、朝の開門にあわせて仕込みをするのであった。その後も、客の入りを見ながら日に二度、三度と仕込みを繰《く》り返す。手間を惜《お》しんだときから客の心は離れていく、というのがお兼の口癖《くちぐせ》だった。

上野の山で五ツの鐘が鳴り始め、せせらぎの中庭に、ドドンと太鼓の音が響いた。

「開門だ。ひなちゃんはお客さまをお出迎えしておくれ」

はい、と返事をしたひなたは、葛もちが泳いでいる桶を流し台に置くと、店座敷へ出ていった。

せせらぎを訪《おとず》れる客の大方《おおかた》は、むろん、孔雀《くじゃく》やインコ、鶴《つる》といった鳥や異国風の植物を見るのを目当てにしている。だが、中には、休み処の葛もちを食べたくてやってくる手合いもいるのだった。そうした人たちは表門で十二文《もん》の木戸銭を払うと、花や鳥には見向きもせずに休み処を目指してくる。

十畳ほどの座敷では、おけいとおようがすでに客を卓に案内していた。

ひなたが門口に立つと、顔見知りの客が近づいてきた。五十年配の商家の女隠居で、幾度《いくど》か連れてきたことのある孫の手を引いている。五つくらいの男の子だ。

「おいでなさいまし。今日も暑いですね」

「ええ、ほんとに。あんまり暑くて、この子が何も口にしないんですよ。せせらぎの葛もちなら食べられると言うものだから、あたくしもいただこうと思って」

女隠居がそういって、孫の頭に手を載せる。

「いつもの縁台《えんだい》でよろしいですか」

「そうしてくださいな」

「かしこまりました。こちらへどうぞ」

建物の壁に沿って、ひなたは二人を露天の入れ込みへと導いた。不忍池の景色を近くに望める露天には、毛氈《もうせん》を掛けた縁台が三台ほど並べられている。

いったん台所に引っ込み、注文された葛もちを運んでいくと、女隠居の横に腰掛けている男の子が目を輝かせた。

「いただきます」

男の子は胸の前で小さな手を合わせると、硝子の小鉢を両手で持ち上げ、葛もちを浮かべた水をひと口のんだ。ふうっと息をついて、箸《はし》を持つ。子供の口に合わせて、葛もちは小ぶりに切り分けられている。男の子は慎重な箸遣いで葛もちをつまみ上げると、小皿の黒蜜《くろみつ》にくぐらせて口へ入れた。

愛らしい頰《ほお》が、ふんわりとほころぶ。女隠居も笑顔になってうなずいている。

「ゆっくり召《め》し上がってくださいね。陽《ひ》があたって暑かったら仰言《おっしゃ》ってください」

声を掛けておいて、ひなたは座敷へもどった。

小さい時分からここの葛もちが大好物だったのと、通っていた手習い所の師匠から鳥にまつわるあれこれを聞かされていたのとで、ひなたは十二のときに伯父に頼んでせせらぎで働かせてもらうようになった。今では、客の一人ひとりが求めているものを汲み取り、それに合ったもてなしをするのが楽しくて仕方ない。気持ちが客に届いて笑顔を引き出すことが出来れば、こんなに嬉《うれ》しいことはなかった。

ひなたがせせらぎで働きたいと思ったのには、いま一つ事由《わけ》がある。

年じゅう洟《はな》を垂《た》らして、いたずらをしては手習い師匠に雷を落とされていた勝次のことが気になるようになったのは、いつの頃だったろう。同い齢のくせにいまいちぴりっとしない勝次が、職人修業のために長屋を出ていくと、ひなたの胸にぽっかりと穴があいた。

勝次がぴりっとしないのは、十六になった今もさして変わりない。それでも毎日、顔を見れば心がやすらぐ。このまま、今がずっと続けばいいのに、とひなたは思う。そんなことがかなうはずもないのは、じゅうぶん承知しているけれど。

露天の女隠居が、縁台に勘定《かんじょう》を置いて立ち上がった。

「ごちそうさまでした。よい暑さしのぎになりましたよ」

「ありがとう存じます」

女隠居と男の子を門口に見送ると、入れ替わりに一組の客がひなたの前に立った。

「おお、ひなた。息災《そくさい》にしておるか」

二人のうちの片方が、親しそうに手を上げた。

三

「お師匠さま、ご無沙汰《ぶさた》しております」

ひなたは丁寧《ていねい》に腰をかがめた。かつての手習い師匠、立花玄斎である。細長い顔は頬から顎《あご》にかけて長い鬚《ひげ》に覆《おお》われており、齢はたしか五十五だったはずだが、まるで百年前から生きている仙人みたいな風情《ふぜい》をまとっていた。御具足《おぐそく》町《ちょう》にある仙龍寺《せんりゅうじ》の裏手で開いていた手習い所は三年ほど前に閉め、昨今は鳥についての見識を生かして鳥医者をやっている。もっとも、細身の身体に裁付袴《たつつけばかま》と羽織《はおり》を着けた姿は、往時とまったく変わらない。

「前に来たのは春先だったか。ちょっと見ぬあいだに娘らしくなったのう」

ここでも似たようなことを言われて、ひなたは苦笑をかみ殺した。

「玄斎どの、こちらの娘さんはどなたかな」

玄斎の横にいる男が、小声で訊ねた。師匠より頭ひとつぶん上背があり、その頭をつるつるに剃《そ》りあげていた。目がいくらか悪いのか、眉を常にひそめているようで、額と眉間《みけん》に深い皺《しわ》が刻《きざ》まれている。齢も、玄斎の四つ五つ上に見えた。鼠茶《ねずちゃ》の単衣を着流しにして、坊さんのようでもあり、商家の隠居のようでもあり、ひなたにはちょっと素性《すじょう》の見当がつきかねる。

「手習い所をやっておった時分の教え子でしてな。今ではここの看板娘ですわい」

そういって、玄斎が咽喉の奥で笑い声をたてる。

「初めまして、ひなたと申します」

ひなたが深く腰を折ったのに、老人はふいっと視線を逸《そ》らした。横を向くと鷲《わし》鼻《ばな》が目立つ。ひょうひょうとした師匠にくらべ、尊大でとっつきにくい感じがした。

玄斎はまるで気にせず言葉を継いだ。

「せせらぎの葛もちを、こちらの御仁《ごじん》に賞味していただきとうてな」

「そうでしたか。お座敷と露天と、どちらがよろしいでしょう」

気を取り直して、ひなたは訊ねる。

「この暑いのに露天だと。娘さん、あんた、年寄りを日干しにする気か」

間髪容《かんはつい》れず、老人が応じた。声に不機嫌さが滲《にじ》んでいる。

「あ、あの、気が利《き》かなくて、あいすみません。お座敷へどうぞ」

ひなたはびくびくしながら座敷に上がり、奥の卓に二人を通した。

「ひなた、気にすることはないぞ。こちらの曲亭馬琴《きよくていばきん》どのは戯作者《げさくしや》で、滅法界《めつぽうかい》な偏屈者《へんくつもの》として通っておるのじゃ」

腰を下ろした玄斎が、向かいに坐《すわ》った男を目で示した。心なしか愉快そうな口ぶりだ。

「曲亭、馬琴さま……」

なんだか妙ちくりんな名だとひなたが思っていると、曲亭馬琴と呼ばれた老人はひどく傷ついた顔になった。その様子をうかがっていた玄斎が、苦笑まじりに言葉を重ねる。

「名はともかく、『八犬伝《はっけんでん》』ならば知っとるだろう」

「『八犬伝』って、あの、里見《さとみ》のお姫さまと文字が記《しる》された玉のお話ですか」

「ほう、ご存じか」

馬琴の顔が、ぱっと輝いた。

「兄さんが話すのを聞いたことがあるんです。あたしはもっぱら草双紙《くさぞうし》ですけど」

「ふむ、そういえば、耕太は書物を読むことを好んでおったな」

玄斎が視線を宙へやった。耕太も、玄斎の手習い所に通った子供の一人であった。

「たいそう長いお話なんですってね。続きを読むのが待ち遠しいと、兄さんが言ってました」

「そうか、よい兄御《あにご》がありなのだな」

すっかり表情を和《やわ》らげて、馬琴がうなずく。気難しそうに見えても、根っこはたいして入り組んでいないのかもしれなかった。

ひなたは注文を受けて台所に下がり、葛もちを座敷に運んだ。硝子の小鉢を、いかにもありきたりだと言いたそうな目で見た馬琴だったが、葛もちを口へ運ぶと、眉尻《まゆじり》を下げて蕩《とろ》けそうな表情になった。

師匠たちが葛もちを味わっているあいだ、ひなたは卓に置かれた桐《きり》箱に見入っていた。手のひらよりひと回りほど大きい、厚さ一寸（約三センチ）ばかりの箱で、蓋《ふた》が開いて中身がのぞいている。

「それ、虫眼鏡ですか」

ひなたが訊ねると、玄斎が箸を止めて、

「気になるかえ」

箱から虫眼鏡を取り出した。

受け取った両手に、ひなたはずしりとした重みを感じた。父が眼鏡職人だから、虫眼鏡に用いる玻璃片も目にしたことがあるが、それにしても差し渡し三寸（約九センチ）ほどもあるものは初めてだ。玻璃片を嵌め込んだ縁と柄は鼈甲《べっこう》で出来ており、細《こま》かい模様が彫ってあって、なかなか手が込んでいる。

「立派な虫眼鏡……。ずいぶんと大きな玻璃片ですね」

「さよう、虫眼鏡もそのくらいのものになると、天眼鏡《てんがんきょう》と呼んで人相見に用いたりするそうじゃ。ほれ、何でもいいから見てごらん」

そう言われても見当がつかず、ひなたはひとまず左手に虫眼鏡をかざしてみた。右手に持つ柄を遠ざけると、玻璃片に映る手相がぐっと目近《めぢか》に浮かび上がる。手のひらに刻まれた皺が幾本もの線の縒《よ》り合わせで出来ていることに、あらためて気づかされた。

かたわらでは、ひなたの父親は眼鏡職人だと、玄斎が馬琴に説明している。巷《ちまた》の茶汲み娘の口から玻璃片などという言葉がとび出して怪訝《けげん》な顔をしていた馬琴も、わけを聞いて得心《とくしん》したようだ。

「お師匠さま、玻璃片の、ここ」

ひなたは、玻璃片の一点を指差した。ある一定の範囲だけ、見る物がより拡大される細工《さいく》が施《ほどこ》されているのだ。

「それよ。一つの面で比《ひ》を違《たが》えた玻璃片というのは、わしも初めてでな。なにしろ、阿蘭陀《オランダ》渡りの品じゃからの」

玄斎は自慢げに小鼻を膨《ふく》らませた。もともと蘭方《らんぽう》医の三男として生まれた玄斎は、父親が長崎《ながさき》に遊学した折《おり》に一家で移り住んだこともあるそうで、そこで異国渡りの鳥を目にし、姿かたちのうつくしさにたちまち虜《とりこ》になったという経緯《いきさつ》がある。今では自他共に認める阿蘭陀びいきであった。

「へえ、阿蘭陀の……」

道理で、縁と柄に彫られた模様が、異国風の花や蔓《つる》であるわけだ。ひなたはじっくりと全体を見てから、虫眼鏡を桐箱にもどした。

「これで鳥を見たら面白そうですね」

「さすが、わしの教え子。実はそう考えて、馬琴どのを引っ張り出したのじゃ。なにしろ、人に会うのを面倒臭がって一日じゅう机に向こうておられる。それが、この虫眼鏡で鳥を見ようと誘うたら、二つ返事で腰を上げてくだすっての」

「あら、馬琴先生も鳥がお好きなんですか」

ひなたが訊《き》くと、それまで穏《おだ》やかな表情でやりとりを聞いていた馬琴が口をへの字に引き結び、またたくまに顔を赤く染《そ》めた。

すかさず、玄斎が口を挿《はさ》んだ。

「これ、ひなた。馬琴どのをそんじょそこらの鳥飼いと一緒にしてはならん。戯作に向かう合間の慰《なぐさ》めにと、一時は百羽もの鳥を屋敷に住まわせておった御仁じゃ」

「えっ、百羽も」

ひなたは思わず馬琴を見た。むすっとした表情で、馬琴は腕組みをしている。

「昨年、わしが馬琴どのの金糸雀《カナリア》を診《み》たのが、そもそも知り合ったきっかけでの」

と玄斎が言った。鳥好きどうし話がはずみ、そのうち妙なところで繋《つな》がりがあることが知れた。玄斎は、下谷にある松前《まつまえ》藩の上屋敷へ出入りし、そこで飼われている鳥たちを診ているが、馬琴は長男宗伯《そうはく》が、やはり松前藩の医師として扶持《ふち》を頂《いただ》いているというのである。

そうした縁で、玄斎と馬琴は互いを行き来する間柄になったのであった。もっとも、馬琴の家に百羽の鳥がいたのは十年余り前の話で、今は金糸雀や鳩《はと》に絞《しぼ》っているという。

「馬琴どのが金糸雀について持っておられる知見に比べたら、わしなぞは足許にも及ばぬ。ことに巣引《すび》きにおいては、たいそうな腕前をお持ちでの」

玄斎が感服した面持ちで言うと、黙っていられないというふうに、馬琴が口を開いた。

「よいかえ、娘さん。巣引きをして金糸雀の雛《ひな》を孵《かえ》らせるのは、案外に手間のかかるものでな。あんたはこういうところで働いているから知っとるだろうが、ひと口に黄の金糸雀といっても、羽先に白い縁取りが入って全体に淡《あわ》い黄色なのと、羽先まで真っ黄色をした極黄《ごくき》なのがいる。さて、身体が丈夫な極黄の雛を孵らせたいとき、あんたならどんな掛け合わせをするかな」

「は、はあ。ええと、極黄どうしでしょうか」

いきなり饒舌《じょうぜつ》になった馬琴に、ひなたはいささか戸惑った。

「ふふん、浅はかだの。淡いのと極黄を掛け合わせるのが正しい。極黄どうしだと、雛がひ弱だったりしてうまく育たんのだ。つがいの相性もあるし、せっかく雛が孵っても巣から落ちて死ぬこともある。鼠《ねずみ》や鼬《いたち》も追い払わんとならんし、いっときたりとも気が抜けんでな」

「へえ……」

いつしか馬琴は目をつむって喋《しゃべ》っていた。湯屋で湯船に浸かりながら唄《うた》を口ずさんでいる人の表情に、それはよく似ていた。恍惚《こうこつ》とした顔をして巣引きの厄介《やっかい》さを語る馬琴の本意がどこらへんにあるのか、ひなたはどうにも量《はか》りかねた。

「しかしまあ、手間は掛かっても雛は掛け値なしに可愛《かわい》いものだ。人が手を掛ければ掛けただけ、鳥は報《むく》いを返してくれる。鳥は人を裏切らぬ。あんたもそう思わんかね」

ひなたはただ黙ってうなずくよりない。

「これ、馬琴どの。若い者にはちと話が難しいようじゃ」

玄斎が半畳《はんじょう》を入れ、馬琴がはっと目を開いた。

ひなたは馬琴に膝を向けた。

「あの、鳥についてそんなにお詳しいとは知りませんでした。とんだ失礼を申しまして、すみませんでした」

頭を下げると、馬琴はそれには応《こた》えず、

「ふむ、なかなかに味わい深い葛もちでしたな」

空《から》になった小鉢の手前に箸をそろえ、手を合わせた。

玄斎が苦《にが》く笑って腰を浮かした。

「さて、鳥を見せてもらおうかの。ひなた、おまえも一緒にどうじゃ」

座敷の客はまばらになっていた。たいていの客は日盛りの暑さを避《さ》けるから、休み処も今しばらくはのんびりできるはずだ。

「先に庭へ出てらしてください。器《うつわ》を下げたら、すぐに行きます」

返事をして、ひなたは小鉢を盆に載せる。台所のお兼に断りを入れると、肩の襷を外して庭へ出た。

四

庭に植えられた小楢《こなら》の樹が、孔雀の禽舎《きんしゃ》の前に影を落としている。玄斎と馬琴は、その影に入って待っていた。ひなたが駆《か》けていくと、玄斎が禽舎を指差した。

「そろそろ妻問《つまど》いの季節も仕舞《しま》いかの。ほれ、あすこに羽が落ちておる」

孔雀の雄《おす》と雌《めす》が、十畳ほどの広さに一羽ずつ放たれている。先だってまで部屋の中ほどに立てかけられ、雄と雌を隔《へだ》てていた葭簀《よしず》は取り払われていた。禽舎の屋根がこさえた影に入って、孔雀たちはじっと動かずに暑さを堪えている。

雄の後ろに、一本の羽が落ちていた。孔雀の雄が羽を広げて雌に言い寄るのは春から夏にかけてで、秋になると羽が抜けてゆき、翌年の春にかけて生え替わっていく。

梅雨が明けたのはこないだのことで、恋の季節を切り上げるにはいささか気が早いようだが、人間が暑い暑いとぼやいているあいだにも、鳥たちは熱気を孕《はら》む風にかすかに混じった涼《すず》しさを感じ取り、秋の気配を読んでいるのかもしれない。

禽舎の並びにある飼育係の詰所から、男がひとり出てくるのが目に入った。

「お師匠さま、ちょっと待っててください」

言い置いて、ひなたは男のところへ行くと、禽舎に落ちている羽を見せてほしいと頼んだ。羽をあとで返すことを条件に、男は中に入って羽を拾ってきてくれた。孔雀の羽は唐物《からもの》屋に売れば、れっきとした商《あきな》い物になるのだ。

ひなたから受け取った孔雀の羽を、玄斎は馬琴に差し出した。

「まずは貴殿がごらんくだされ」

だが、馬琴はわずかに眉を持ち上げると、

「その娘さんが先に見るとよかろう。わしはあとでよい」

「え、いいんですか」

「羽を手に入れたのは、あんたの手柄だからな」

素《そ》っ気《け》ない口調だった。本心から口にしたというより、そうしなければ沽券《こけん》にかかわると言いたそうな顔つきである。玄斎も桐箱の蓋を取ってうなずいているので、ひなたは厚意に甘えることにした。

「わあ」

玻璃片をのぞき込んで、ひなたは感嘆の声をあげた。深い藍《あい》色、瑠璃《るり》色、枯《から》茶《ちゃ》、翡翠《ひすい》色、深緑……。一本一本の糸みたいな羽がさまざまな色に染まってあの目玉模様をこしらえているのだと思っていたが、ちょっとばかり違っていた。色鮮《あざ》やかな光の粒が、羽の一本ずつにびっしりと連なっているのだ。

頭上に差しかける枝葉からこぼれてくる陽射《ひざ》しに、光の粒がきらめいている。とりわけ玻璃片の比が異なる部分では、その様子がつぶさに見て取れた。あるかなきかの風にそよぐ羽が、色とりどりの光をまとって揺れている。

ふと、ひなたは不思議な感覚にとらわれた。せせらぎにいる孔雀は爪哇《ジャワ》の産まれだという。それが阿蘭陀船に乗せられて長崎に渡り、江戸にいる自分に、阿蘭陀製の虫眼鏡で羽をじっくりと見られている。もしかすると、爪哇から阿蘭陀へ渡った孔雀もいて、彼《か》の地で目にしている少女がいるのではなかろうか。目の色も髪かたちも、着物も喋る言葉も異なる国の誰かと、孔雀を介《かい》して繋がっていると想像するのは、少しばかり奇妙で、しかし胸のわくわくするものだった。

馬琴のわざとらしい咳払いが、ひなたの耳に入った。

「そろそろ気がすんだかな」

「あいすみません、つい見惚《みと》れてしまって……。どうぞ」

虫眼鏡を受け取った馬琴は、孔雀の羽などそっちのけで、インコの禽舎のほうへ歩《あゆ》みを進めた。他人《ひと》と同じものを見るのは我慢ならんとみえる、と玄斎が肩をすくめている。

「ほう、これはこれは。爪の色も、おお、これほどにくっきりと」

禽舎の金網にかじりついて、馬琴が声を裏返らせている。

「お師匠さま、馬琴先生はご自分の家で飼っておられる金糸雀を、あの虫眼鏡でごらんになったんですか」

声を低くして、ひなたは玄斎に訊ねた。

「それが、金糸雀については知り尽くしておるからと、いくら勧《すす》めても虫眼鏡に手を伸ばそうとなさらんのじゃ。見たい見たいと顔には書いてあるのにのう。へそ曲がりをうんと言わせるのも骨が折れる」

玄斎とひなたは顔を見合わせて失笑した。

「そうだ、お師匠さま。勝っちゃんを呼んできてもいいですか」

「ああ、呼んでおいで。ただし、親方の許しを貰《もら》わんといかんぞ」

はい、と返して、ひなたは駆け出した。

飼鳥屋には客が一組いるきりだった。ひなたが富十親方に経緯をざっと話すと、こころよく承知してくれた。

ひなたと勝次は、まばゆい光が降りそそぐ庭に出た。二人に気づいた玄斎が手を上げている。足を踏み出しながら、勝次が訊ねてきた。

「お師匠さまの連れっていうのは、あのじいさんか。どういう人なんだい」

「曲亭馬琴さま。『八犬伝』を書いてる人よ。勝っちゃんも知ってるでしょ」

「『八犬伝』？　何だそりゃ」

ひなたがため息をついたときには、小楢の木陰にさしかかっていた。

勝次と玄斎が再会のやりとりを交わしていても、馬琴は人声など聞こえぬふうで、背中を向けていた。

「馬琴どの、虫眼鏡を見せてやりたい教え子がいま一人おりましての。すまぬが、ちと貸してやってもらえぬか」

「…………」

玄斎が呼びかけても返事がないので、ひなたがそばへ行った。

「馬琴先生、あの、あたしの友だちにも虫眼鏡を見せていただけませんか」

「ええい、そう声を張りあげんでも聞こえとるわ。年寄りを馬鹿にしくさって」

やにわに馬琴が振り返り、虫眼鏡をひなたに突き出した。

「おい、平気か。あのじいさん、おっかねえな」

ひそひそと言う勝次に、ひなたは肩をすくめた。

「いいから、見てみなさいよ」

虫眼鏡を手にした勝次は、それでも馬琴を気にしながら和鳥の禽舎へ歩み寄った。そこには大瑠璃《おおるり》も放たれている。空のように澄み、海のように深い青をまとったその鳥を勝次がことのほか気に入っていることに、ひなたはうすうす気づいていた。

「おう、おうおうおう」

枝に止まった大瑠璃に虫眼鏡を向けて、勝次が雄叫《おたけ》びをあげている。活《い》きいきと目を輝かせている横顔を、ひなたは久しぶりに見た気がして、ほっと心がほどけた。

「お師匠さま、あたしは休み処にもどります。どうもありがとうございました」

深く腰を折るひなたに、玄斎が微笑《ほほえ》んだ。

「うむ。看板娘が、そうそう油を売ってはおられぬものな」

木陰を外れたひなたは休み処にもどり、持ち場を離れていたことをお兼に詫《わ》びたが、たいして忙しくもなかったらしい。座敷にいるおようとおけいも、卓に布《ふ》巾《きん》をかけながら、山下《やました》の小屋に掛かっている芝居の話で盛り上がっている。

流しに下げられた小鉢や箸を桶に入れて、ひなたは休み処の裏口を出た。隣の敷地との境に植わっている樹々で、さかんに蟬が鳴きたてている。首筋を汗が伝い落ちていくが、井戸の水は冷たくて気持ちよかった。

洗った物を布巾で拭《ふ》いて戸棚《とだな》に収めると、また裏口を出て露天へ回った。中庭で、あぁっと悲鳴に近い声があがったのは、縁台の毛氈についた埃《ほこり》を、ひなたが手で払っているときだった。

五

「あれ、おまえ。どうしたんだい、まだ明るいのに」

長屋の勝手口に立ったひなたに眉をひそめたおのぶが、娘に続いてずらずらと戸口を入ってきた男たちに、目を丸くした。

せせらぎ頭取の善兵衛、立花玄斎、そして勝次が茶の間に横一列に並んで坐り、仕事場を上がってきた徳松がその向かいに腰を下ろした。ひなたは勝次の斜め後ろに控《ひか》えている。

「徳松さんに、折り入って頼みがある。まずはこれを見てくれんか」

善兵衛が神妙な顔つきで、袱紗《ふくさ》包みを差し出した。

袱紗を開いて、徳松が目を見張った。三つに砕《くだ》けた玻璃片が包まれていたのだ。

炉の前にいる倅《せがれ》に、火を落としておまえもこっちへ来いと声を投げてから、徳松は玻璃片にまじまじと見入った。

「義兄《にい》さん、こいつは阿蘭陀の硝子で出来ているのかい」

「ほう、わかるのか」

「ああ、何となくな」

応えた徳松の隣に、仕事場を上がってきた耕太が腰を下ろした。きりっとした眉に、負けん気の強さと一本気な性分があらわれている。

徳松が息をついて、顔を上げた。

「それはそうと、どうして割れてるんだ」

「そ、そいつは、お、おいらが」

声をかすれさせた勝次が、おずおずと申し出た。

「わしが立ち会っておったのに、とんだことになってしもうた」

言葉の続かない勝次のあとを、玄斎が引き取った。

ひなたが休み処にもどって幾らもしないうちに、馬琴が不平を言い始めた。インコを心ゆくまで見られなかった、もうちょっとわしに貸せと言うのである。が、勝次の耳には入らない。

何を思ったか、馬琴は力ずくで虫眼鏡を取り上げようとした。勝次のほうも、奪われまいとむきになる。どちらも譲《ゆず》らず、揉《も》み合ううちに、虫眼鏡の柄が勝次の手をすっぽ抜けた。

宙を飛んだ虫眼鏡は、庭石に当たって高く乾いた音を立てた。そして、ものの見事に玻璃片が砕けてしまったのだ。

徳松が、袱紗の玻璃片にふたたび目をやった。

「で、義兄さんの頼みってのは」

「お父《と》っつぁんに、これを元どおりに直してほしいの」

善兵衛より先に、ひなたが応えた。徳松が眉間に皺を寄せ、腕組みになる。

「徳松どのに、もう一つ、言うておかねばならんことがあっての。じつは、この虫眼鏡は、さる方からお借りした品なのじゃ」

顎に手をやって、玄斎が言った。さっきからしきりと触《さわ》るので、いつもは形よくととのえられている鬚が、はなはだしく乱れている。

玄斎が虫眼鏡を借りた相手というのは、出入りしている松前藩の隠居――すなわち八代藩主、松前志摩守道広《しまのかみみちひろ》であった。

「ご隠居さまは、仔細《しさい》あってご公儀から永蟄居《えいちつきょ》を申し渡されたお方での。昨今は謹慎《きんしん》もいくらか弛められておるが、それでも気の向くままに屋敷を抜け出すことはかなわぬ。それゆえ、わしに虫眼鏡を託し、せせらぎの鳥をよく見て詳細を聞かせよと仰《おお》せになったのじゃ」

「お師匠さま。そもそも何で、松前のご隠居さまが阿蘭陀渡りの虫眼鏡を持っていなさるんですか」

耕太が首をひねっている。

「もとはといえば、当代の藩主公が、阿蘭陀の甲比丹《カピタン》から贈られたものだそうな」

「甲比丹って、長崎の……」

言葉を途切れさせた耕太に、玄斎がうなずいた。甲比丹とは、長崎の出島《でじま》に設《もう》けられた阿蘭陀商館の商館長のことで、当節は四年に一度、江戸に参府し、将軍に拝謁《はいえつ》して献上品を奉呈《ほうてい》するのが慣《なら》いとなっている。近いところでは三年前に参府しており、そのとき一行が定宿《じょうやど》にしている日本橋本石町《にほんばしほんこくちょう》の長崎屋《ながさきや》にて、九代藩主、松前若狭守章広《わかさのかみあきひろ》が甲比丹ブロムホフと面会していた。その折に虫眼鏡を贈られた章広公が、屋敷を出られぬ父上の気慰みになればとお譲りになったのだという。

「お、おれ、そんなたいそうなものだと知らなくて」

勝次が情けない声を出した。ひなたは勝次を意気地なしとは思わなかった。割れた玻璃片を目にするなり、頭痛がするといって帰ってしまった曲亭馬琴に比べたら、己《おの》が非を認めて最善を尽くそうとする勝次のほうが、よほど度胸がある。

「少々血の気が多いご隠居さまでの。隠し立てをするのは心苦しいが、できれば内密にすませとうてな。それならばお父っつぁんに頼んでみようと、ひなたが言うてくれたのじゃ」

腕組みしたまま、徳松は考え込んでいる。

「八月のあたまにはお返しする約束での。それまでに仕上げてもらえるとありがたいのじゃが」

ひとしきり話し終えて幾らか気持ちが軽くなったのか、玄斎は厠《かわや》へ用を足《た》しに出て行った。その後ろ姿に目をやっていた徳松が、善兵衛にそっと訊ねかけた。

「松前のご隠居さまてえのは、そんなに厄介な人なのか」

「さあ、古い香具師《やし》に聞いた話だと、勝手気ままな殿さまで、その時分は世間でもずいぶん噂《うわさ》になったらしい。政《まつりごと》はそっちのけで遊興にふけり、吉原《よしわら》の花魁《おいらん》を落籍《ひか》して妾《めかけ》にしたそうでな。あんまり目に余るんで、お上に永蟄居を申し付けられたんだとか」

いわくのある人物から借りた品をせせらぎで破損したとあって、頭取のわたしとしても事が大きくなるのを恐れている、と善兵衛は言葉を続けた。

「どうだ、徳松さん。この話、引き受けてもらえんか」

徳松がまたしても黙り込む。しばらく思案に沈んで、口を開いた。

「いつもこしらえてる玻璃片は、差し渡し一寸ほどがせいぜいだ。けど、これはちょっと見たところ三寸はあるし、肉も厚い。それに、何だか珍しい細工もしてあるようだ。気安く任《まか》せなせェとは言えねえな」

「しかし、ご隠居さまの怒りに触《ふ》れてみろ。玄斎さんが出入り無用になるのは間違いないし、せせらぎだってどんな嫌《いや》がらせをされるかわかったものじゃない」

「そりゃ、玄斎先生にも義兄さんにも、子供たちが世話になってる恩がある。勝次の力にもなってやりてえよ。しかしなあ」

徳松が渋い顔で、深い息を吐いた。

「おやじ、やってみようぜ」

黙って話を聞いていた耕太が、口を挿んだ。

「おやじがいつも言ってるだろ。職人てえのは、昨日と同じことをしてたんじゃ腕が鈍《なま》るって」

徳松の眉がぴくりと動く。

「阿蘭陀渡りの技と工夫を、おれは手前のものにしてえ。うまくいけば、うちの注文も増えるかもしれねえし」

「てめえ、半人前のくせに出しゃばった口をきくんじゃねえ」

声を尖《とが》らせた徳松に、耕太が挑《いど》むような目になった。

「ふうん、おやじ、自信がねえのか。口ほどでもねえな」

「お、おい。そんなことは……」

徳松がむっとして口をつぐむ。

「だったら、やろうぜ。出来るかどうかは、やってみなきゃわからねえだろ」

耕太がそう言ったとき、玄斎が厠から帰ってきた。

六

あくる日から、徳松と耕太は玻璃片の試作にとりかかった。縁と柄の鼈甲細工も、一見したところは無傷だが、きちんと目利きをしてもらうことにし、表通りにある小間物屋「升田屋《ますだや》」へ預けに出した。升田屋は、日ごろ徳松が眼鏡の玻璃片を納めている店だった。

身体が本調子とはいえぬ徳松は指図をするだけにして、じっさいの作業には耕太があたった。身体まるごとの重みを砥石《といし》にかける磨きの技は、思いのほか骨が折れるのだ。

試作は幾度やってもうまくいかなかった。手順としては、硝子種《ビードロだね》を炉で熔《と》かして大きな塊《かたまり》をこしらえ、それに適度な膨らみをつけながら磨いていくのだが、差し渡し一寸の玻璃片であればわけもないことが、三寸になったばかりに行き詰まるのだ。ある程度の厚みになるまで磨くと、ぴしりとひびが入ってしまう。玻璃片が磨きの圧力に持ちこたえられないのである。

玻璃片の表面の、比を違えた部分については何とか工夫がつきそうなのだが、土台が出来ないのでは話にならない。

せせらぎでのつとめを終えて帰ってきて、肩を落としている父と兄を目にするたび、自分が余計なひとことを口にしたばかりに、家に厄介事を持ち込んだのだろうかと、ひなたは気が塞《ふさ》いだ。

だが、これまでの二人とは何かが違っていた。父に口答えしてばかりだった兄が、父の言葉に耳を傾け、父とともに知恵を絞り、父が口を出す前に次の段取りに取り掛かっているのだ。

床《とこ》につく間際まで、耕太は行燈《あんどん》の下で帳面に筆をはしらせていた。その日の作業で気づいたことを、細かく書きとめているようだった。

兄は父に弟子入りして八年になるのだと、ひなたは今さらながらに思った。

「職人修業はおよそ十年が一区切りだ」と、日ごろ勝次が口癖のように言っている。十年も修業を積めばたいていは一人前になれるが、十年やってものにならぬならてんで見込みはない、ということである。「それが怖くて、修業に励むんだ」とも、勝次は言った。

その気持ちは、兄も同じだろう。一人前になるまであとひと息という段にさしかかっている兄が、己《おの》れに足りない何かを摑《つか》もうと躍起になっているのが、ひなたにも伝わってきた。

試作を始めて半月ほどが経《た》ったある日、夕餉《ゆうげ》をすませた徳松が言った。

「磨きの力加減を按配《あんばい》するやり方には限りがある。そろそろ別の手を打たねえと」

「おやじ、何か思案があるのか」

耕太が、ふところから帳面を取り出しながら訊く。

「あるにはあるが……」

徳松が言いよどんだ。

「なによ、お父っつぁん。そんな言い方したら、気になって仕方がないじゃない」

洗濯物を畳《たた》んでいたひなたは手を止めて、父に先を急《せ》かした。母は台所で片付け物をしている。

徳松は、幾らかためらいの混じった口調になった。

「預かっている玻璃片を熔かして、今一度、仕立て直すんだ」

「えっ」

耕太とひなたは、ほとんど同時に声をあげていた。

「耕太は知ってるだろうが、硝子てえのはいろんなものが混ざり合わさって出来ている。といっても、ただ混ぜりゃいいってもんでもねえ」

ひなたにもわかるよう、徳松が嚙《か》み砕いて話してくれる。

硝子の材となるのは、鉛や石粉《いしこ》、硝石《しょうせき》といったものだ。炉で熔かしたり、水で冷やしたり、数々の手間と時をかけて、やっと素地の硝子種になる。

江戸で硝子細工にたずさわる職人たちは、種屋と呼ばれる硝子問屋から硝子種を仕入れ、それを各々の仕事場で熔かして酒器や食器、玻璃片などに細工するのがたいがいであった。徳松も、浅草《あさくさ》の問屋から硝子種を買っている。もっとも、眼鏡の玻璃片に関しては、あらかじめ厚さ一分《ぶ》（約三ミリ）余りにこしらえてある素地が唐土《もろこし》から長崎に入ってきたのを、両面から磨いて仕上げていくこともあった。

ただ、昨今、江戸の問屋がこしらえている硝子種は、唐土から伝わったつくり方によるもので、阿蘭陀の硝子には、また別の材が混じっているのだという。

そこまで聞いて、耕太が「そういうことか」と唸《うな》った。耕太は腰を上げると、仕事場に設《しつら》えられている引き出しを開け、袱紗包みを二つ取り出してきた。いずれにも、割れた玻璃片の欠片《かけら》が包まれていた。

「こっちが、おれが細工して失敗《しくじ》った玻璃片。それとこっちが、お師匠さまから預かった玻璃片」

　それぞれを、耕太が指で示す。ひなたは膝を進め、どちらからも一つずつ欠片を拾い上げると、行燈のあかりにかざして見比べてみた。

「何だか、色が違うみたい」

「そうなんだ。何となく違うことには気づいていたんだが、おやじの話を聞いて合《が》点《てん》がいったよ」

　ひなたは今一度、硝子を灯《ひ》あかりに透かしてみた。ほんのりした飴《あめ》色のあかりが、二つの硝子の中を通り抜けて、一方では柔らかな黄緑がかった光を、もう一方では爽《さわ》やかな青い光を発している。

「それにしても、お父っつぁん。どうして、お師匠さまから預かった玻璃片を熔かしちまうの」

　ひなたは父を振り向いた。耕太も首をかしげている。

「ふむ。お父っつぁんの兄弟子に、長崎へ旅修業に出て、そのまま住み着いた人がいてな。時どき江戸に来るんだが、前に会ったとき言ってたんだ。江戸の硝子に阿蘭陀の硝子を熔かし合わせれば、硬くて壊れにくくなると」

「へえ」

ひなたは青くきらめいている阿蘭陀の硝子に目をやった。父の言うことに頭ではうなずけても、どこか気持ちに引っかかるものがある。

硝子はいったん熔かすと、あとには引き返せない。万に一つでも仕損じれば、砕けた欠片すら手許に残らないのだ。ほかに手立てがないとはいえ、一介《いっかい》の職人がその判断を下すには、あんまり荷が重すぎる。

徳松と耕太の顔つきも、いつしか険しくなっている。

行燈の油がとぼしくなったのか、灯がわずかにまたたいた。硝子に映り込む光が、ちかちかと明滅している。

七

「このわしが、なにゆえ若造どもを連れて歩かんとならんのだ」

曲亭馬琴が、さっきからずっとぶつぶつ言っている。空には鼠色の雲が広がっていた。そのぶん蒸《む》して、ひなたの背中には着物が汗でべったり張りついている。

小禄《しようろく》の武家屋敷がひしめきあう御徒町《おかちまち》の通りを、馬琴を先頭に、ひなた、勝次、耕太が北へ歩いている。行く手の辻を右に折れ、二町《ちよう》（約二百二十メートル）ばかり進めば、松前藩の上屋敷にたどり着く。

ひなたたちが神田同朋町《かんだどうぼうまち》にある馬琴の家を訪ね、「松前のご隠居さまにすべてを打ち明けてお詫びしたいので、同道してほしい」と頼むと、馬琴はあからさまに嫌な顔をした。「玄斎どのに聞いた話と違うではないか。へっぽこ職人め」とか、「倅をお抱え医者にしてもらうのに、どんなに苦労したことか。これで扶持を失ったら、どうしてくれよう」などとさんざん悪態を吐《つ》いたが、ひなたが「馬琴先生って、勇壮な武者のお話をお書きになるわりに、肝《きも》っ玉《たま》が小さくていなさるんですね」と切り返すと、むすりとして奥へ引っ込み、黒の紋付袴《もんつきはかま》に着替えてきた。馬琴に初めて会う耕太は、冷静沈着な人柄を想像していたらしく、妹にたしなめられている当人を見てがっかりしていた。

齢若い三人だけでお屋敷を訪ねても門番に追い返されるのが目に見えていたので、ひなたは内心ほっとした。玄斎がいてくれると心強いのだが、患家で飼っている鳥が具合を悪くしたとかで、一昨日から泊りがけで青山《あおやま》へ出かけているらしい。留守を預かる妻女の話では、帰ってくるのは十日ばかり先になるという。

両側を大名屋敷の長屋塀《ながやべい》に挟《はさ》まれた通りをしばらく歩くと、頑丈そうな扉が閉じている門の前で、馬琴が立ち止まった。

「おまえたちは、ここで待っておれ」

馬琴は門の片側に設けられた番所へ近づき、中に詰めている番士と短いやりとりを交わした。じきに手招きしてよこしたので、ひなたたちはそばへ行って少し待った。馬琴に近寄ると、薬を煮出したような匂いがする。同朋町の家でも感じたのだが、それは父に飲ませる薬湯の匂いと似ていた。馬琴は倅が医者をしているので、身の回りにそうした匂いが染《し》みついているに相違ない。

やがて、門の脇《わき》にある小戸が開き、中年の武士があらわれた。

「ご隠居さまが、ご面会なさるそうだ。それがしについて参られよ」

馬琴が小さく腰をかがめ、戸口を入っていった。勝次と耕太が、ぎこちない足運びであとに続く。ひなたの心臓が、にわかにどきどきと脈打ち始めた。

案内に立った武士は、敷地のぐるりにめぐらされた長屋に沿って、広場を進んでいった。人の姿を見かけることはなく、屋敷のほうでもしわぶき一つ聞こえない。途中で幾つか、屋根つきの小さな門をくぐったが、邸内の様子をうかがう余裕などひなたにはなく、前に見えている勝次の背中を追うのが精一杯だった。

幾つめかの門をくぐったとき、唐突に景色が開けた。広い庭へ出たのだった。離れ風の建物の前まで来ると、「ここで待たれよ」と言って、武士が離れて行った。

敷地全体で何坪《つぼ》あるのか見当もつかないが、目の前の庭は、せせらぎの中庭と同じくらいの広さに見えた。松や楓《かえで》といった樹々のほかに、ひなたが目にしたことのない、幹の白い高木も植えられている。およそ松前の地から船で運ばれてきたのだろう。

花の終わった紫陽花《あじさい》が葉をこんもりと繁《しげ》らせているかたわらに、鳥小屋が建っている。その手前で、白っぽい着物に袴をつけた人影が、木剣を構えて素振りをしていた。遠目で定かではないが、頭が真っ白な老人のようである。

ひなたが見るとはなしに眺《なが》めていると、先ほどの武士が人影に歩み寄り、こちらを指し示しながら言葉を交わした。ほどなく、素振りの老人が武士に導かれ、ひなたたちのほうへ歩いてきた。

「馬琴どの、よう見えてくれた。人づきあいを厭《いと》うそちが訪ねてくるなぞ、稀有《けう》なこともあるものよ」

老人はそう言うと、沓脱石《くつぬぎいし》を上がって建物の縁側《えんがわ》に腰掛けた。中年の武士は老人から木剣を受け取り、いずこかへ下がっていった。

　小柄ながらがっしりとした身体つきの老人が発する声には張りがあった。陽によく灼《や》けた顔は彫りが深く、眉がくっきりと太い。縁側に畳んであった鼠色の薄物羽織を重ねると、ぐっと数奇者《すきもの》らしさが増した。

「ご隠居さま、ご無沙汰しております。日ごろは手前が倅、宗伯がひとかたならぬご厚情を賜《たま》わりまして、まことにもってありがたく……」

　馬琴が身をかがめて跪《ひざまず》いた。ひなたたちもそれに倣《なら》う。馬琴よりほぼひと回り年嵩《としかさ》だと聞いていたが、じっさいの道広公はずっと若々しく見える。

「よい、よい。堅苦しい挨拶は抜きじゃ。して、そっちの三人は、どういう者たちかえ」

「はい、いずれも立花玄斎どのの手習い子でございます。手前にいるのが耕太と申して、これは眼鏡職人の見習いをしております。それから、勝次とひなた、この二人は池之端のせせらぎという花鳥茶屋につとめておりまして」

　地に膝をついたまま、馬琴が応える。淀《よど》みのない口ぶりだが、声は心なしか硬かった。

「ほう、玄斎どのの教え子とな。では三人とも、鳥は好きであろう。ちと、鳥小屋をのぞいていかぬか」

愛嬌《あいきよう》たっぷりの二皮目が、ひなたたちに向けられた。

ひなたは少しばかり拍子《ひようし》抜《ぬ》けした。奔放《ほんぽう》な行状を咎《とが》められてお上に謹慎を命じられたというから、もっと傲岸《ごうがん》で粗暴な人物かと思っていたのだ。

「そうそう、玄斎どのに珍しい道具を貸しておってな。近々、それを携《たずさ》えてせせらぎを訪ねて参るのではないかのう。そなたたちも見せてもらうがよい」

「ご隠居さま。その道具につきまして、本日はご報告せねばならぬことがあるのでして」

神妙な口調で切り出した馬琴に、道広公が怪訝な顔をした。

「何じゃ、あらたまって」

「じつは……」

阿蘭陀渡りの虫眼鏡を壊してしまった経緯を、馬琴がつまびらかに語った。

道広公は膝に手を置き、話にじっと耳を傾けていたが、玻璃片が砕けた段にさしかかるときつく目をつむり、一切《いつさい》の表情を閉ざした。

「割れたものと同じ玻璃片を仕立ててお返ししたかったのですが、お借りした玻璃片を熔かさねば、どうにも先に進めぬ次第となりまして」

馬琴がひとしきり話し終えても、ご隠居は口を引き結んでいた。そのこめかみに血管が浮き上がってくるのを、ひなたは目にした。

鳥小屋からは、場違いなほどのんびりとした鳩の声が聞こえてくる。

「して、いかに始末をつけるつもりじゃ」

目を閉じたまま、道広公が言った。静かな口調に、抑えようにも抑えのきかない昂《たか》ぶりが滲んでいる気がして、ひなたの腋《わき》に暑さゆえではない汗が流れた。殺気というものがあるとしたら、こんなふうにひっそりと押し寄せてくるのかもしれない。少々血の気が多いご隠居さまでの、といった玄斎の言葉が脳裡をかすめる。

馬琴がすっと背筋を伸ばした。

「手前も武士の生まれにございます。かくなるうえは、潔《いさぎよ》く腹を切ってお詫びしたいと存じまする」

「なんとな」

道広公が薄く目を開き、勝次がぎょっとした顔で馬琴を振り向いた。

「ただし、我が倅はかかる件と何の関わりもございませぬ。どうか、引き続きご当家にて召し抱えてくださいますよう」

馬琴は腰から脇差をはずして前へ置き、両手をつかえて頭を低くした。あれほどここに来るのを渋っていた馬琴が、屋敷に入ったときからやたらと落ち着き払っていたのは、どこかで肚《はら》を括《くく》ったからだと、ひなたは得心した。

しかし、共感することはできなかった。

「ちょっと待ってください」

口を挿んだひなたを、道広公がぎろりと睨《にら》んだ。怯《ひる》みそうになるのを堪え、ひなたはぐっと視線を上げる。

「そりゃ、阿蘭陀渡りの虫眼鏡は貴重な品でしょうけど、そんなに大事なものなら、人に貸さなきゃいいじゃありませんか。馬琴先生が腹を切ったところで、玻璃片がもどってくるとも思えませんし」

「ひなた」

耕太が低い声で制した。勝次は泡を吹きそうになっている。

ふむ、と道広公が眉を持ち上げた。

「そちの言い分にも一理あるかもしれぬ。しかし、娘。そのほうたちは玻璃片を割ったことを隠し、あわよくば内々にすませようと目論《もくろ》んでおったのではないか」

「たしかに、黙っていたのはよくないことです。でも、玄斎先生も馬琴先生も、ご隠居さまのご厚意に傷をつけたくなくて言い出せなかったんです。その気持ちを汲んで、うちのお父っつぁんも玻璃片の直しを引き受けたんです」

道広公が、視線を耕太に移した。

「ならば、その父親がここにおらぬのは何ゆえじゃ。そこの若者は見習いと申したな。一人前の職人が、なぜに来ぬ」

張りつめた表情で、耕太が応える。

「もとは、父が来るはずだったんです。でも、今朝、発作を起こしちまって……」

徳松の代わりに、耕太が来たのだった。徳松は倅が作業するのをわきで見ているだけだったが、かえって気苦労が増したのかもしれない。

「ふむ、父親は病《やまい》持ちか」

道広公がわずかに鼻白《はなじろ》んだ。

切れ目なく続いていた鳩の声が、ふっと熄《や》んだ。

「時が……、時が足りないんです」

ひなたは我知らず身を前に乗り出していた。兄の修業が十年の区切りを迎えるまではあと二年ばかり。その年月を、父は待つことができるか覚束《おぼつか》ない。兄にはとりわけ厳しく接する徳松を見ていると、ひなたは父もそのことをわきまえているのではないかという気がしてならなかった。

あたしの縁談を拒《こば》む素振りをみせないのも、それゆえだろうか。はたと思い当たって、胸が詰まる。

「この玻璃片を直すことができれば、兄さんは一人前の眼鏡職人に近づけるんです。後生ですから、どうか任せてもらえないでしょうか」

しまいのほうが、涙声になった。ひなたは手をついて頭を低くした。それを見て、耕太と勝次も地面に這《は》いつくばった。馬琴もあらためて低頭している。

しばらくのあいだ沈黙があった。屋敷は相変わらず静まり返っている。

道広公が、大きく息を吐いた。

「よかろう、そちたちに任せる」

途切れていた鳩の声が、庭にふたたび響き始めた。

八

せせらぎの休み処で働く女子《おなご》たちは、一月と七月に一日ずつ、交代で休暇をとることにしていた。

この七月、ひなたが休みをもらったのは十六日であった。折しも、藪入《やぶい》りで勝次も長屋に帰ってきており、虫眼鏡の玻璃片づくりはその日に行われることとなった。

ひなたが昼餉《ひるげ》をすませた頃、勝次が家を訪ねてきた。せせらぎの工房にいるときと同じく、藍の着物を尻端折《しりばしょ》りにしている。

「おじさん、おばさん、こんにちは」

徳松とおのぶに頭を下げて、勝次は部屋の隅で支度にかかっている耕太に声を掛けた。

「耕ちゃん、おいらは何をすればいいんだい」

耕太も縞《しま》の着物を尻端折りにし、袖《そで》は襷掛け、豆絞りの向こう鉢巻という出《い》で立ちだった。

「おれが合図したら、鞴《ふいご》で風を送ってくれ」

「合点《がってん》だ」

ふところから白い襷を取り出し、勝次も素早く両肩へ渡した。

ほどなく、耕太が仕事場の炉の前に腰を据《す》え、勝次が鞴の握り手に手をかけた。仕事場が見えるように徳松が身体を起こし、ひなたがその背中を支える。

すでに炉には炭火が熾きている。耕太の手許には、江戸の硝子と阿蘭陀の硝子、両方を入れた鉄の小鍋がある。

腰をかがめて火加減をうかがっていた耕太が、すうっと息を吸うと、小鍋を炉の中へ押し込んだ。

「勝次、風を頼む」

「よしきた」

鞴から風が送られ、ごうごうという音とともに、炉口から赤い炎が噴き出した。耕太は怯まず炉に顔を近づけ、柄の長い金鋏《かなばさみ》を突っ込んで小鍋の位置を加減している。

硝子は急激に熱すると、仕上がりが歪《ひず》んだりひび割れたりする。江戸の硝子と阿蘭陀の硝子のように、熔け始める温度が異なるものどうしを混ぜ合わせるときは、なおさら気を配《くば》らねばならない。送り込む風を加減しながら、じわじわと炉の温度を上げていく。

父の背中に力が入り、身体が前へのめりそうになるのを、ひなたは必死に支えた。徳松はまるで自分が炉の前にいるかのように、ずっと低く唸っている。

おのぶも台所から上がってくると、ひなたの隣に腰を下ろし、着物の膝をぎゅっと摑んだ。

四半刻もすると、鞴の握り手を押し引きしていた勝次の動きが鈍くなってきた。

「疲れただろう、ちょいと代わろうか」

そういう耕太も、燃える炎にさらされ続けて顔は真っ赤で、鉢巻の下から汗がしたたり落ちている。

「なんのこれしき。こんどのことはおいらにも非があるし、ちっとでも役に立たねえと」

勝次は動きを止めずに言うと、首に垂らした手拭《てぬぐ》いに片手をやり、顔まわりの汗をぬぐった。

それからまた四半刻がすぎた頃、炉をのぞき込んでいた耕太が、よし、今だ、とつぶやいた。金鋏で小鍋を取り出すと、砂を突き固めてこしらえた型に、緋色《ひ》に煮えたぎる硝子を流し込む。火の粉が舞った。

「どうだ、耕ちゃん。うまくいったか」

肩を波打たせながら、勝次が訊く。

耕太は応えず、炉に燃え盛っていた炭を長柄の十能《じゅうのう》で掻《か》き出し、ひと抱えもある素焼鉢《すやきばち》へ移している。鉢に蓋をして炭の始末をし、硝子を流し込んだばかりの型を炉へ入れてから、やっと大きく息を吐いた。

「うまくいったかは、明日にならねえとわからねえ」

江戸の硝子と阿蘭陀の硝子を熔かし合わせるなど、徳松も手がけたことのない技であった。この日のために、耕太は幾度も硝子問屋に通い、長崎で修業したことのある職人に助言を求め、細かく帳面に書きとめてきた。

熔かすときと同様、硝子はゆるやかに冷《さ》ましていくことも肝要だった。型の中で赤味を孕んでいる硝子が、すっかり冷えて透明になるのは明日のことだ。

「そう勿体《もったい》ぶらねえで、水にでも浸けて冷やせばいいじゃねえか」

「駄目だ。急に冷やすと硝子が歪んじまう」

存外に険しい耕太の声に、勝次が首をすくめる。

首尾の善し悪しがわかるのが明日になると聞いて疲れを覚えたのか、とりあえず役目を果たしてほっとしたのか、勝次は板の間に足を投げ出して坐り込んだ。耕太もしゃがみ込んだまま、放心したように宙を見つめている。

徳松の身体からにわかに力が脱け、へなへなとくずおれかかった。ひなたとおのぶが、とっさに手を伸ばす。

すみません、と勝手口で声がした。ひなたは母に父を任せ、立ち上がって台所へ行った。

「ごめんよ、取り込み中に」

戸口に立っていたのは、清一郎《せいいちろう》だった。小間物を商う升田屋の惣領《そうりょう》息子で、耕太と同い齢の十八だ。清一郎も、立花玄斎の手習い所に通った一人で、耕太とはその時分から心を許し合っている友だちだった。

「いま、一段落ついたところよ」

「首尾はどうだい」

越後上布《えちごじょうふ》を身につけた清一郎が、案じ顔になった。端正《たんせい》な顔立ちの清一郎がそういう表情をすると、かえって癇《かん》が強い感じになる。商人というより、学者か医者のようだ。

「作業はひととおりすんだけど、あとは明日にならないと何とも言えないみたい」

　応えたひなたにうなずいて、清一郎はふところに手を入れた。桐箱を取り出し、蓋を開ける。中には、升田屋へ目利きに出していた鼈甲細工が収まっていた。

「縁にも柄にも、傷ひとつないそうだ。うちに品を納めてる腕利きの鼈甲職人が言うんだから間違いないよ」

「そう、よかった。ありがとう」

　ひなたは桐箱を受け取った。耕太と話していくかと訊ねると、清一郎は首を伸ばして戸口をのぞき込み、今はよしておくよ、そうとう疲れてるみたいだ、と言った。用をすませたのに帰る気配がないので、ひなたが首をかしげると、清一郎はあわてたふうに口を開いた。

「ひなちゃんもだいぶ気を揉んだんじゃないのかい。ちょっと痩《や》せたみたいだ」

　ひなたはわずかに驚いた。このところ、玻璃片のことや父の病、己れの先行きに思いをめぐらせて胸が痞《つか》え、時どきお菜を食べ残すことがあったのだ。しかし、いつも顔を合わせている連中で、ひなたが痩せたことに気づいた者はいなかった。

清一郎は、「しっかり食べないと、ひなちゃんが倒れちまうよ」と労《いたわ》りの言葉をかけて帰って行った。

その晩、耕太は幾度となく土間に下りて炉の前をうろうろしていた。勝次にはああ言ったものの、炉の中の硝子が気になって仕方ないようだった。

あくる朝、ひなたが家を出るとき、硝子はまだ冷めきっていなかった。後ろ髪を引かれる思いでせせらぎに行き、夕方、門が閉まる刻限も待ち遠しく家に帰ってくると、腕組みをした耕太が表口に肩をもたせ掛けて待っていた。

「兄さん、どうだった」

どぶ板を鳴らして駆け寄ったひなたに、耕太は柱から身体を離して腕組みを解くと、両の手のひらを上に向けて差し出した。すっきりと透きとおった、肉厚の硝子が載っている。陽が落ちた後も残っているほのかな明るみを映して、きらりと光った。

ひなたは胸に手を当て、ほうっと息を吐いた。

翌日から、耕太は硝子を磨きにかかった。磨きにおいては、これまでの修業で培《つちか》った心得がある。まず、面全体がこんもりとした山になるように形づくり、次に、山の一部に別の山をこしらえる要領で磨いていった。手本となる玻璃片を熔かしたので、見比べて按配を加減することはかなわないが、あらかじめ寸法を写し取っておいた帳面と睨めっこしながら作業を進めた。

それから五日後、硝子《ビードロ》の塊は玻璃片に生まれ変わった。耕太が玻璃片を鼈甲の縁に嵌め込み、ひなたがそれを桐箱に収めた。

九

八月に入っても昼日中は相変わらずの暑さだったが、明け方にふと肌寒さをおぼえて目覚めるようになった。みんみんと鳴いていた蟬も、いつのまにかつくつく法師に変わっている。

昼どきの客がひとしきり捌《さば》けた頃、せせらぎの休み処を立花玄斎が訪ねてきた。

「お師匠さま、こんにちは」

玄斎を露天の縁台に通し、麦湯と葛もちを出してから、ひなたは富士工房へ勝次を呼びに行った。二人がもどってくると、玄斎は葛もちを食べ終えたところだった。

「あのこと、どうなりましたか」

勝次とひなたが口ぐちに言って、玄斎の向かいに置かれた縁台に腰掛ける。

「まあまあ、二人ともそう急かすな」

悠然と言って、玄斎は湯呑みに手を伸ばす。師匠が麦湯をすするのを、二人は辛抱《しんぼう》づよく待った。

先だって、ひなたが桐箱に収めた虫眼鏡は、玄斎によって松前道広公に返納された。その折のことを、玄斎は知らせに来てくれたのである。ちなみに、曲亭馬琴は家にこもり、『八犬伝』の続きを書くのに精を出しているという。

湯呑みを縁台に置いた玄斎が、おもむろに口を開いた。

「青山で食べた田舎饅頭《いなかまんじゆう》も美味《うま》かったが、ここの葛もちの味わい深さにはかなわんのう。それにしても、帰ってくるなり事が急変していて仰天《ぎようてん》したわい」

鬚に手をやりながら、言葉を続ける。

「くだんの虫眼鏡を携えてお屋敷に参ったところ、むやみに他人に見せびらかすから、ろくなことにならんのだと、ご隠居さまにお叱《しか》りを受けてしもうた」

「で、ご隠居さまは何と」

勝次が身を乗り出す。ひなたも固唾《かたず》を飲んで玄斎を見つめた。

「もとの玻璃片に劣らぬ出来映《できば》えじゃと仰せになられた。耕太と徳松どのにも、そう伝えてあげなさい」

玄斎の顔に、静かな笑みが広がった。

勝次の眉尻が下がり、泣きそうな顔になっている。嬉しいのとほっとしたのとで、ひなたは思わず知らず、勝次の首に抱きついていた。しばらくして、勝次が石のように固まっているのに気がつき、あわてて身体を離した。

「そういえば、馬琴どのが腹を切ろうとしたそうじゃの。ご子息の先行きを案じたうえのこととはいえ、あの御仁のやることは極端すぎるわい」

玄斎が、やれやれという顔になった。

「馬琴先生の息子さんは、お医者をなすってるんですよね。何か、差し支《つか》えがおありなんですか」

松前藩邸で馬琴がしきりに倅のことを気にかけていたのが、ひなたは少しばかり解《げ》せなかった。

「それがのう、宗伯どのは幼少の頃よりひ弱な性質《たち》での。親父《おやじ》どのがさまざまなお膳立《ぜんだ》てをして医者に仕立てはしたものの、当人は今もって病に苦しんでおられる。松前藩の扶持を頂くことができるのも、ひとえにご隠居さまのご厚情によるのじゃ」

馬琴の身の回りに漂う薬の匂いが鼻先をかすめた気がして、ひなたは何とも言えない気持ちになった。

玄斎が、気を取り直すように言った。

「ご隠居さまが、ひなたにいたく感服しておられたぞ」

「あたしにですか」

ひなたは眉をひそめる。

「玻璃片を割ったと聞かされたときは頭に血が上って、手に木剣でも握っていたらおまえさんたちを片端《かたはし》から叩《たた》きのめしていたところじゃったそうな。それが、父親と兄を思うひなたの心に触れ、すっと鎮《しず》まったらしいのじゃ」

「……………」

「この世に生まれたとき、天から与えられる時の長短は人それぞれ。それを生かすも殺すもまた人それぞれ。そのことに深く思い至らせてくれたおまえさんにと、これを遣わされての」

ふところから筒状のものを取り出して、玄斎がひなたに差し出した。

「何ですか、これ」

ひなたは手に取って訊ねた。長さがおよそ六寸(約十八センチ)ばかりの筒で、一方の端に蓋をするように玻璃片が嵌め込まれており、もう片方の端も何やら色の付いた蓋で覆われている。

「可列以度斯可布《カレイドスカフ》というそうじゃ。ちと、玻璃片をのぞいてごらん」

ひなたは玻璃片に目を当てた。

「わっ」

見たことのない世界が、目に飛び込んできた。白、黄、赤、青、紫、緑……。まるで孔雀とインコが一緒くたに入り乱れているような彩《いろど》りが、筒の中に詰まっている。

ひなたはいったん玻璃片から目を離した。ぽかんとした勝次の顔がそこにある。

「虫眼鏡とともに、阿蘭陀から渡ってきたものだそうじゃ。こう、筒を回しながら見ると、また違った景色が楽しめるぞ」

今一度、玻璃片をのぞき、言われた通りにする。

先刻にも増して度肝《どぎも》を抜かれ、ひなたはしばし絶句した。色とりどりの光が、砕けてはまとまり、まとまっては砕けて、次々に様相を変えていくのである。

「その可列以度斯可布は、四季の移り変わりをお題にしておるそうでの。夏のとば口に立つ齢頃のおまえさんが手にしてこそふさわしいと、ご隠居さまからの言《こと》伝《づて》じゃ。ありがたく頂戴《ちょうだい》するとよい」

何もかも忘れて、ひなたは筒を回し続けた。青と白を組み合わせた模様の次にあらわれる、柔らかな色合いに彩られた光は、春をお題にしているのだろうか。それが少しずつ輝きと明るさを増しながら、夏の景観を形づくっていく。

これほどまぶしい季節がこの先に待っているなら、時が進んでいくのも悪くない、とひなたは思った。

とんだ鶯《うぐいす》

一

参道に連《つら》なる石燈籠《いしどうろう》に灯《ひ》がともり、下谷善養寺《ぜんようじ》の境内《けいだい》を照らし出している。九月に入ったばかりの夜風は、さらりとして心地よかった。

灯あかりが、隣にいるひなたの頰《ほお》の丸みをほんのりと浮かび上がらせるのを、小間物屋「升田屋」の惣領《そうりょう》息子清一郎は、そっと盗み見しながら歩《あゆ》みを進めた。

ひなたは縞木綿《しまもめん》に黒繻子《くろじゅす》の帯を締《し》めた普段着姿だが、長いまつ毛が目許《めもと》に影を落として、心なしか大人びて見える。

清一郎とひなたのすぐ前を勝次が、その先を耕太とおゆりが歩いている。清一郎と耕太が十八で、あとの三人は十六だ。いずれも立花玄斎が開く手習い所に通った間柄であった。

縁日とあって、宵《よい》の口になってもお参りに訪《おとず》れる客は絶えなかった。寺は日光《にっこう》街道に面しているものの、少し北へ行けば田畑が一面に広がり、平生《へいぜい》は日が暮れるとひっそりする場所である。

本堂に続く十段ばかりの石段をのぼった五人は、めいめいに賽銭箱《さいせんばこ》へ銭を入れ、横一列になって合掌《がっしょう》した。あたりは虫の音に包まれている。

「おい、早くしろよ」

一心に手を合わせているひなたに、耕太が勝ち気そうな眉《まゆ》をひそめた。

はっと顔を上げたひなたが、とうに石段の下にいる四人を振り向くと、あわてて駆《か》け下りてきた。

「ごめんなさい、つい熱が入っちまって」

首の後ろへ手をやった顔には、いつもの明るい表情が浮かんでいる。

「いいの、いいの。ひなちゃん、行こ」

耕太のかたわらにいたおゆりが涼《すず》しげな目許を弛《ゆる》ませ、ひなたと肩を並べて歩き始めた。中肉中背のひなたが、ほっそりした撫《な》で肩《がた》のおゆりをいくらか見上げる具合になる。おゆりは植木屋「苗嶋《なえしま》」の親方の娘で、この寺の門前に家があった。住まいのほかにも、苗嶋は箕輪《みのわ》に広大な植え溜《うだ》めを抱えている。おゆりは着物もひなたより一段上等な結城紬《ゆうきつむぎ》をまとっているが、当人たちはちっとも頓着《とんちゃく》するふうがなく、互いの肘《ひじ》をぶつけ合いながらくすくす笑っている。子供時分から、大の仲良しなのだ。

「ったく、我が妹ながら、とろ臭《くせ》えな」

耕太が軽く舌打ちした。ひなたとおゆりの後を、男どもがぶらぶらとついて歩く。清一郎と耕太は背恰好《せかっこう》がほとんど同じで、勝次だけ頭の位置が少しばかり低い。

「おおかた、せせらぎの給金が増えますようにとか色白になれますようにとか、あれこれ願掛けしてたんじゃねえの。欲張りだからな」

両手を頭の後ろで組んだ勝次が言うと、耕太がくっと咽喉《のど》の奥で笑った。呑気《のんき》なやつらだと呆《あき》れながら、清一郎はひなたの後ろ姿に視線をやった。梅雨《つゆ》明けあたりから、ひなたはいささか痩《や》せた。やつれたと言うほうが当たっている。耕太に聞いた話だと、このところ眼鏡《めがね》職人の父親が喘息《ぜんそく》の発作をちょくちょく起こしているそうだから、そのことを気に掛けているに相違ない。

物言いや立ち居がきりきりしゃんとして、肌も浅黒いひなたからは、いかにも健《すこ》やかな感じを受ける。それゆえ、仏さまにすがりたくなるほど心を痛めていることが、周囲には見えにくいのだ。耕太は兄だから多少は察しているだろうが、子供のときから能天気な勝次には、たとえ言ったとしてもわかるまい。

参道のわきには、飴細工《あめざいく》や焼き団子《だんご》などの屋台見世《みせ》が連なっている。見世先に下がる提灯《ちょうちん》のあかりに、蛾《が》や小さな虫がたかっていた。

「なあ、何か食おうぜ」

勝次が声を掛けるものの、ひなたたちはすたすたと先へ行く。屋台見世が途切れたところを、左手に折れた。

春になれば見事な花を咲かせる枝垂桜《しだれざくら》が植わっている前庭に、今宵《こよい》は篝火《かがりび》が焚《た》かれ、幾段《いくだん》にも積み重ねられた鳥かごを映し出していた。

江戸近辺にある寺社の境内では、折《おり》おりに鳥市《とりいち》が催《もよお》されている。鳥を飼おうと思い立った人たちは、市中の飼鳥屋《かいどり》に出向いたり、掛け合わせを得手《えて》にしている連中に話をつけたり、鳥を飼っている存じよりに譲《ゆず》ってもらったりして、目当ての鳥を手に入れるのがたいていだ。鳥市で鳥の愛らしさに魅入《みい》られ、ついふところの財布に手を伸ばしてしまう例も少なくなかった。

折しも、赤ん坊を負《お》ぶった家族連れや、小僧を伴った商家の旦那《だんな》風、若い男女連れなどが、七、八軒ほどの鳥屋が即席にこしらえた見世先を冷やかしている。

善養寺でこの時季に催される鳥市は、毎年の恒例行事となっていた。清一郎たちが通うようになったのは、三年ほど前からである。家は近所どうしだし、日ごろから個々の行き来はあるのだが、親方の許に住み込んで鳥かご職人の修業をしている勝次も入れた五人で出掛けるとなると、なかなか容易ではない。勝次は鳥市に並ぶ鳥かごを見て見聞《けんぶん》を広めるという名目で、親方に夜の外出を許されているのだった。

「ずいぶんと賑《にぎ》わってるじゃないか。客の数が年々ふえていってる気がするな」

清一郎は、連れの男と値踏みをしながら鳥を見ている職人風を避《よ》けて、一軒の見世先に歩みを進めた。積み上げられた鳥かごが、おのずと隣の見世との仕切りになっている。

「このごろは、異国渡りの鳥を江戸でもうまいこと掛け合わせるようになってきたでしょ。ほら、あすこにいる金糸雀《カナリア》や紅雀《べにすずめ》みたいに、ぱっと目を引く鳥がせせらぎの飼鳥屋でも人気が出てきてるの」

ひなたが横に来て鳥かごを指さした。とはいえ、篝火の明るさがじゅうぶんに届かず、いずれの鳥もくすんだ色合いに染《そ》まっている。

枝垂桜の向こうで萩《はぎ》が繁《しげ》っているあたりは暗闇に沈んでおり、おゆりの白い手を引いた耕太が枝葉の陰に入っていくのが、清一郎の視界の端《はし》に映った。

「ひなちゃんは、どんな鳥が好きなんだい」

暗がりから目を逸《そ》らして、清一郎は訊《たず》ねた。

「あたし？　そうねえ」

親しい友と兄の行方が気になりはしないのか、ひなたはそ知らぬ顔で首をかしげている。

「大瑠璃《おおるり》かな」

ひなたはそう言って、二間《けん》（約三・六メートル）ほど先にある鳥かごの山に目をやった。横顔が、また影を帯びる。

清一郎はひなたの視線をたどったが、鳥かごに入っているのは文鳥《ぶんちょう》きりだった。

その文鳥のかごをためつすがめつしていた勝次が、ひどく思い詰《つ》めた顔でこちらへ近づいてくる。

「もう駄目だ。腹の虫が鳴いて辛抱《しんぼう》できねえ」

「何だよ、勝次。鳥かごより屋台の食い物が目当てなのか」

「勝っちゃんたら、ほんとにしょうがないわねえ」

清一郎とひなたが顔をしかめたとき、幼い男の子を肩車した男がかたわらに立った。

「ねえ、ちゃん。あの鳥、何」

男の子は三つくらいか、鳥かごを指さし、たどたどしい物言いで父親に訊ねている。その様子がなんとも微笑《ほほえ》ましくて、清一郎は聞くともなく親子のやりとりに耳を傾けた。

「ふむ、あいつか。あいつは、鶯《うぐいす》かな」

つま先立ちになって鳥かごをのぞいた父親が、いささか心許なさそうに応《こた》えた。齢《とし》は二十五、六といったところで、紺《こん》の腹当《はらあ》てに股引《ももひき》、尻切《しりき》れ半纏《ばんてん》という出《い》で立ちだ。およそこの近所に住まう職人だろう。

「坊や、あれはね……」

口を出しかけたひなたをさえぎるように、

「ほう、鶯を気に入るとは、坊も目がお高《たけ》え」

鳥屋の主人が、ずいっと親子連れに歩み寄った。四十がらみの顎《あご》が尖《とが》った男で、細い身体《からだ》に茶色っぽい着物を着けている。

「うぐ、いしゅ」

口真似《くちまね》をした男の子に、鳥屋は胸の前で揉《も》み手《で》をし、糸みたいな目をいっそう細くした。

「そう、鶯。この時季の鳴き声は地味だが、春になるといい声で唄《うた》いやすよ」

「ホーホケキョってな」

父親が調子を合わせて肩を揺すり、男の子がきゃっと笑い声を上げた。

清一郎は、夜風が粘《ねば》つくのを感じた。

鳥屋が、細めた目を父親に向ける。

「旦那、いかがです。坊の顔には飼いてえと書いてありやすが」

「そうはいっても、鶯ってのはべらぼうな値がするんだろ」

父親が苦笑《にがわら》いする。

「そりゃ、大瑠璃、駒鳥《こまどり》と並ぶ鳴き鳥でやすからね。けどまあ、坊の可愛《かわい》らしさにはかなわねえや。こっちも勉強させてもらいまさ」

「ふうん、いかほどだい」

鳥屋がふところから出した算盤《そろばん》の珠《たま》をはじいて見せると、父親はいくらか拍《ひょう》子抜《しぬ》けしたふうだった。

「思ったほどでもねえんだな。じゃあ、もらっていくとするか。鳥を飼うのは初めてなんだ、鳥かごから何から一式そろえてくんな」

「へい、ありがとう存じやす」

鳥屋が頭を下げた。

何か言いたそうに口をもごもごさせているひなたの手を引っぱり、清一郎はその場を離れた。若い父親に応対しつつ、こちらを刺《さ》すように見た鳥屋の目が鋭かった。

二

「いるんだよなあ、ああいうの」

鳥市の立つ場所から少しばかり離れた松の根方で、勝次がいかの下足《げそ》焼きにかぶりついた。声には不平があらわれているが、食べ物にありつけて顔は満足そうだ。屋台見世の稲荷鮨《いなりずし》と下足焼きでさんざん迷ったものの、たれの香《こう》ばしい匂いが決め手になったとみえる。

「目白《めじろ》を鶯と言って売るとはね」

少々割り切れない気持ちで、清一郎は串団子をかじる。

どういうわけか、鶯と目白を取り違えている人は珍しくなかった。鶯の華《はな》やかなさえずりから、美しい色合いをまとった姿を連想するのだろうか。じっさいの鶯は枯れた緑色で、柔らかな黄緑色をした目白に比べると地味な見てくれをしている。そもそも、目白は文字通り目の周りを白く囲まれており、いくらか心得のある人間なら、ひと目で見分けがつく。あかりが乏しくとも、鳥屋が見間違うはずはなかった。

「鶯のほうがどことなく格上な感じがするから、偽《いつわ》って売っちまうんだろうな」

下足焼きを嚙《か》みちぎって、勝次が言った。

ひなたや、いつのまにか萩の繁みから出てきた耕太は、清一郎と同じく串団子を頬張っている。おゆりは何も食べていなかった。おゆりちゃんも一緒に食べよう、とひなたが誘ったのに、あいまいな笑みを浮かべて首を振ったのだ。胸許を手で押さえ、今はここがいっぱいで、とひなたの耳許にささやいたのが、清一郎には口の動きでそれとなく察せられた。

耕太のやつ、暗がりに紛《まぎ》れて調子に乗ったな、と思った。それを不埒《ふらち》と咎《とが》めるほど野暮ではないつもりだが、せっかく皆が揃《そろ》っているのに、和を軽《かろ》んじる振る舞いは慎《つつし》んでもらいたかった。耕太たちが甘やかな後ろめたさを味わうために、自分たちが引き立て役にされたみたいで、何となく癪《しゃく》に障《さわ》る。

黙々と団子を食べていたひなたが、清一郎を見上げた。

「ねえ、さっきのは詐欺《さぎ》だよね。偽りは偽りだって、ちゃんと言わなきゃいけないんじゃないのかな」

「え、あ、ああ」

大きな眸《ひとみ》に見つめられて、清一郎はどぎまぎした。

「あれは目白だと、清さんも気づいてたんでしょ。なのに、見て見ぬふりをするなんて」

負けん気の強そうな目が、きらりと光る。

「そうはいっても、鳥屋の人相があんまりよくなかったんだ。ひなちゃんが厄介《やっかい》事《ごと》に巻き込まれでもしたら、えらいことだと思って」

心根の真っ直《す》ぐなひなたを、清一郎は好ましく思っている。だが、真っ直ぐすぎてはらはらさせられることも度々《たびたび》だ。それでも、ひなたが口を尖らせているのを目にすると、なぜか自分がお節介をはたらいたような心持ちになる。

「おい、ひなた。清ちゃんに感謝しろよ。おめえが誰彼かまわず突っかかろうとするから、周りはひやひやもんだ。こないだみてえに、いつもうまくいくとは限らねえんだぞ」

勝次が軽くたしなめる。

勝次に肩をもたれて清一郎は味方を得た思いがしたが、同時に、胸の底がちりちりと焼けるのを感じた。勝次とひなたは花鳥茶屋「せせらぎ」につとめている。日ごろからひなたの身近にいる勝次が知り得ることないだのことも、清一郎にはさっぱり見当がつかない。

「真実《ほんとう》のことを知ったら、あの坊やもがっかりするだろうなあ」

ひなたは気持ちが治まらぬ表情で、串に残った団子を口へ運んでいる。

「けどよ、目白としてはまともな値で取り引きしてたんだろ。詐欺ってのは言い過ぎじゃねえのかな。まあ、その親子が真実のことに気づくのは春になってからだろうが、その頃にはもう情が移ってるだろうし」

耕太が口を挿《はさ》んできた。その横で、おゆりが困ったような笑みを浮かべている。

風がいくぶん肌寒くなってきた。上野の山から、夜五ツ（午後八時頃）の鐘が聞こえてくる。

清一郎は短く息をついた。

「さっきの鳥屋は、ずっとああいう商売をしてきたんだろうな。この先も、たぶんおんなじだ。何となく、升田屋《うち》が玻璃《レンズ》だぶって見えちまった」

「おい、おれんとこは升田屋に玻璃片を納めてるんだ。滅多《めった》なことを言わねえでくんな」

父親の許で眼鏡職人の修業を積んでいる耕太が、むっとなった。

清一郎は手のひらを向こうにむけて、やんわりと押し返す。

「むろん、詐欺とは無縁だよ。おれが言いたいのは、升田屋は昔も今も、代わり映《ば》えのしない商売を続けているってことさ。そして、この先もきっとね」

「でもよう、このへんで清ちゃんとこを知らねえ人なんていねえぞ。親父《おやじ》さんや番頭さんの言いつけを守って得意先とつき合ってりゃ、先々も安泰だろうけどなあ」

下足焼きのたれがついた指先をねぶりながら、勝次がのんびりと言う。仙龍寺門前にある升田屋といえば、界隈《かいわい》では指折りの老舗《しにせ》であった。

清一郎は即座に言い返した。

「得意先だって代替わりするんだ。十年一日《じゅうねんいちじつ》のごとくやってたら、じき飽きられるに決まってるだろ」

「そんなもんかなあ。ま、清ちゃんは昔から、物事をこむずかしく考える性質《たち》だからな」

「ふん、どうせおれはしち面倒《めんどう》な男だよ」

吐《は》き捨てる口調になった。勝次ののほほんとした性分は、時に人をいらつかせる。

　耕太が二人を見て苦笑している。

　思案顔でやりとりを聞いていたひなたが口を開いた。

「要するに清さんは、目先を変えた工夫をして、新しいお客さんを取り込みたいんだよね」

「そうなんだ、ひなちゃん。でも、うまい思案が浮かばなくて……」

　清一郎は弱ってみせながら、さすがにひなたは飲み込みが早いと感心した。

「それじゃ、飛脚《ひきゃく》売りっていうのはどう」

「飛脚売り？」

「植木屋にはそうした商《あきな》いがあるんだって。先《せん》におゆりちゃんから聞いたんだ」

　ひなたがおゆりに目を向けると、おゆりは控《ひか》えめにうなずいてから説明してくれた。

「菊《きく》とか牡丹《ぼたん》とか、苗木の目録をこしらえて得意先に配《くば》るの。菊ひとつにしても、花びらの形や色、咲き方の違う種類が幾つもあって、目録を眺《なが》めてるだけで時が経《た》つのも忘れるって人もいるくらいでね」

　江戸市中から苗嶋を訪ねてくる客に苗を売るのはもちろん、上州《じょうしゅう》や房州《ぼうしゅう》、上《かみ》方《がた》などで売ってくれという声も相当あって、苗嶋では近隣の植木屋たちと仲間をつくって飛脚売りに乗り出したという。

「文《ふみ》で注文を受けて、飛脚に苗木を届けてもらうの。勘定《かんじょう》は為替《かわせ》手形で」

「なるほど、それで飛脚売りか」

清一郎は得心《とくしん》した。

「京の植木屋なんかじゃずいぶん前からやっていたみたい。薬種《やくしゅ》屋でもそういうお店があると聞いたことがあるわ。ただ、小間物屋は……」

おゆりが細い首をかしげると、横から勝次が口を出してきた。

「清ちゃんとこが売るっていったら、櫛《くし》とか簪《かんざし》だろ。鼈甲《べっこう》やら珊瑚《さんご》やら値が張る品を、飛脚に任《まか》せて手違いが起こったりしねえかな。運ぶ途中に欠けたりしねえとも限らねえし、飛脚売りなんて出来っこねえよ」

ふむ、と清一郎は腕組みになる。勝次の言うように、突飛で到底無理な話に思える。

「もう、どうして出来ないってはなから決めつけるのよ。出来そうにないことをやるのが肝心《かんじん》なんだってば。余所《よそ》と同じことをしてたんじゃ、目新しい工夫とは言えないでしょ」

ひなたが頰を膨《ふく》らませた。

「ひなたの言う通りだ。出来るかどうかは、やってみなけりゃわからねえ」

耕太が妹に同調する。力強い口ぶりだった。

子供時分からいつも肩を並べてきた友の顔を、清一郎はまぶしい思いで見つめた。耕太は見習いの身でありながら、先《せん》だってはたいそう手の込んだ玻璃片を見事にこしらえた。その自信が、表情や物言いにみなぎっている。

置いていかれてなるものか、と清一郎は思った。文字の読み書きも、掛け算の九九を覚えるのも、先に上達したのは己《おの》れのほうだ。

「おれ、やってみる。升田屋で飛脚売りが出来ないか、親父に相談してみるよ」

思わず言葉が口をついて出た。言ったあとで、ちょっと軽はずみだったかな、とちらと思った。

三

升田屋仁兵衛《にへえ》が差し出した品を長いことかけて吟味《ぎんみ》すると、松前藩のご隠居は
「うむ、気に入った」といって顔を上げた。

父の肩から力が脱けるのが、隣にいる清一郎に伝わってくる。父に従《つ》いて松前藩上屋敷へ参上し、前藩主、松前志摩守道広にお目にかかるのは、これが三度めであった。

ふつう、隠居した藩主は中屋敷に住まうものだが、道広公はどういうわけか上屋敷に起居していた。

「気の短いところがあるご隠居さまゆえ、くれぐれも粗相《そそう》のないように」と毎度のごとく父から念を押されるが、七十すぎとはいえ矍鑠《かくしやく》とした道広公の前に出ると、清一郎はおのずと背筋が伸びる。

表門から入って玄関を上がり、母屋《おもや》と渡り廊下でつながっている離れ風の建物の一室に、清一郎たちは腰を落ち着けている。その八畳間が、道広公が客と面会する部屋らしかった。

道広公が背にしている床《とこ》の間《ま》には、円筒形の丸みを帯びた鳥かごが据《す》えてあり、極黄《ごくき》の金糸雀が一羽、止まり木で羽を休めていた。ご隠居はたいそうな鳥好きで、今日は風が強くて部屋の障子《しようじ》も閉まっているが、ここからのぞめる庭には鳩《はと》小屋も建てられている。ちなみに、鳥医者として屋敷に出入りしているのは、清一郎が通っていた手習い所の師匠、立花玄斎であった。

道広公は鼠茶《ねずちゃ》の袷《あわせ》を着流しにし、対《つい》の羽織《はおり》を重ねていた。彫りの深い顔立ちで、目には鋭い光が宿っている。

「ご隠居さまにお気に召《め》していただけまして、何よりでございます」

仁兵衛が頭を低くした。四十半《なか》ばの、深みのある声だ。身ごなしに応じて唐桟《とうざん》の羽織が上下するのが、清一郎の目の端に映る。父に倣《なら》って、清一郎も頭を下げた。

「余《よ》の望みを、よう汲《く》み取ってある。たいしたものじゃ」

道広公は満足そうにうなずき、前に置かれた桐《きり》箱に視線を注《そそ》いだ。そこに収められた印籠《いんろう》には、螺鈿《らでん》細工を用いた雪輪《ゆきわ》模様があしらわれている。

「いつもながら、升田屋は腕のよい職人を抱えておるのう。巷《ちまた》には贅沢《ぜいたく》な材を用いるだけでろくな細工もせず、途方もない値をふっかける手合いがいるそうだが、そちの店はそうした心配が無用じゃ」

ご隠居が視線を仁兵衛へもどし、目許を弛ませた。

「そのようにお褒《ほ》めいただきましては、もったいのうございます。お言葉ではございますが、手前どもでは、先代からつき合いのある職人もあまた抱えております。いずれも、損得抜きで精魂《せいこん》こめた細工が出来ればそれでよしという者ばかりでございまして」

仁兵衛は恐縮しつつも、升田屋の身上を言い添《そ》えることを忘れなかった。清一郎は黙って目を伏せながら、損得抜きでやっているから大身代《おおしんだい》になれないのだと、胸でひとりごちた。

品納めについてのやりとりが一段落つくと、ご隠居と仁兵衛は当たり障りのない話を始めた。

「今年は季節が深まるのが、ちと早いようじゃな」

羽織の袂《たもと》へ手を入れて、ご隠居が腕組みになる。

「さようでございます。先だっても、空気の冷たさと湿気が例年と異なるので作業も一筋縄ではいかぬと、蒔絵《まきえ》職人が申しておりました」

仁兵衛が相づちを打った。

ほかの客に品を納めるときは世間話から本題に入っていくのが常なのに、道広公に限っては逆だった。そのあたりが、気が短いと評される所以《ゆえん》かもしれない。

ここから先は、商いとは関わりのないお喋《しゃべ》りだ。大人たちの声が次第に耳から遠ざかってゆき、清一郎は物思いに沈んだ。

このあいだの縁日で、升田屋でも飛脚売りをやりたいと言ってからこっち、そのことばかりを考えている。だが、大口を叩《たた》いたものの、細《こま》かなこととなるとてんで思案が浮かばなかった。

升田屋では紅、白粉《おしろい》や櫛、簪、紙入れ、袋物《ふくろもの》など、おもに女子《おなご》の身の回りを彩《いろど》る品を商っており、注文があれば眼鏡のあつらえなどにも応じている。飛脚売りを始めるにあたっては品を一つに絞《しぼ》るのが妥当だと思うのだが、何がもっともふさわしいのかとなると迷ってしまう。

余所では手に入らない、升田屋ならではの一品。それさえあれば迷うこともないし、運び賃や為替の手間がかかっても品を買いたいという客はいるに相違ないのだ。

思案をめぐらせるばかりで時が流れていくことに、清一郎は焦《じ》れていた。案を固めないと、父に話を切り出すこともできない。

「これ、清一郎。おい」

仁兵衛が怪訝《けげん》そうな目を向けていた。

「あ、はい」

清一郎が我に返ると、ぼんやりするな、と低く叱《しか》って、仁兵衛はご隠居に向き直った。なにぶん行き届かぬ倅《せがれ》でして、と頭を下げる。

道広公の口許には、わずかに苦笑が浮かんでいた。

「そちは玄斎どのの手習い所に通うたのであったな。先だって、そちと同じ齢頃の、手習い子だったという若者どもに会《お》うたぞ」

「はて、誰でしょうか」

清一郎は首をかしげた。

「一人は眼鏡職人の見習い、あとの二人は花鳥茶屋につとめる者どもであった。虫眼鏡の玻璃片のことでやりとりしたのだが、茶屋の娘がとりわけ威勢がよくてな」

何かを思い出したように、道広公が鼻の脇《わき》に皺《しわ》を寄せて笑う。

「その三人でしたら、手前の存じよりかと」

「すこぶる気持ちのよい若者どもであった。向後《こうご》も交誼《こうぎ》を深めるとよい」

「はい、恐れ入ります」

一礼したのとは裏腹に、清一郎は困惑していた。虫眼鏡の玻璃片うんぬんには心当たりがある。しかし、さる高貴な方に差し障りがあってはいけないからと、仔細《しさい》については聞かされていない。縁日でも、あの三人は何も言っていなかった。

もっとも、清一郎にしたところで、店の得意先のことを軽々しく喋ったりはしない。

幼馴染《おさななじみ》たちと意外なところでつながっていたと知って嬉《うれ》しいかというと、そうでもなかった。かえって三人との隔《へだ》たりが大きくなった気がするのは何ゆえだろう。

「では、これにて失礼いたします」

仁兵衛が暇《いとま》を告げて腰を上げた。もやもやした気持ちのまま、清一郎も腰を浮かせたときである。

ピュルルルル。

床の間の金糸雀が高らかにさえずった。鈴を転《ころ》がすような鳴き声が、部屋に響き渡る。

と、清一郎は二歩、三歩、鳥かごに引き寄せられていた。

「せ、清一郎。なんたるご無礼を。こっちへもどりなさい」

仁兵衛があわててたしなめた。

「構わぬぞ、升田屋。若者が何事であれ関心を抱くのは好ましいことじゃ」

道広公が鷹揚《おうよう》な口ぶりで制している。

鳥かごの前に立った清一郎は、しばらくのあいだ動くことができなかった。金糸雀がさえずるのは春から秋にかけてだが、季節にかかわらず鳴く工夫が施《ほどこ》されているとみえる。だが、清一郎を惹《ひ》きつけたのは、りんりんとこだまする鳴き声でも、鮮《あざ》やかな黄色の羽でもなく、鳥かごに取りつけられた餌蓋《えぶた》であった。

餌蓋というのは、餌《えさ》を入れる餌猪口《えちょこ》に糞《ふん》や塵《ちり》が落ちぬよう取りつけるものだ。木材を円形にくりぬいた安価なもののほか、大名や裕福な商人ともなると、象牙や鼈甲を用いて贅を凝《こ》らしたりする。

「これは……、貝殻にございますか」

「ほう、餌蓋に目をつけたか。藩邸に詰めておる者が、台所のわきに捨てられておった蛤《はまぐり》に目を留めたそうでな。磨《みが》いて光沢を出し、端に穴を開けたものを、自分で飼っている鳥のかごに取りつけたんだと。同輩のあいだで、評判になってての」

その話がわしの耳に届いてきたのじゃと、清一郎の隣に立った道広公が言う。

ピュル、ピュルル。

人間たちに見つめられて、金糸雀がふたたび軽やかな声を響かせた。

四

清一郎の前に置かれた茶碗《ちゃわん》から、湯気がふんわりと上がっている。せせらぎにある休み処《やすどころ》では、葛《くず》もちに代わり、葛湯を出す時季になっていた。

両手にすっぽりと収まる大きさの茶碗にはほどよい厚みがあり、手に包むと温《ぬく》もりがじんわりと伝わってくる。小ぶりの木杓子《きじゃくし》で葛湯をすくい、口許へ運ぶ。とろりとした舌ざわりとほのかな甘みが口に広がり、しまいにぴりっとした生姜《しょうが》の風味が鼻へ抜けていく。凝り固まっていたものがたちどころにほぐれる気がして、清一郎はふうっと息を吐いた。

休み処のお仕着《しき》せに前垂《まえだ》れをつけたひなたが、卓のかたわらに膝《ひざ》をついて微笑んでいる。しかし、清一郎の向かいに坐《すわ》る勝次は、しかめっ面で葛湯をすすっていた。

「貝殻でこしらえた餌蓋かあ。面白《おもしれ》えとは思うけど、買いてえって人がいるのかな」

そう言って、茶碗を卓へどんと置く。

座敷の行燈《あんどん》には灯が入っている。せせらぎの表門が閉まる暮六ツ（午後六時頃）を半刻《はんとき》（約一時間）ばかり回っており、店仕舞《じま》いしたあとの入れ込みにいるのは三人きりだった。ひなたの同輩の娘たちはとうに帰っていき、休み処を取り仕切っているお兼も、火の始末と戸締りをひなたに頼んで、今しがた裏口を出て行った。

松前藩の上屋敷にいた金糸雀の話を清一郎が持ち出すと、へえ、清ちゃんもあのご隠居さまを知っているのかい、と勝次は驚いたものの、関心を示したのはそこまでだった。せせらぎの工房でこしらえた鳥かごと貝細工の餌蓋を抱き合わせにして飛脚売りをしたいと聞くなり、太い眉をひそめたのである。

「お屋敷で見かけたのは蛤だったけど、ほかの貝殻でもこしらえられるんじゃないかな。客のほうで貝殻を選べるようにすれば物珍しいし、きっと買い手がつくよ」

清一郎は、勝次を乗り気にさせようと躍起だった。貝の細工に関してはおおその見当がつくものの、升田屋では鳥かごの扱いがないので、勝次を巻き込まないと話にならない。

勝次が眉根をきつく寄せた。

「実物を見ねえで注文するなんて、おれならおっかなくて手が出せねえな。ちっとばかり細工が気に入らなくても、目の前にある品を買うよ」

顔をしかめたまま、言葉を続ける。

「先にも言ったけど、運ぶあいだに品が壊れたらどうするんだい。ほかにも面倒臭《くせ》えことがありそうだし」

「そりゃ、初めのうちは小さな失敗《しくじ》りもあるだろうさ。でも、実意《じつ》をもって一つずつ応じていけば上手《うま》くいくはずだ」

清一郎が語気を強めると、勝次はわずかに唸《うな》った。しばらく思案したのち、口を開いた。

「清ちゃんは、ちょいと目新しい商いがしてえんだよな。だったら、おれなんかより耕ちゃんと手を組むほうが話が早《はえ》えんじゃねえの。耕ちゃんが厚くて大きい玻璃片をこしらえたのは知ってるだろ」

「勝次……」

「清ちゃんと耕ちゃんは同い齢で仲がいいし、その玻璃片でもって余所にはない品をこしらえればいいじゃねえか」

「それは考えたよ。でも、おれはおまえと手を組みたいんだ」

「ふうん」

四角い顎を引き、勝次は得心がいかぬと言いたそうに清一郎を見た。その目が思いのほか鋭くて、清一郎はちょっとばかりたじろいだ。

たしかに、耕太とは気心の知れた間柄である。しかしだからこそ、手を組むわけにはいかない。耕太の手柄に乗っかって、借りをこしらえるのは御免《ごめん》だ。こたびばかりは己《おの》が力ひとつで勝負したいのだ。

だが、そのあたりの心持ちを話したところで、勝次に汲み取れるとは思えなかった。それに、己れがねじくれた心情を抱いていることを、ひなたには断じて知られたくない。

飛脚売りを言い出したのは自分だという思いがあるのか、ひなたは膝に手を置いて話に耳を傾けている。ふだんならあれこれ口を挿んでくるのに黙っているのは、清一郎たちが本気で話し合っているのを茶化《ちゃか》してはいけないと心得ているゆえだろう。

「なあ勝次、いつも鶉《うずら》の鳥かごばかりこしらえてるって、前に言ってただろ。このごろはどうなんだい」

清一郎が話の向きをずらすと、勝次はわずかに面喰《めんく》らった顔をした。

「文鳥とか十姉妹《じゅうしまつ》とか、山雀《やまがら》のかごをこしらえたりもするけど、やっぱりおおかたは鶉だな。そいつがどうかしたのかい」

「飛脚売りを始めたら、これまでとは違う注文が入るかもしれないぞ」

「へ、どういうことだい」

「飛脚売りは為替の手間もかかるし、運び賃も上乗せされる。それでも品を手に入れたいって人は、ありきたりじゃ飽き足《た》りないわけだろ」

「そりゃ、まあ、そうだな」

「そういう人が、鶉なんて飼うと思うかい」

　勝次の眉根が、ふっと開いた。

　すかさず、清一郎は畳《たた》み掛ける。

「おれだって升田屋の抱え職人を見てるから、おまえの気持ちもわかるつもりだ。職人ってのは数をこなして型を身に付けるのも肝心だが、それを土台にして新しいものを創り上げるのも大事だよな」

「せ、清ちゃん……」

「これまで手掛けたことのない鳥かごをこしらえたいって気持ちが、勝次、おまえにもあるだろう」

つぶらな両目に行燈の灯が映り込み、きらきらと光っている。よし、もうひと押しだ、と清一郎は意気込んだ。

「いいかい、飛脚売りは世の中を先取りする商いなんだ。おれと組んで、鳥かごづくりに新しい風を吹かせたいと思わないか」

「う、うん。思う」

釣り込まれるように、勝次が応じた。

「じゃ、決まりだ」

清一郎は卓の下に握った拳《こぶし》で膝を叩く。

行燈の灯あかりが、かすかにまたたいた。

「清さん、ちょっと待って」

ひなたが初めて口を開いた。

「二人とも、肝心なことを忘れてる。清さんは清さんのお父《と》っつぁんに、勝っちゃんは富十親方に、まずは話を通さないと。いくら思いつきが目新しくても、半人前の言うことなんて世間は相手にしてくれないもの」

ひなたの言うことは、もっともだった。

「それは忘れちゃいないよ。忘れちゃいないけど……」

清一郎は言葉を濁《にご》した。

五

その晩、清一郎が台所で水瓶《みずがめ》の水を湯呑《ゆの》みに汲んでいるところへ、母の静代《しずよ》があらわれた。流しに何かを下げにきたらしく、盆《ぼん》を抱えている。

「おや、おまえ、上着もなしで寒くないのかえ」

母の口調は、どことなくおっとりして聞こえる。下谷広小路《ひろこうじ》にある紙問屋から嫁《とつ》いできて、たいした苦労をしていないゆえかもしれない。

「ちょっと水を飲みにきただけですから」

「少し冷え込んできましたよ。綿入れ半纏が出してあったでしょう、あれを着なさい」

「はいはい、わかりました」

清一郎はすばやく水を飲んで、母と入れ違いに土間から上がった。

「もう、この子ったら……。はいは一つになさい」

ため息まじりの声を背中に聞きながら、台所を離れる。母があれこれと気遣《きづか》ってくれるのはありがたいけれど、いつまでも子供扱いされているみたいで鬱陶《うっとう》しい。

自分の部屋へ向かう廊下を歩いていると、主人の居間から声が掛かった。

「清一郎か、ちょっと」

仁兵衛である。清一郎は背筋を伸ばし、部屋の前に膝をついた。

「お父っつぁん、失礼いたします」

六畳間にいるのは仁兵衛きりだと思っていたのに、障子を引くと部屋の中ほどに置かれた長火鉢《ながひばち》を挟《はさ》んで、番頭の幸七《こうしち》が坐っていた。膝の前に、ぶ厚い大福帳を広げている。ふだんは一日の売り上げを主人に報《しら》せにきて、五ツ半（午後九時頃）にもなると店のほど近くに借りている長屋へ帰っていくが、何やら長々と話し込んでいたとみえる。

幸七は、清一郎の祖父が健在であった時分から雇われている古株で、仁兵衛よりも年嵩《としかさ》だった。五十半ばにさしかかり、頭の七割方は白くなっている。清一郎が部屋に入ると大福帳を閉じて腰を上げかけたものの、仁兵衛に「おまえもいてくれ」と言われると、頭を低くして部屋の隅《すみ》へ退いた。

それまで幸七が坐っていた場所に、清一郎は腰を下ろした。

「店を仕舞ったあと表へ出たようだが、どこで何をしていたのかね」

長火鉢の猫板《ねこいた》に載《の》せられた湯呑みを手にして、仁兵衛が訊ねた。部屋着に着替え、青鼠《あおねず》色の羽織を重ねている。面長《おもなが》の輪郭《りんかく》に温厚そうな一皮目《ひとかわめ》が並び、いかにも商人らしい物柔らかさを漂《ただよ》わせているものの、引き結んだ口許からは頑《かたく》なさもうかがえた。

「せせらぎで、勝次とひなたに会っていました。出掛けに幸七には断っておいたのですが」

清一郎が後ろを振り向くと、幸七が控えめに頭を下げた。小柄な身体に茶の袷をまとい、濃い藍《あい》色の前垂れを着けている。実直そうな顔つきで、じっさい仁兵衛にまめまめしく尽くす忠義者なうえ、清一郎のことも柔らかく受け止めてくれる。

茶をひと口すすった仁兵衛が、湯呑みを猫板にもどした。

「友だちと会うなとは言わんが、暗くなって出歩くのは感心できんな。先だっても縁日に行かせてやったばかりじゃないか。おまえはまだ見習いの身だ、少しは立場をわきまえなさい。升田屋の惣領息子が遊び歩いているなどと噂《うわさ》を立てられてはみっともないぞ」

店を仕舞ったあとがいけないのなら、いつ会えばいいんだ。もっともらしい小言を並べたところで、つまるところは世間体《せけんてい》を気にしているだけじゃないか。言い返したくなるのを、清一郎は軽く目を伏せて堪《こら》えた。口に出せば、ねちねちと嫌味《いやみ》を浴《あ》びせられるのが目に見えている。

だが、父に飛脚売りの話を切り出すには、ちょうどよい折に思えた。

「お父っつぁん、今日は商いのことで二人と会っていたんです」

清一郎は事の次第をかいつまんで話した。

ひととおり聞き終えても、仁兵衛は眉をひそめたままだった。

「何だか、とらえどころのない話だな。その、飛脚売りといったか、一体いつ、おまえはお客さまと顔を合わせるのかえ」

「先方とじかに会うことはないんです。言ったでしょう、文と為替手形でやりとりするって」

父の飲み込みが悪くて、清一郎の口調は素《そ》っ気《け》なくなる。

仁兵衛の眉間《みけん》に、深い皺が寄った。

「そんな、おまえ。お客さまと向き合わずに商いができるとでも思っているのかえ。目を見て言葉を交わしてこそ、相手の望むことを細やかに読み取れるというものじゃないか」

「それは承知しています。でも、それじゃ古いんです。この江戸に、小間物屋は数え切れないほどあるんですよ。古いやりようを続けていては、いずれ置いていかれます」

仁兵衛が深い息を吐いた。そして、日本橋に預けたのが災《わざわ》いしたかな、とつぶやいた。

清一郎は十一のときから五年ほど、日本橋呉服町《ごふくちょう》の小間物屋「菊長《きくなが》」へ小僧奉公に出された。菊長は、仁兵衛の妹の嫁ぎ先だ。倅に家業の手伝いをさせる前に、一度は余所で下積みをさせたかった仁兵衛が、妹の連れ合いに頼んで清一郎を預かってもらったのだった。

清一郎は、菊長でほかの小僧たちと分け隔てなく扱われた。大部屋で先輩の奉公人たちとともに寝起きし、朝は暗いうちに起き出して店の前を箒《ほうき》で掃《は》かされたし、店が開くと先輩たちに用を言いつけられて店座敷と蔵を幾度も行き来した。

朝から晩まで雑用に振り回されてへとへとだったが、逃げ出したいとは思わなかった。目抜き通りから一本はずれているとはいえ、呉服町あたりには華やかな空気が漂っている。店を訪れる客も、どこがどうとは言えぬものの、さりげなく挿した玉簪やちょっとした身ごなしが垢抜《あかぬ》けて見えた。

周りに寺院が建ち並び、少し歩くと田畑の広がる下谷で生まれ育った清一郎は、何もかも当世風の日本橋がいっぺんに好きになった。

菊長の主人は明朗快活な人柄で、流行《はや》りに敏《さと》くもあった。赤味を帯びた柄《がら》の紙入れが広まる兆《きざ》しをみせると、似《に》たような色合いの品揃えを増やしたり、若手の簪職人が考案した意匠を取り入れて、こちらから流行りを仕掛けたりもした。その姿はすこぶる頼もしく、それが自分の叔父《おじ》であることが、清一郎は誇らしくてならなかった。

菊長に奉公することで、升田屋に対する見方も変わった。奉公に出る前は、流行り廃《すた》りに左右されない、定番の品を取り揃えていることが当たり前だと思っていたが、離れたところから見ると、それは決して当たり前ではないと気づかされたのだ。

升田屋が身上とする手堅さは、美点でもあり、欠点でもある。奉公先からもどって三年になる今、清一郎はその思いを深くしている。

ふと、かつて朱印状《しゅいんじょう》を携《たずさ》えて遠い異国へ渡った日《ひ》の本《もと》の商人たちも、こうした感慨を抱いたのではないか、という気になった。当節、異国との交易は相手も場所も限られているが、その昔は呂宋《ルソン》や暹羅《シャム》といった南方まで船を進めていたと、立花玄斎から聞いたことがある。その土地に住み着いた連中もいるそうで、異国の風土や慣習を通じて遥《はる》かな祖国をかえりみることもあったに相違ない。大海を渡った人たちの話は少しばかり大袈裟《おおげさ》だとしても、国許を離れて江戸に出てきている勤番の侍などは、似たような心持ちを味わっているのではなかろうか。

「しかし、文と為替手形でやりとりするといっても、おまえには要領がわからんだろう」

腕組みをした仁兵衛が、持て余すような目を清一郎に向けた。

「植木屋は前々から飛脚売りをやっているそうです。わからないことがあれば、苗嶋に訊《き》こうと思います」

「む、彦佐《ひこざ》にか」

仁兵衛が身体を揺すって坐り直した。おゆりの父親、苗嶋の当主彦佐と仁兵衛は古くから狂歌をよむ仲間で、日ごろから行き来する間柄であった。互いにいずれは倅と娘を一緒にさせたいという心積もりがあるようで、清一郎も仁兵衛にそれとなく勧《すす》められたことがある。ただ、今しがたの仁兵衛の受け応えをみると、親しくつき合ってはいても、商いの細かな話までするることはなさそうだった。

「とにかく、飛脚売りなんて得体の知れぬものに手を出すのは許さん。銭儲《ぜにもう》けさえ出来ればいいという卑《いや》しい心が透《す》けてみえる」

仁兵衛が突き放した口調で言う。

このわからず屋め。清一郎の頭に、かっと血がのぼった。

「おれは……、おれはお父っつぁんみたいな石頭にはなりたくないんだ」

仁兵衛の顔色がさっと変わった。後ろで幸七が息を飲んだのが、気配で伝わってくる。

「今、何と言った。もう一度、言ってみなさい」

仁兵衛が語尾を震わせる。

蒼白《そうはく》になった父の顔を、清一郎は真っ向から見返した。仁兵衛は血走った目で倅を睨《にら》み、手は指先の色がなくなるほどきつく長火鉢の縁《ふち》を摑《つか》んでいる。

「だ、旦那さま。なにとぞ落ち着きなすってください。若旦那さまも、どうか、どうか」

幸七のおろおろ声が背中に聞こえる。

やがて、仁兵衛が大きく息を吸い込み、幾倍もの時をかけてそれを吐き出した。両目に青白い光が宿っている。

「そこまで言うなら、やってみせてもらおう。升田屋が大身代になる日を楽しみにしていようじゃないか」

六

日ごとに冷たくなる風が、冬の深まりを告げている。

店先で自分宛の文を受け取った清一郎は、部屋にもどって封を切ると、二度、三度と文面を読み返した。

差出人は尾張名古屋《おわりなごや》の薬種商「古賀屋《こがや》」橋右衛門《はしえもん》で、来春、橋右衛門が主催する鶯の鳴き合わせ会で用いる鳥かごを注文したい旨《むね》がしたためられていた。鳴き合わせ会というのは、定められた鳴き方を鳥に仕込み、その美しさを競い合う試合みたいなものだ。江戸や尾張、上方などで盛んに行われている。

年内に二十揃《そろえ》をお納めいただきたく、と記《しる》された箇所を清一郎は今一度、目でなぞった。

飛脚売りを始めるにあたって初めにつまずいたのは、いかに周知させるかということだった。おゆりの話では、植木屋だと幾軒かの店が仲間を組んでまとまった数の目録を摺《す》り、得意先に配るというが、清一郎が商うのは貝殻細工の餌蓋がついた鳥かごきりだし、そもそも商売になるかどうかも覚束《おぼつか》ないのに、余分な費《つい》えをかけたくない。

つとめ先へ出る前に升田屋へ立ち寄ってくれたひなたにそのことを話すと、店が仕舞ったあとにせせらぎへ来てくれと返事が返ってきた。言われた通り、暮六ツをまわって出向いていくと、ひなたはそのまま清一郎を伴って同朋町にある一軒の家を訪ねた。

格子戸《こうしど》を引いてひなたが訪《おとな》いを入れたものの、上がり端《はな》の障子は閉まったきりだった。三度ばかり声を掛けたところ、いささかの前触《まえぶ》れもなく障子が開き、老婆がぬっと顔を出した。眇目《すがめ》がきつく、髪の乱れた老婆で、清一郎は我知らず後じさった。

「何か用かね」

老婆の、どこを見ているのか判別できない目がきょろりと動く。

「断りもなく参りまして、あいすみません。ひなたと申しますが、馬琴先生はおいでになりますか」

ひなたが訊ねると、老婆は無表情な顔を障子の向こうへ引っ込めた。

「おぉい、おまえさん、お客さんだよ。はあ、ふんふん、ひなた。ひ、な、た」

奥から聞こえてくる声に幾度か怒鳴り返したのち、老婆はこちらに首をめぐらせ、「上がっておくれ。書斎《おく》にいるよ」とひなたに告げた。

ひなたが老婆に礼を言い、清一郎も「お邪魔します」と会釈《えしやく》して框《かまち》に上がると、薬の匂いが鼻先をかすめた。道すがら、これから訪ねるのは戯作者《げさくしや》の曲亭馬琴の家で、同居している息子は医者をしていると聞かされている。薬の匂いがするのも道理だけれど、それにしても家の中がやけにひっそりして感じられる。それでいて、鳥の低い鳴き声が、どこからか耳に届いてくる。

老婆が案内する素振《そぶ》りをみせないので、ひなたが先に立って奥へ進んでいった。前に来たことがあって、いくらか勝手がわかるらしい。短い廊下の突き当たりにくると、ひなたが障子の向こうに声を掛けた。

「馬琴先生、せせらぎのひなたです」

「うむ、お入り」

ひなたが障子を引くと、馬琴は八畳ほどの書斎で机の前に坐っていた。かたわらに置かれた行燈の下へ書物を十冊ばかり広げて、何やら調べ物をしているふうである。書物と首っ引きの馬琴に「そのへんに坐ってくれ」と手だけで示されて、ひなたと清一郎は机のこちら側に腰を下ろした。

片付けの行き届いた部屋だった。壁際に設《しつら》えられた書棚《しょだな》には、難解そうな書物が整然と並べられている。書棚の手前に積み上げられた草双紙《くさぞうし》の類《たぐい》も、中身によってきちんと仕分けられているようだ。清一郎が戯作者の家を訪ねるのは初めてだが、書き損じの反故紙《ほごし》が部屋中に散らかっているような想像をしていたので、少しばかり拍子抜けした。

しばらくのあいだ文字を目で追っていた馬琴が、書物から顔を上げた。

「おや、新顔か。鼬《いたち》の君《きみ》ではないのだな」

眉間に皺を寄せた馬琴が、ずずいと首を突き出して清一郎を眺めまわした。齢は六十そこそこといったところか、坊主頭で、黒っぽい着物に羽織を重ねている。くっきりした長い眉といかつい鷲鼻《わしばな》が、意志の強さを感じさせた。

鼬の君と聞いた途端《とたん》、清一郎の頭に勝次の顔が浮かんだ。黒々したつぶらな目のあたりに面影がある。とはいえ、いかめしい顔をした馬琴が戯《ざ》れ言《ごと》を口にしているとも思えず、返答に迷っていると、ひなたが小さく噴きだした。

「勝っちゃんは住み込みの見習い職人だから、そうそう出歩けなくて。こちらは升田屋の清一郎さん、小間物屋の若旦那です。子供時分は玄斎先生の手習い所に通ってたんですよ」

　くすくす笑いながら、馬琴に清一郎を引き合わせる。

「初めまして。手前は清一郎と申しまして……」

「どんな用向きだね」

　清一郎が物を言っている途中で、馬琴が切り返した。清一郎とは目も合わせず、ひなたに訊ねかけている。

　むっとした心持ちを顔に出さないようにして、清一郎は呼吸を整《ととの》えた。訪ね先でどんなことがあっても気を悪くしないでねと、道々ひなたに言い聞かされている。しかし、ひなたがどういう心積もりで己れをここに連れてきたのかは、知らされていなかった。

　ひなたが苦笑まじりに切り出した。

「あたしたち、飛脚売りを始めようと思いまして」

「ほう、植木屋や薬種屋がやっているという、あれだな」

　当代一と名高い戯作者は、さすがに世事《せじ》に通じていた。だが、馬琴は腕組みをして首をかしげた。

「茶汲み娘のあんたが小間物屋の若旦那と組んで、何を商うのかね」

「あの、商う品は鳥かごです。それと、貝細工の餌蓋を」

清一郎がひなたの代わりに応じると、馬琴にじろりと睨まれた。まるで、ひなたと話しているのを邪魔するなとでも言いたそうだ。

清一郎は肩を引き、今一度、静かに息を吸う。

ひなたがあらためて、飛脚売りについての経緯《いきさつ》をつまびらかに語った。目を閉じて耳を傾けていた馬琴は、ひととおり話が終わると、おもむろに瞼《まぶた》を持ち上げた。

「なかなか面白い試みだ。ぜひともやってみるがいい」

身の回りにいる大人たちとは逆の応えが返ってきて、清一郎は少しばかり面喰らった。ひなたも同様だったらしく、返事をするまでにわずかな間があった。

「清一郎さんのお父っつぁんや勝っちゃんの富十親方には、うまくいくわけがないって猛反対されてるんです」

「ふん。何事も、それまでにないことをやろうとすると、水を差す連中がいるものだ。このわしも、斬新かつ高潔な構想を幾たび潰《つぶ》されたことか」

そう言って、馬琴が宙を見上げる。

「連中の頭には算盤勘定しかないからな。世の中が卑俗に傾けば、巷は下衆《げす》な輩《やから》であふれ返るぞ」

馬琴の弁が熱を帯びていく。本筋から逸れていっている気がしないでもないが、清一郎はただ圧倒されるばかりだ。

「あの、先生。ちょっと……」

ひなたの呼びかけに、馬琴が我に返った顔になった。こほんと咳払いをする。

「まあ、その、世に打って出ようという者は多少のことでへこたれてはならんと言いたいのだ。それとも、何かね。あんたは親父に止めろと言われて揺らぐ程度の意気込みしか持ち合わせてないのかね」

鋭い視線を向けられて、清一郎はすかさず言い返した。

「おれは何が何でもやります。突き抜けたところを見せて、親父に一人前と認めさせたいんです」

口にしてから、実のところ、自分が認めてもらいたい相手はひなたかもしれない、という気がした。

「だったら、大いにやりなさい」

馬琴が深々とうなずいた。その堂々とした物腰に、気宇壮大《きうそうだい》な戯作を書く人はやはり度量が違う、と清一郎は感服した。

家に上がったときに聞こえていた鳥の鳴き声が、部屋に入っても続いている。どうも、馬琴の後ろに見える襖《ふすま》の向こうから聞こえてくる気がする。

「あの、つきましては馬琴先生に引札《ひきふだ》を頼みたいんです」

さりげない口調で、ひなたが言った。引札は、商う品を売り込むために諸方へ配るびらのようなものである。

馬琴が虚《きょ》を衝《つ》かれた顔になる。清一郎も思わずひなたを振り向いた。

「あたしたち、大仰《おおぎょう》な目録をこしらえる気はないんです。先生の存じよりの版元に頼んで、引札をつくっていただけないでしょうか。お願いします」

ひなたが畳《たたみ》に手をつかえる。清一郎もつられて頭を下げた。

「何で、わしが若造どもに手を貸さねばならんのだ」

馬琴が渋《しぶ》い顔になる。

ひなたは頭を低くしたままだった。

「あたしたちを後押ししてくれる大人は、先生きりなんです。先生だって、大いにやれとさっき仰言《おつしや》ったじゃありませんか」

「それは、言葉のあやというもので」

明らかに馬琴は腰が引けている。清一郎の中で、今しがた描いたばかりの人物像が崩れていく。

部屋には、鳥の鳴き声が切れ目なく響いている。

ひなたが手を上げ、すっと身を起こした。

「そうだ、言い忘れてましたけど、升田屋は松前藩のお屋敷に出入りしてるんですよ。ね、清さん」

「あ、うん」

いきなり話が変わって戸惑ったが、うろたえているのは清一郎ひとりではなかった。

「な、何だと。そいつはまことかね」

声を裏返らせた馬琴を不審に思いつつ、清一郎は応じた。

「おかげさまで、ご厚情を賜《たま》わっております。とくにご隠居さまには、たいそう贔屓《ひいき》にしていただいておりまして」

それを聞くと、馬琴は襟許《えりもと》に顎を埋めて黙り込んだ。やがて、ため息をつくと、のっそりと顔を上げた。

「せっかく家を訪ねてきたのだ、ちょいと奥をのぞいていかんかね」

七

馬琴が奥の襖を引き開けると、鳥の声が大きくなった。手燭《てしょく》のあかりに浮かび上がった光景を目にして、清一郎は息を飲んだ。

「これ、みんな金糸雀ですか」

壁一面に、小ぶりの鳥かごが積み上げられている。ざっと見たところ三十はありそうだ。横にいるひなたも、目をぱちくりさせている。

「さよう。巣引《すび》きの時季のほかは一羽ずつ別々にしておってな」

六畳間に、馬琴の誇らしそうな声が響いた。

「金糸雀はことに陽《ひ》の長短を感じやすい性質《たち》でな。昼間は明るくて風通しのよいところへ移し、夜はしっかり休ませんといかん。でないと、身体の具合を悪くしてしまう」

馬琴は手燭に手をかざしてあかりを加減しながら、鳥かごを一つずつのぞき込んでいる。そのうち「おい、ちょいと預かってくれ」とやおら清一郎に手燭を持たせると、どこかへ行ってしまった。

「すごい数だな。素人《しろうと》とはとても思えないよ」

「金糸雀に関してはとても足許に及ばないと、玄斎先生も感心しておいでよ。戯作をやめたとしても、たぶん、せせらぎの飼育係で食べていけるんじゃないかしら」

清一郎とひなたが顔を見合わせて苦笑していると、馬琴が部屋にもどってきた。水か何かの入った湯呑みを手にしている。馬琴は部屋の隅に設えられた棚の上に湯呑みを置き、あかりをよこせと清一郎に目交《めま》ぜした。

清一郎が手燭を差し向けると、馬琴は鳥かごの一つに近づき、そっと手を差し入れて金糸雀を出した。そして、湯呑みに満たされた液体に金糸雀の足を浸《つ》け、指先でやさしくしごいた。

「先生、何をなすっているんですか」

清一郎の声は、しぜんと小さくなる。

「これは番茶でな。ぬるくした番茶に鳥の足を浸《ひた》すと、汚れが取りやすくなるのだ」

「へえ、そういう知恵があるんですね。足の汚れが取れて、鳥も気持ちがよいでしょう。ここで寝起きしている鳥たちは果報者だなあ」

清一郎は、心なしか顔つきのさっぱりした金糸雀を見つめる。

馬琴が二、三度まばたきした。

「おい、若いの。餌蓋に用いる貝は客が選べるのかね」

唐突に訊ねられて、清一郎は飛脚売りの話だと飲み込むまでに、いくらか掛かった。

「あ、はい。ご所望《しょもう》にはなるたけ添うつもりですが」

「では、ここに並べてある鳥かごと寸法は同じで、三つほどこしらえてくれ。どんな貝にするかは、少しばかり思案してみよう」

「は、ええと」

話がめまぐるしく動いて、なかなかついていけない。

「どうした、出来んのか」

馬琴の眉が持ち上がった。

「あの、いいんですか。実物をご覧にならずに」

「何を言っとる。あんたがやろうとしとるのは、そういう商売だろうが」

清一郎は何だか叱られている心持ちがした。馬琴が畳《たた》み掛けてきた。

「引札の手間賃は、鳥かごの勘定で棒引きにしてやるぞ」

そうして、引札が仕上がったのが十月半ばのこと。馬琴は版元に掛け合って、上方や尾張の書肆《しょし》から売り出される書物に引札を折り込んでもらう算段までつけてくれた。

馬琴から注文された鳥かごは、升田屋と富士工房であつらえて滞《とどこお》りなく納めた。当代きっての戯作者が世に喧伝《けんでん》してくれるとあって、富士親方も渋々ながら力を貸すことを承知してくれたのだ。

なんとか滑《すべ》り出しに漕《こ》ぎつけたときは、清一郎もほっとした。とはいえ、引札が出来上がってひと月もしないうちに注文が入るとは思っていなかった。それも初《しょ》っ端《ぱな》から、年内に二十揃という大口の取り引きになろうとは。

喜んでいいのかもわからず、清一郎は読み終えた文を手にしたまま、しばしその場にたたずんだ。

八

古賀屋橋右衛門からの文には、鳥かごの寸法と、餌蓋を牡蠣《かき》殻《がら》でこしらえてほしい旨がつづられていた。

鶯の鳴き合わせには、籠桶《こおけ》とよばれる箱状の仕掛けが用いられる。たいていは桐と障子を組み合わせ、鶯の鳴き声を美しく響かせる工夫が凝らされていた。江戸や名古屋、京、大坂など土地ごとの流派があり、寸法や形状も細かく取り決められていて、籠桶をもっぱらにこしらえる職人もいる。

橋右衛門が注文してよこしたのは、籠桶の中に収める鳥かごである。籠桶のほうは、鶯を出品する者がそれぞれ贔屓の職人にこしらえさせるので、会を催す側が口を出すまでもないが、中の鳥かごは皆が同じ品を用いることにして、なるたけ公平を期したいという肚《はら》のようだ。

文には名古屋の両替商で出された手形が添えられており、清一郎はそれを携えて、先方から名指しされた日本橋駿河町《するがちょう》の両替商「豊川屋《とよかわや》」を訪ねた。といっても、青二才がのこのこ出向いたところで相手にされるはずもなく、じっさい表に立って豊川屋の手代とやりとりしたのは、升田屋の番頭幸七だった。

手形は、品納めがつつがなく成就したあかつきに決済が成る、いわば約束手形であった。豊川屋への問い合わせによって、手形はたしかなものであるとわかったが、中途の注文取り下げや運ぶうえで品が破損した場合の始末など、仔細の取り決めが交わされていないこともまた明らかになった。それについては、豊川屋の手代と幸七のやりとりをかたわらで聞いていた清一郎が、覚え書きの案をまとめて速やかに取り結ぶ運びとなった。

「牡蠣殻？　そりゃまあ、うちには捨てるほどありますけど」

柳橋《やなぎばし》の袂にある料理茶屋「若菜《わかな》」の女将《おかみ》は、店の裏口を訪ねた清一郎に、物珍しいものでも見るふうな目を向けた。

「それにしても、升田屋の息子さんが、また何で牡蠣殻なんて」

「その、商いで入用になりまして」

清一郎は首の後ろへ手をやった。馬琴に納めた品も、一つは牡蠣殻で餌蓋をこしらえた。そのときは餌蓋の材になる貝を馬琴が持ってきて、清一郎はそれを職人に細工してもらったのだが、まとまった数の牡蠣殻を手に入れるとなると、どこで仕入れられるのか見当がつかなかった。そんな清一郎を見かねて、幸七が知恵を授けてくれたのだ。

「柳橋の若菜でしたら顔が利《き》きます。ふだん旦那さまが商談で使っておいでですので」

幸七は何かあるごとに主人の意向を仰《あお》いでいたようだ。しかし、仁兵衛本人が清一郎に意見をすることはなかった。

若菜の女将が、肩を上下させて笑った。

「どうぞ。好きなだけ持っていってくださいな」

「あの、お代はいかほどで」

牡蠣殻は畑の肥やしになったり、じめじめした土地の湿気を取り去るので、買い取りにまわる連中がいるのだ。

「お代なぞ頂戴《ちょうだい》しては、升田屋さんに二度と足を運んでいただけなくなります」

女将が苦笑いする。

「ありがとう存じます。恩に着ます」

清一郎は深く腰を折り、店の納戸から持ってきた背負いかごに牡蠣殻を入れて下谷へ帰ってきた。

鳥かごづくりは勝次に頼んであるし、あとは牡蠣殻の細工だけだ。先行きに目処《めど》がついて清一郎はやれやれと思ったのだが、五条天神《ごじょうてんじん》の裏手にある摺貝屋《すりがい》の主人は、牡蠣殻の山を目にするなり、うんざりした顔つきになった。

「また牡蠣ですかい」

摺貝屋は、夜光貝《やこう》や蝶貝《ちょう》、鮑《あわび》などを螺鈿《らでん》細工に用いやすいよう磨いたり、薄く削《けず》っていく職人たちである。

「やっぱり、手間がかかるかい」

清一郎は恐る恐る訊ねた。牡蠣殻は見た目こそ分厚くごつごつしているが、おおかたは表面に寄生した藤壺《ふじつぼ》や海藻などで、それらを取り除くと殻自体は薄くてすっきりしている。ただ、存外に手間がかかるので、馬琴に納めた牡蠣殻を磨いた折にもさんざん文句を言われていた。

「手間より何より、わくわくしねえんですよ、牡蠣には虹が架《か》からねえでしょう」

四十年配の主人が、肉づきのよい顔をしかめる。摺貝職人がふだん扱っている貝は、真珠層《しんじゅ》といって虹色がかった乳白色の輝きを内側に宿しているのだが、牡蠣にはそれがない。

貝が持つ真珠層は、一つひとつ異なっている。螺鈿細工の仕上がりを想像しながら真珠層を磨いたり削り出したりするのが摺貝職人の腕の見せ所なのに、牡蠣殻ではそれがちっとも披露できないと、主人が肩をすくめた。

それでも、清一郎は容易に引き下がるわけにいかなかった。

「年内に二十個ばかり仕上げてもらわなきゃ困るんだ」

摺貝屋が目を丸くした。

「若旦那、酔狂《すいきょう》も休み休み言ってくださいよ。そりゃ、升田屋の若旦那がこれまでにない商いをお始めになると聞いて、わっちも力になりてえと思いました。でも、きついことを言わせていただきやすが、ちょいと見通しが甘《あめ》えんじゃありませんかい」

摺貝屋の口調に、たしなめるような響きが混じる。

「わっちらには、もともと請《う》け負《お》ってる仕事があるんです。手が空《す》いた時だけでいいと仰言るから力を貸したのに、どうにも注文が無茶すぎまさ」

「すまないね、迷惑をかけるつもりはなかったんだけど……」

清一郎がうつむくと、摺貝屋も弱り顔になった。

「仁兵衛旦那には日ごろからよくしていただいてる恩があるし、参ったなあ。じゃ、こうしやしょう。若旦那の商いに、うちの職人衆を張り付かせておくことはできねえが、いっぺん、ご自分で細工なすってみちゃいかがですか」

「おれがかい」

「へい。牡蠣殻を磨くくらい、修業に入ったばかりの小僧でもできますんで。磨き台や道具は、いつでも使っていただいて構いやせんし」

そういうわけで、あくる日から、清一郎は店が仕舞ったあとで摺貝屋に通い始めた。

摺貝屋の主人が言った通り、作業に熟練の技は要《い》らなかったが、これが結構な根気仕事であった。殻の表面にへばりついている藤壺などを鑿《のみ》と槌《つち》でざっとこそげ落としたのち、鑢《やすり》でひたすら磨いていく。煩雑なのは鑢の目の粗《あら》さを徐々に細かくしていく程度で、とにかく粘り強く作業するよりない。固い殻を磨くには相当に力もこめなくてはならず、鑢を一刻《とき》（約二時間）ばかり握っていると腕がぱんぱんになる。

清一郎を案じて、ひなたもつとめ帰りに摺貝屋へ顔を出すようになった。

「ああ、ひなちゃん。鳥かごはどんな具合だい」

「勝っちゃんが毎日、居残りでこしらえてるところ。ねえ、清さん、あたしにも手伝えることがあるかしら」

「ちょうど人手が欲しかったんだ。磨きの仕上げを頼めるかい」

「わかった、任せといて」

ひなたは疲れた顔も見せず、磨き台の前に坐った。仕上げはたいした力も要らないので、作業ははかどり、清一郎も大いに助かった。

折しも、摺貝屋には蝶貝磨きのまとまった注文が入っており、老練の職人衆が作業にあたっていた。磨き台の前に腰を据え、全身を躍動させて鑢をかける。仕上げに革で磨いていき、貝に虹色の輝きがあらわれるさまは神々《こうごう》しくもあった。

ひとかどの職人に牡蠣殻なぞ磨かせようとしたことを、清一郎は深く恥じた。そして、こうした職人衆を束《たば》ねる頂《いただき》にいるのが升田屋の主人なのだと、父を仰ぎ見る気持ちになった。同時に、升田屋が職人一人ひとりに支えられていることも痛感した。

餌蓋が仕上がったのは師走《しわす》の初めだった。それを清一郎がせせらぎの富士工房に持ち込み、鳥かごの一つひとつに勝次が取りつけると、休む間もなく荷ごしらえが始まった。

鳥かご二十揃をいっぺんに、壊れぬよう尾張名古屋まで送り届けるには船で運ぶのがよかろうと清一郎は思案し、箱崎町《はこざきちょう》の廻船《かいせん》商「秋田屋《あきたや》」に話をつけた。もっとも、根回ししたのは、ここでも幸七であった。

秋田屋は升田屋とじかに取り引きはないが、鼈甲や珊瑚を仕入れる問屋を通してつながっている。秋田屋の番頭は、清一郎が仁兵衛の倅というだけで、「升田屋さんでしたら、間違いはございませんでしょう」と、上方へ向かう船に鳥かごを積み込む手筈《てはず》を調えてくれた。航海中に雨風で海へ出られない日があることも見積もって、月の半ばに江戸を発《た》つ便となった。

荷ごしらえもすみ、いよいよ秋田屋へ荷を送り出す日を迎えた。

その日の昼前、名古屋から清一郎に一通の文が届いた。中身に目を通した清一郎は、幸七に行き先を告げるのも忘れて店を飛び出した。

「は。注文を取り下げるって、どういうことだよ、それ」

せせらぎの飼鳥屋の前で、一つずつ菰包《こもづつ》みにした鳥かごを大八車《だいはちぐるま》に積み込んでいた勝次が、声を引っくり返らせた。

「それが、この冬はいつになく寒いだろ。向こうじゃおおかたの鶯が具合を悪くして、鳴き合わせどころじゃないらしいんだ」

文にしたためられていたことを伝えながら、清一郎も何がどうなっているのか、まるで摑めていなかった。

「だからって、そんな。おれは居残りしてこしらえたんだぞ」

勝次は怒ったような、泣き出しそうな顔になっている。

「とにかく、荷出しは待ってくれ。話をたしかめないと」

「何をどうやってたしかめるんだよ」

頭が混乱して、清一郎は返事ができない。

「おい、清ちゃん、しっかりしてくれよ」

勝次がわめいている。

ただならぬ気配を察して、休み処からひなたが案じ顔をのぞかせた。

九

仁兵衛と清一郎が外からもどってくると、母の静代が居間へ茶を運んできた。

「お二人とも、寒い中お疲れさまでした」

長火鉢の前に坐った仁兵衛と、その向かいにかしこまった清一郎の前に湯呑みを置いた静代は、敷居際に腰を下ろしてその場に留《とど》まりたそうにしたが、二人が茶を飲みもせず無言でいるのを見ると、そっと頭を低くして下がっていった。

ほどなく、幸七が店先から引っ込んできた。

「旦那さま、若旦那さま、お帰りなさいまし。さぞやお疲れになりましたでしょう」

幸七は部屋へ入ると、清一郎の斜め後ろに控えた。

年の暮れが迫り、表通りでは人々が気ぜわしく行き来しているのに、店の奥には物音ひとつ届いてこない。

清一郎は、仁兵衛と幸七が視界に入る位置に腰をずらすと、畳に手をついて頭を下げた。

「お父っつぁん、それに幸七。店の暖簾《のれん》に泥を塗るようなことをして、まことに申し訳ありませんでした」

「わ、若旦那さま。おやめください」

幸七が声をまごつかせた。

仁兵衛は渋い顔で腕組みをしている。

「清一郎、顔を上げなさい。己れの力量がどれほどのものか、これで少しはわかっただろう」

父の口調は、倅を責めていなかった。しかし、清一郎は畳につけた額《ひたい》を上げられない。

「申し訳ありません」

今一度、額を畳にこすりつける。

二日前、荷出しの取りやめを勝次に告げた清一郎が店に帰ってくると、仁兵衛はただちに倅を伴って両替商の豊川屋へ出向いた。先方の都合による注文取り下げなのだから、いくばくかの違約銭を払ってもらえぬかと仁兵衛が掛け合ったのだが、取り引きが成就していないので一文《もん》といえども手形を落とすことはできないと、豊川屋の手代は応対した。期日に品を納めるのに頭がいっぱいで、仔細の取り決めを結ぶのを、清一郎がすっかり忘れていたのである。手代の言い分には筋が通っており、仁兵衛も引き下がるよりなかった。

両替商をあとにした二人は、廻船商の秋田屋にまわった。日も暮れて暗くなっていたが、店では升田屋から荷が届かないことを案じていて、秋田屋の番頭は事情を聞いて清一郎を気の毒がってくれた。仁兵衛は番頭に幾度も頭を下げ、その場で船代の勘定を残らずすませた。

翌日は、摺貝屋におもむいた。摺貝屋の主人は、経緯を話して頭を下げる清一郎に苦《にが》りきった顔をし、倅の不行き届きを詫びる仁兵衛にえらく恐縮していた。

そして今日、仁兵衛と清一郎は、せせらぎの富士工房を訪ねた。そこではまず仁兵衛が、鳥かご二十個分の竹ひごを無駄にし、勝次にも雑作《ぞうさ》をかけたことを富十親方に謝《あやま》った。清一郎も、父の隣で平伏した。

「親方、鳥かごはすべて手前どもで引き取らせていただき、勝次さんの手間賃も払わせてもらえませんか」

仁兵衛が富十に申し出ると、

「升田屋さん、お気遣いには及びませんや。鳥かごは勝次が居残りでこしらえたもんですし、本来の仕事には差し支《つか》えておりやせん。それに、この話には当人も一枚嚙んでるんだ、升田屋さんだけが泥をかぶることはありやせん」

勝次の面倒を見ている自分にも責がある、と富十は言った。そのかたわらでは、勝次がひたすら身を縮《ちぢ》こまらせていた。

長火鉢に埋《い》けられた炭が、ぱちっと音を立てる。

「旦那さま、こたびは手前がついておりながら、思わぬ失態をおかしてしまいました。まことに面目次第もございません」

幸七が畳に手をつかえ、白髪まじりの頭を低くした。

「幸七、よしなさい。おまえには礼を言っても言い尽くせぬほど世話になっている。すべては清一郎の詰めの甘さが招いたことだ」

仁兵衛が短い息を吐き、清一郎に膝を向ける。

「清一郎、頭を下げるだけで片が付くとは、おまえも思っていないだろう。顔を上げなさい」

清一郎は畳から額を離し、そろそろと身を起こした。父が終始沈着に、事にあたっているのが胸にこたえた。声を荒らげてきつく叱られたほうが、よほどましだ。

仁兵衛は眉間を指先で揉むと、立ち上がって後ろの棚にある硯箱《すずりばこ》と紙を手に取り、今一度、腰を下ろした。硯箱の筆に墨《すみ》を含ませて紙に文字をしたため、書きあがったものを清一郎の前に置く。

それは、仁兵衛が払った五両ばかりの金を清一郎がいずれ清算すると約した証文であった。

「清一郎、おまえはほうぼうに借りをこしらえたのだ。それを忘れぬよう、形にしておくとしよう。わたしはただ立て替えただけのこと、きちんと返してもらうからね。おまえもそのつもりでいなさい」

仁兵衛の声は威厳に満ちていた。

「旦那さま、それはいささか厳しすぎるのでは……」

「いいんだ、幸七」

清一郎は、身を乗り出している幸七を制した。

「何もかも、お父っつぁんの仰言るとおりだ。おまえも、証人になっておくれ」

清一郎が証文に名を書き入れて爪印を押すと、仁兵衛はそれを折りたたんでふところへ仕舞い、気を取り直すふうに言った。

「さて、店を仕舞うまではまだ一刻ほどある。わたしは着替えをすませたら顔を出すから、おまえも店に出なさい」

仁兵衛が部屋を出ていくと、幸七は「若旦那さま、あまり気を落とされませんように」と声を掛けて下がっていった。

ひとり残った清一郎は、膝に置いた手に視線を落とした。

言うことばかり大きくて、じっさいは何ひとつ出来なかった。

はったり屋という言葉が頭をよぎる。縁日の鳥市で目白を鶯といって客に売りつけた男と、自分は何ら違わないのではないか。

清一郎は立ち上がれなかった。証文に記された五両以上のものを背負い込んだようで、ひどく身体が重かった。

十

二日後、清一郎はせせらぎに勝次とひなたを訪ねた。

「清ちゃん、そんなに思い詰めるなよ。この世の終わりじゃねえんだからさ」

「そうよ。もとはといえば、二人を焚《た》きつけたあたしがいけなかったの」

勝次とひなたが、それぞれ神妙な面持ちで言葉を口にする。

「二人は悪くないよ。おれの了簡《りようけん》が甘かったんだ。本当にすまなかった」

齢下の友だちに気を遣わせているのが、清一郎は居たたまれなかった。ことに勝次は、飛脚売りに乗り気ではなかったのに、申し開きを一切《いつさい》しようとしない。いつのまにか勝次にまで追い越されたようで、情けない気持ちは膨れるばかりだ。

「こんなところで立ち話も何だし、中へ入りましょう。葛湯で温まっていって」

気を引き立たせるように、ひなたが明るい声をこしらえた。

清一郎たちは、休み処の門口にいる。あと四半刻《しはんとき》（約三十分）もすれば表門の閉まる頃合いで、うっすらと陰りはじめた園内に、客は数えるほどしかいない。不忍池の水面を渡ってくる風は冷たく、禽舎《きんしや》の鳥たちもじっと縮こまっている。どこかで百舌《もず》がしきりに鳴いていた。

「いや、ここで失礼するよ。きちんと謝りたくて、寄っただけなんだ。店の使いで出てきた帰りだし、二人ともまだ仕事があるだろ」

笑ってみせようとしたものの、ひなたの気遣わしげな顔を見たら、口許がひきつった。

それじゃ、また、と清一郎は身体の向きを変える。折しも、表門のほうから庭へ入ってくる人影が目に留まった。

姿勢が前屈《まえかが》みの、老人とおぼしき人影は、飼鳥屋へ行きかけて立ち止まり、首を突き出してこちらを窺《うかが》うと、まっすぐに歩み寄ってきた。曲亭馬琴ではないか。

「おう、若い連中が揃っておるな。話が早く片づきそうだわい」

馬琴が軽く片手を上げ、三人の顔を見回した。

ここにも詫びを入れなければいけない人がいた。清一郎は、とっさに腰を深く折った。

「あいすみません、手前の手抜かりのせいで、先生にもご迷惑をおかけしてしまいました」

「何、何が迷惑とな」

馬琴がいぶかしそうに眉をひそめる。

「あの、先生。今日はどのようなご用向きで」

ひなたが横から訊ねかけると、馬琴は「そう、それよ」と、思い返したように目をしばたたいた。

「先だっての鳥かごを、また三つほどこしらえてくれんか。こんどは、餌蓋をぜんぶ牡蠣殻で頼む」

話がちっとも飲み込めず、三人は顔を見合わせた。

「たしか、前に納めた鳥かごには、牡蠣、ほたて、蛤の貝殻で餌蓋をあつらえたかと存じますが」

首をひねった清一郎に、馬琴が応じる。

「それがな、餌蓋が牡蠣殻だと、雛《ひな》が丈夫に育つのだ」

「はあ、ええと」

「わからんか、牡蠣末《ぼれいまつ》じゃよ」

馬琴はじれったそうな口調になった。

かつて手習いのついでに立花玄斎が聞かせてくれた話が、清一郎の脳裡《のうり》によみがえった。およそ牡蠣殻は用途がひろく、焼いて砕《くだ》いた粉末は牡蠣末と呼ばれ、薬として人に処方されるほか、鳥にも用いられることがあるという。

「そういえば、玄斎先生が仰言っていました。鳥が糞を詰まらせたりすると、牡蠣末を与えるとか」

「さよう。牡蠣殻の餌蓋で、それと似た作用が得られるようでな」

たいそうなことを見つけたとでも言わんばかりに、馬琴が鼻の穴をひくひくさせる。

その手があったか、と清一郎はひらめいた。

「なあ、勝次。あの鳥かごを、雛が丈夫に育つ品として売り出したらどうかな」

首をかしげていた勝次が、あっという顔になる。

「そうか、目のつけどころを切り替えるってことだな」

ひなたの顔にも、笑顔がはじけた。

「さすが清さん、妙案だわ。これで飛脚売りも続けていけそうね」

胸の前で手を叩いているひなたに、ついうなずきそうになるのを、清一郎はぐっとこらえた。大きく息を吸い、時をかけて吐く。

「当分のあいだ、飛脚売りはやめておくよ」

頭の上を、百舌がひと声、鳴いていった。

ひなたと勝次が、きょとんとしている。

「ふん、つまらんな。近ごろの若いのは、ちょっとつまずくとすぐあきらめる」

馬琴が興醒めしたふうにため息をつく。

清一郎は足許に視線を落とし、ゆっくりと顔を上げた。

「飛脚売りを、あきらめるわけじゃありません。ただ、いま少し、足許を固めてからにしたいと思います。それには、残っている鳥かごを一つずつ売って、信用を積み上げていきませんと」

ひと言ひと言を、嚙みしめるように口にする。倅を伴い、一軒ずつ頭を下げてまわった父の姿が瞼をかすめた。余所では手に入らない、升田屋ならではの一品が、おぼろげながらわかった気がする。

「先生がご教示くださったおかげで、道筋が見えました。お礼を申します」

「む、む」

深々と頭を下げた清一郎に、馬琴が何ともいえない顔になる。

上へ向かって伸びていくには、まず根っこをしっかりと張らなければ、と清一郎は思った。

はばたけよ丹《たん》頂《ちょう》

一

初春のおだやかな陽射《ひざ》しが、青く澄んだ空から降りそそいでいる。棚《たな》にずらりと並んだ福寿草《ふくじゅそう》の鉢植《はちう》えで、下谷善養寺の境内《けいだい》は黄色く染《そ》まっていた。

「こちらが、錦糸《きんし》ノ舞《まい》と名付けられた花です。披露するのは、こたびが初めてなんですよ」

若草色の晴れ着に身を包んだおゆりは、袂《たもと》を手で押さえながら鉢を示した。

「ほう、なんと珍しい。八重《やえ》咲きの細い花びらが、まるで舞を舞っているようじゃ」

そういって、立花玄斎が長い鬚《ひげ》に手をやった。細身の身体《からだ》に鼠茶《ねずちゃ》の羽織《はおり》と裁付《たつつけ》袴《ばかま》を着けた姿は、おゆりが玄斎の手習い所に通っていた時分とちっとも変わっていない。

下谷界隈《かいわい》の植木屋たちが催《もよお》す花合わせの会に訪《おとず》れた玄斎を、おゆりが案内してまわっているのだった。花の色や形、咲き方などをさまざまに変化させたものを持ち寄り、自慢したり競い合ったりする花合わせの会は折《おり》おりに開かれているが、本日の主役は年初めにふさわしく、元日草《がんじつそう》の異名《いみょう》もある福寿草であった。松の内をすぎても、寺には初詣《はつもう》での客がひっきりなしに訪れていた。本堂にお参りをすませた人たちは、参道に出ている屋台見世《みせ》を冷やかしながら、やがて福寿草が並んでいる庭へと流れてくる。

庭には細長い棚が五列ほど並べてあり、変わり咲きの福寿草がつごう五十鉢ばかり載《の》せられていた。それとは別に、普通咲きのものも地面に置いて売られており、大方《おおかた》の客は気に入った一鉢を正月の縁起物として買っていく。黄金色の花びらに光が反射して、人々の表情を明るく照らしている。

おゆりと玄斎は、庭の一隅《いちぐう》に植えられた萩《はぎ》のかたわらに立っていた。この時季の萩はすっかり葉を落とした枯れ姿になっている。先の秋、枝いっぱいに可憐《かれん》な花をつけた繁《しげ》みに紛《まぎ》れ、生まれて初めて男に唇を吸われた晩のことが、十七になったばかりのおゆりの脳裡《のうり》をかすめた。

「おい、おゆり。ちょいと来てくれ」

棚の二列ほど向こうで、父の彦佐が手招きしていた。寺の門前で植木屋を営《いとな》む「苗嶋」の親方だ。正月で五十を迎えたとは思えぬ引き締《し》まった体軀《たいく》に紺《こん》の股引《ももひき》と印半纏《しるしばんてん》をまとい、腰の三尺帯《さんじゃくおび》には長年使い込んだ花鋏《はなばさみ》が挿《はさ》まれている。彦佐は首のうしろに手をもっていき、玄斎先生、どうも恐れ入ります、と頭を下げた。

「親方が呼んでおるぞ、おゆり。これ、おゆり」

幾度《いくど》か名を呼ばれて、おゆりは我に返った。生々しい唇の感触が、ふっと遠のく。

「あ、あの、あの、ええと」

滑稽《こっけい》なほどどうろたえているおゆりを、玄斎はべつだん気に留めたふうもなかった。

「わしは構わんから、親方のところへ行きなさい。この庭でいちばんの花を、年寄りがいつまでも独り占めしておってはいかん」

「すみません、またのちほど」

うっすらと汗ばんだうなじを手で押さえて、おゆりは小さく腰をかがめた。

父の横には、下谷広小路で足袋《たび》屋を営む「小松屋《こまつや》」の主人夫婦がいた。小松屋には庭があり、日ごろから彦佐やおゆりの兄滝太郎《たきたろう》が出入りして木々を手入れしている。女房のほうは、庭木よりも鉢植えの草花を気に入っており、ここで花合わせの会があるとたいてい顔を見せてくれる。今日もすでに買い求めたとみえ、福寿草の鉢を主人が手に抱えていた。

「明けましておめでとうございます。本年も苗嶋をご贔屓《ひいき》くださるようお頼みいたします」

おゆりが帯の下に手を揃《そろ》えて頭を低くすると、小松屋の女房が目を細めた。

「まあ、おゆりさんは会うたびに娘らしくなっていくこと」

「そんな、小母《おば》さまの気のせいじゃございませんか」

顔の前で手を振るおゆりを、小柄な女房はちょっとむきになったふうに見上げる。

「気のせいなものですか。わたくしはね、花合わせの会で好みの花を見つけるのも楽しみにしているけど、おゆりさんにお目にかかるのも心待ちにしているんですよ」

それに、あの絵もね、と女房は庭の入り口へ目をやった。簡素な屋根付きの門が参道と庭を隔《へだ》てており、その脇《わき》に立てかけられた戸板に、催しを知らせるびらが貼《は》り出されている。びらには、福寿草の鉢を手にする豊国《とよくに》風の美人画が描かれていた。おゆりが描いたものだった。

「器量がよくて才もある。そういう人って、ほんとうにおいでなんだねえ」

女房がまぶしそうな目を向ける。

「わたしの絵なんて、下手《へた》の横好きですから、どうか勘弁《かんべん》してください」

「そうはいっても、素人《しろうと》がこれだけ描ければじゅうぶんですよ」

およそお世辞《せじ》だとは思っていたが、女房が何の気なしに漏《も》らした言葉に本音が透《す》けていて、おゆりは少しばかり鼻白《はなじろ》んだ。

小松屋夫婦を入り口の門まで見送ってくると、彦佐が声を低めて言った。

「小松屋さんの倅《せがれ》は、そろそろ嫁取りの齢頃《としごろ》だ。もしかすると、おまえに見合いを申し込むつもりかもしれんぞ」

「えっ」

「しかしあれだな、小松屋さんがその気だとすると、ちと厄介《やっかい》だ。升田屋の仁兵衛ともいっぺん話をしておかないと」

彦佐は一人でぶつぶつ言っている。父は、近所にある小間物屋へ娘を嫁《とつ》がせる心積もりでいるようだった。

「玄斎先生をお一人にしているから、もう行くわね」

さらりと受け流して、おゆりは父の許《もと》を離れた。庭を見回すと、玄斎はいちばん向こうにある棚の前にいた。立ち止まって福寿草に眺《なが》め入ったり、品定めをしたりしている客たちのあいだを縫《ぬ》って、おゆりは玄斎へ近づいていく。

昼前に顔を出したときから、周りの視線がちらちらと絡《から》んでくることには気づいている。なかには擦《す》れ違いざまに、ひゅうっと口笛を吹いてよこす若い職人風もいた。新春に催す花合わせの会では、おゆりは晴れ着に身を包んで会場に華《はな》やぎを添《そ》えるのが慣《なら》いになっているが、今しがたの小松屋の女房みたいな目を向けられるのが、例年になく感じられる。

悪い気はしなかった。うっとりした表情で己《おの》れを見ている人と目が合ったりすると、鼻の脇がこそばゆくなってくる。

だが、おゆりが晴れ着姿をいっとう見てほしい人は、ここには来ていない。このところ立て続けに玻璃片《レンズ》の注文が入っているから遠慮しておくよ、と誘いを断った耕太の顔が瞼《まぶた》に浮かんだ。耕太は眼鏡《めがね》職人の父親の許で修業に励《はげ》んでいる。持病を抱える父に無理はさせられないと、このごろは注文のほとんどを耕太がこなしていた。修業熱心なのは結構なことだけれど、おゆりはおめかしした甲斐《かい》がなくて少しばかり腹立たしくもある。

「玄斎先生、お待たせしてすみません」

瞼の残像を振りきるように声を出したら、妙に浮き立った調子になった。

玄斎は無言で腕組みしている。福寿草を見ているとばかり思ったが、どうやら違うものに目を向けているようだ。視線をたどった先で、一人の男が画帖《がちょう》に筆をはしらせていた。齢のころは二十七、八か、すんなりとした長身に藍《あい》色の着物を着流しにしている。

「ずいぶんと丹念なご様子ですね」

おゆりは小声で玄斎に言った。男は福寿草の花ぎりぎりまで顔を近づけたり、かと思えば一、二歩うしろへ下がったりして、画帖とにらめっこしていた。

「じき四半刻《しはんとき》（約三十分）になるかのう、ずっとあんな具合での」

鬚を撫《な》でながら、玄斎がわずかに顎《あご》を突き出したとき、男がふいに顔を上げてこちらを見た。すっと切れ上がった眼《まなこ》と目が合って、おゆりはわけもなくどきりとした。

会釈《えしゃく》をしてよこした男に、玄斎がすたすたと近寄っていった。おゆりも従う。

「ははあ、見事なものじゃ」

画帖をのぞき込んだ玄斎が、感嘆の声を上げた。紙面には、目の前にある福寿草が寸分違《たが》わぬ精密さで描き込まれていた。花びら一枚いちまいの重なりよう、茎《くき》から分かれて伸びる葉のありようが、ごく細《こま》やかな線を用いてそっくり写し取られている。

男は、関口月旦《せきぐちげったん》と名乗った。尾張藩名古屋城下にある書物問屋の次男で、今は絵の道を歩《あゆ》んでいるという。

「この、筆遣《ふでづか》いの細やかなこと。本草《ほんぞう》の絵とお見受けするが、いかがですかな」

玄斎の問いかけに、月旦が首を上下させた。

「国許には、本草を学ぶ者の集まりがございまして、時折《ときおり》、本草会と称する会合を持っております。そこに持ち寄る絵を描いているところでして」

「尾張の本草学者というと、水谷豊文《みずたにほうぶん》どのと申す御仁《ごじん》がおられるのでは」

「ご存じですか。手前の師にございます」

月旦の口許に白い歯がのぞいた。

「お名前だけじゃが、耳にはしております。さようですか、水谷どののご門下で」

そう言って、玄斎が二度、三度とうなずいた。その方面では名の知られた人物のようだとおゆりは察した。

「して、関口どのは、なにゆえ江戸へおいでに」

「はい。手前どもは植物にしろ動物にしろ、実物からじかに学び、究《きわ》めることを宗《むね》としております。今般、江戸へ参りましたのは、当地で新しく掛け合わされた草花をこの目でたしかめ、絵に描きとめるためでして」

「ふむ、花合わせの会には珍しい品種が並ぶ。じっくりご覧になるには打ってつけじゃ」

玄斎と月旦が話しているのもそっちのけで、おゆりは画帖に見入っていた。花びらに浮き出た筋や、ところどころ虫に食われた葉先など、丸ごと描き写されているのは見て取れるものの、絵の出来映《できば》えとして優れているのかどうか、さっぱり判断がつかない。

ただ、月旦の描く絵が、日ごろおゆりが絵だと思っているものとはまったく別物であることは、何となくわかった。おゆりが描くのは美人画を我流で真似《まね》たものだが、たとえば女の口許や目尻《めじり》に刻《きざ》まれた皺《しわ》などは、見えないものとして端折《はしょ》っている。見映えのよさを大切にするのが絵心だと心得ているゆえだ。

「そうそう、この娘も絵を描くことを得手《えて》にしておりましてな。子供時分、わしが開く手習い所に通うておったのじゃが、ほかの手習い子やわしの似顔絵《にがおえ》をたびたび描いてくれたものでしての」

だしぬけに、玄斎が振り向いた。月旦も、興趣《きょうしゅ》をそそられたようにおゆりを見ている。

「あの、お恥ずかしゅうございます」

おゆりは、玄斎の背中へ身を隠した。

「そう謙《へりくだ》らんでもよいではないか。入り口の貼り紙は、おまえさんが描いたのじゃろう。たしか、そのあたりにも貼ってあったと……」

玄斎が首をめぐらせる。

「お師匠さま、どうか勘弁してくださいまし」

おゆりは胸の前で手を振った。単なる謙遜ではなかった。己れの絵が月旦の目にどんなふうに映るのか、それを受け止める心構えができていない。

「あったあった、あすこじゃ」

玄斎は頓着《とんちやく》することなく、僧坊《そうぼう》の敷地へと通じる枝折戸《しおりど》を指さした。

「なるほど、達者なものですな」

枝折戸の前に立った月旦は、びらを目にすると口許に穏《おだ》やかな微笑を浮かべた。そこには、さほどでもない絵を労《いたわ》る気遣《きづか》いのようなものが滲《にじ》んでいた。

おゆりの身体が、かっと熱くなる。

「わたしの絵なんて、下手の横好きですから」

小松屋の女房にはあっさりと言えた言葉が震えた。

この娘は昔から控《ひか》えめな性分でしてな、と玄斎が月旦に話している。

「おお、そうじゃ。不忍池《しのばずのいけ》のほとりに花鳥茶屋がありましてな。異国の鳥や草木を、貴殿もご覧になるとよい。近いうちにお連れして差し上げましょう」

月旦を「せせらぎ」に誘う玄斎の声も、おゆりの耳には入ってこなかった。

二

藪入《やぶい》りの日には小遣い銭を握りしめた小僧やその親たちでにぎわった花鳥茶屋せせらぎも、五日ばかり経《た》った今日は、中庭にいる客の姿もまばらだった。

暦《こよみ》の上で春を迎えたとはいえ、不忍池を渡ってくる風はつめたい。インコや孔《く》雀《じゃく》など、もともと暖かい土地での暮らしに向いている異国の鳥は、菰掛《こもが》けしたうえに手焙《てあぶ》りを入れた禽舎《きんしゃ》でじっとしている。それでも、鶴《つる》や大瑠璃《おおるり》といった和鳥たちはおおむねふだん通りに動き回っていた。

休《やす》み処《どころ》ものんびりとしたものだった。卓が四つ置かれた十畳ほどの入れ込み座敷には、おゆりたちのほかに二人連れの客が一組いるきりだ。

立花玄斎と関口月旦が並んで卓につき、周りを囲むように、勝次と清一郎、おゆりが坐《すわ》っていた。

「ほおお、こいつはすげえな」

画帖に描かれた福寿草を指でなぞった勝次が、大仰《おおぎょう》に目を剝《む》いている。絵を見るなり、じっさいの福寿草を摘《つ》んできて糊《のり》で貼りつけたのではないか、本当に描かれたものなのか手で触《さわ》ってもよいかと、月旦に申し入れたのだった。勝次は、休み処の隣にある飼鳥《かいどり》屋で鳥かご職人の修業をしている。かつての手習い師匠と幼馴染《おさななじみ》が訪ねてきたので、親方の富十が昼休みを兼ねた半刻（約一時間）ばかりの暇《ひま》を与えてくれていた。

「まず輪郭《りんかく》線を描いて、そのあと色づけしていくんですか。どんな色から塗っていくとか、手順が定《き》まっているんでしょうか」

勝次から画帖を受け取った清一郎が、絵に目をやりながら訊《たず》ねかけた。仙龍寺門前にある小間物屋「升田屋」の惣領《そうりょう》息子で、おゆりや勝次より二つ齢上の清一郎は、子供時分から何かにつけて講釈したがり、己れの理屈にこだわって周りが見えなくなるところがある。

先《せん》だってはその性分が空回《からまわ》りして、商《あきな》いに大きな穴を開けた。さいわいに妙案を思いつき、今は穴を埋めるべく励んでいる。雛《ひな》が丈夫に育つ鳥かごという謳《うた》い文句で、牡蠣殻《かきがら》の餌蓋《えぶた》を取り付けた品を売るために、升田屋からせせらぎの飼鳥屋へ通うようになっていた。

おゆりの父が娘の伴侶《はんりょ》にと目星をつけているのが、この清一郎だった。父から正式に切り出されていないので、今のところは曖昧《あいまい》にやりすごしているが、おゆりの答えは否《いな》と定まっている。もっとも、清一郎にしても気持ちはおゆりよりほかの人に傾いているみたいだし、いずれにしろ父が思うように事は運ばないだろう。

「草花でも生き物でも、まずは注意深く観《み》ることです。そして、目にしたままを筆で写し取る。輪郭とか色づけということよりも、目の前にあるものを丸ごと描き取るという心構えが肝心《かんじん》なんです」

物静かな口調で、月旦が応じた。

「ぜんたいの釣り合いや見映えは、二の次ってことですか」

清一郎が重ねて問うた。

「考えようによっては、その通りかもしれません。ですが、この世に生きているあらゆるものは、それだけですでに美しいのではありますすまいか」

含蓄《がんちく》めいた言葉に、清一郎が感服した表情になった。勝次は何とかの一つ覚えみたいに、すげえ、すげえを繰《く》り返している。

一つ間違えば気障《きざ》でしかない物言いも、月旦だと嫌味《いやみ》なく聞こえた。おゆりは、清一郎の見終わった画帖を受け取って、いま一度はじめから紙を繰った。絵の善《よ》し悪《あ》しに関しては、やはり見当がつきかねた。けれど、この絵のことをもっと知りたいという気持ちは、先だってよりも大きく膨《ふく》らんでいる。どういえばよいのか、月旦の描く絵には、おゆりの心を惹《ひ》きつけてやまない何かがあるのだ。ただ、やたらと好奇をあらわにすると勝次や清一郎と同列に見做《みな》されるような気がして、なかなか口に出せずにいる。

「さあ、おまちどおさま」

ほがらかな声とともに、ひなたが葛湯《くずゆ》を運んできた。ひなたはおゆりのかたわらに膝《ひざ》をついて、盆《ぼん》に載った茶碗《ちゃわん》と木杓子《きじゃくし》を、めいめいの前に置いていく。

いただきます、とおゆりは胸の前で手を合わせ、湯気が立ちのぼる茶碗を両手に包み込んだ。小ぶりの木杓子にすくった葛湯を口に含むと、とろみと甘みが舌に広がり、じんわりとした温《ぬく》もりが咽喉許《のどもと》を下っていく。

「今日みたいに冷え込む日には打ってつけですね」

そう言いながら、月旦も木杓子を口許へ運んでいる。

「尾張にも、せせらぎみたいなところがあるんですか」

葛湯をあっという間にたいらげた勝次が、月旦に訊《き》いた。

「ええ、ありますよ。孔雀茶屋と呼ばれていますが」

「ふうん、孔雀ならここにもいるけどな」

「鳥や草花ばかりでなく、羊や鹿に芸を仕込んで客寄せするところもありまして」

「へえ、それはまた大掛かりですね」

清一郎が目をしばたたいている。

土地や呼び方が異なっても、人は似たようなものに愉《たの》しみを見出《みいだ》すのだな、とおゆりは思った。

ふと、先に耕太が言っていたことを思い出した。阿蘭陀《オランダ》渡りの技と工夫で玻璃片をこしらえられるようになったのに、そこに映るのはしょせん江戸の風景でしかないと、さもつまらなそうな口ぶりだった。阿蘭陀の玻璃片の先には、異国の風景があって当たり前だといわんばかりだったが、海の向こうに住む人たちが見ているものも色や形が違うだけで、実のところは江戸の人々が目にしているものとたいして変わらないのかもしれない。

「あの、関口さま。こんなふうに描かれた福寿草を見るの、あたし初めてです」

おゆりの隣で画帖をのぞき込んでいたひなたが、顔を上げて言った。はきはきと、言葉を重ねる。

「細かいところまで詳しく描いてあって、変わり咲きのどこがどういうふうに違うか、ひと目で見分けがつきますね。見ているだけで、わくわくします」

おゆりは思わずひなたを振り向いた。今の見方こそ、己れが口にしようとしていたことではなかったか。

いの一番に興味を持ったのは自分なのに、先を越された悔《くや》しさが胸を駆《か》け抜けていく。

いつもこうだ。こんなことを言ったら笑われるのではないか、浅はかだと思われはしないかとためらっているうちに、誰かに話を持っていかれてしまう。知り合って間もない相手には、ことさらに遠慮が大きくなる。それを控えめだとかおっとりしていると受け止める人もあるけれど、じっさいとの隔たりを思うともどかしい。

「ほう、ひなたさんは目のつけどころが鋭くていなさる。本草の領分では、個々の区別がつくというのが肝心なんですよ」

関口月旦の目に光が宿るのを見て、何でもいいから訊ねなければという気持ちになる。ひなたより劣っていると思われたくなかった。

「ほかとの違いが見て取れるのが、どうして大事なんでしょうか」

月旦が、おゆりに視線を移した。

「それも、よい問いかけです。そも本草というのは、草木や生き物、玉石《ぎょくせき》などの実物を集めて各々《おのおの》が備《そな》えている特徴を見極め、医薬に役立てるよう究める学問です」

難解な奥儀《おうぎ》を嚙《か》み砕《くだ》くふうな口調であった。よい問いかけだと褒《ほ》められて、おゆりのもやもやが幾分《いくぶん》やわらいだ。

月旦が先を続ける。

「たとえば、山できのこを採《と》ってきたとします」

月夜茸《つきよたけ》というのがある。色合いといい姿形といい、ぱっと見たきりでは椎茸《しいたけ》と見分けがつかない。ただ、うっかり口にすると、じきにもどしたり腹を下したり、ひどいときには命に関わる猛毒が潜《ひそ》んでいる。

しかしながら、月夜茸には、軸《じく》を裂《さ》くと黒い斑《はん》があらわれる特徴がある。それを詳細に描き写しておけば、ほかのきのこと見分けがつき、あやまって命を落とすこともないと月旦は話した。

「なるほど、奥が深いのですね」

一枚の絵から人の命へと話が広がって、おゆりはいたく感じ入った。

それまで聞く側にまわっていた立花玄斎が口を挿んだ。

「四人とも、難しくとらえることはないのじゃぞ。ほれ、葛湯にしても、本草とつながっておるのだし」

「へえ、そうなんですか」

首をかしげたひなたに、月旦が応じる。

「葛という植物の根から葛粉が採れることは、ご存じですね。葛の根は生薬《しょうやく》としても用いられますし、葛粉には身体を温めたりお腹の調子をととのえる作用があるのです」

葛湯を食べると全身がぽかぽかしてくるのは、単なる気のせいではないのだと、おゆりも得心《とくしん》した。

「あ、あの、牡蠣末《ぼれいまつ》も本草の領分ですか」

少しばかり前のめりになって、清一郎が訊ねる。

「もちろんです。牡蠣末には、炎症を鎮《しず》めたり熱を下げたりする効能がありますからね」

月旦の返事に、清一郎と勝次が顔を見交わしてうなずきあった。

「それにしても、牡蠣末をご存じとは。立花どのの手習い所では、読み書き算盤《そろばん》に限らず、多様な知識を教授なさっておられたのですな」

月旦が感心したように言うと、玄斎は満面の笑みを浮かべて鬚を撫でた。

中庭がにわかに騒がしくなったのは、そのときだった。何やら男のわめき声が聞こえてくる。立花玄斎先生はいなさいますか、と言っているようで、一行は腰を上げて外へ出た。

「おや、富次郎《とみじろう》じゃないかえ」

おゆりが声を掛けると、印半纏に股引姿の男が、ああっ、お嬢さん、と声を上げて駆け寄ってきた。苗嶋は善養寺門前にある家とは別に、箕輪に広い植え溜《うだ》めを抱えている。富次郎はそこで草木の手入れを任《まか》されている職人であった。

「植え溜めに、鶴がうずくまってたんでさ。どうも怪我《けが》をしてるみてえで、玄斎先生のところへ行ったんですが、せせらぎだとうかがいやして」

肩で息をしながら、富次郎が飼鳥屋の前に止められた荷車を振り返った。かたわらに、大ぶりの籠《かご》が地に伏せてある。植え溜めの手入れ中に出る枝葉を入れるために苗嶋が特別あつらえした、わりあいに容量のあるもので、ひなたが身をかがめればすっぽりと覆《おお》われてしまうくらいの寸法だった。

「鶴はその中かの」

訊ねながら、玄斎が足早に歩み寄る。日ごろはひょうひょうとしている顔つきが、にわかに険しくなっていた。

「へえ。わっちが近づいても、逃げる素振《そぶ》りもねえんでさ。ひとまず戸板に載せて、籠を被《かぶ》せて……」

三十になろうという富次郎が、おろおろ声で応じる。

籠の大きさからいって鍋鶴《なべづる》とおゆりは見当したのだが、籠目ごしに見えたのは、白と黒の対比がくっきりとし、頭のてっぺんに赤い斑《ふ》を頂《いただ》いた丹頂《たんちょう》鶴だった。長い首を折り曲げて嘴《くちばし》を羽にうずめ、身じろぎせずじっとしている。

「まだ若いようじゃな」

腰をかがめた玄斎が、中をのぞき込んだ。

箕輪から北西へ半里《り》（約二キロメートル）ほどの三河島《みかわしま》村には、冬になると鶴が渡ってくる。一帯は幕府の御鷹場《おたかば》にもほど近く、鶴が群《む》れるあたりには竹矢来《たけやらい》がめぐらされ、餌付《えづ》け場も設《もう》けられていた。とはいえ、翼をもつ鶴は竹矢来の外へも飛んでいくわけで、大川《おおかわ》も千住《せんじゅ》くんだりまで遡《さかのぼ》ると、土手にたたずむ姿が見かけられることもしばしばだった。

「ふむ、目には力がある。命に関わるほどではなかろうが、ともかく診《み》てみぬことには」

玄斎の指図で、鶴は籠を被せられたまま、戸板の四隅《よすみ》を勝次と清一郎、関口月旦、富次郎が持ち上げて、飼育係の詰所へと運ばれた。おゆりとひなたも、男たちについていく。

玄斎が戸口に立つと、板の間に置かれた火鉢で暖《だん》を取っていた飼育係の男が、すっと腰を上げた。

「これは立花さま、おいでなさいまし」

せせらぎの飼育係たちは、鳥に関する知識をひととおり身に付けているが、手に負《お》えないときは玄斎に教えを請《こ》うので、いずれも面識がある。

「孫八《まごはち》どのは、おられるかの」

「あいにく、親方はちょいと他行しておりまして。言伝《ことづて》がおありなら承《うけたまわ》りますが」

飼育係の返事に、玄斎が顔をしかめた。

「孫八どのが不在ならば、わしが診るよりあるまい。すまぬが、部屋をお借りできんかの。ここの鳥ではないのだが、鶴が怪我をしているのじゃ」

「そいつはいけねえ。さ、どうぞ奥へ」

玄斎が履物《はきもの》を脱いで上がり、勝次たちに外側へまわるよう指示を出した。二階建ての詰所には、飼育係の連中が一服《いっぷく》したり寝泊りする部屋のほかに、調度品がいっさい置かれていない八畳間があり、具合を悪くした鳥を手当てするのにあてがわれている。

縁側《えんがわ》から部屋に上がった勝次たちが戸板を畳《たたみ》に下ろすと、籠の中からキュウ、キュウと弱々しい声が漏れた。

「勝次、清一郎。ご苦労じゃった。二人は表で待っていなさい。大人は、いましばらく残ってくだされ」

「でも、お師匠さま」

何か言いたそうな勝次を、玄斎がやんわりと、しかし厳然たる調子で押し返す。

「籠をはずした途端《とたん》、鶴が暴れ出さぬとも限らぬ。おまえさんたちまで怪我を負っては、元も子もあるまい」

言葉に詰《つ》まった勝次の肩を、清一郎が軽く叩《たた》いている。

玄斎と月旦、せせらぎの飼育係、そして苗嶋の富次郎を部屋に残して二人が縁側を下りてくると、ひなたがさりげなく勝次に寄り添った。

「お師匠さまがついていなさるんだもの。案じることはないわ」

「ひなちゃんの言うとおりよ。お師匠さまもああ仰言《おつしや》ったんだし、わたしたちは手当てが終わるのを待ちましょう」

ぴたりと閉じた障子《しようじ》を、おゆりは祈るような心持ちで見つめた。

三

その日、夕餉《ゆうげ》の膳《ぜん》を食べ終えた彦佐が、おゆりに顔を向けた。仕事着から藍色の部屋着に着替えている。

「鶴を助けたそうだな。富次郎に聞いたぞ」

苗嶋では、当主と家族が一室に揃って朝夕の膳を共にするのが慣いとなっている。草花を愛《め》でる心に貴賤《きせん》も男女の隔てもないというのが、苗嶋を興《おこ》した先々代の信条であった。八畳の茶の間には、おゆりの母おとき、兄滝太郎、嫂《あによめ》さつき、の顔もある。

「助けたのはわたしじゃなくて、玄斎先生よ」

おゆりは応えながら箸《はし》を置く。春菊《しゅんぎく》のお浸《ひた》しを残してしまった。独特の香りとえぐみが、どうにも不得手なのだ。

箕輪の植え溜めでうずくまっていた鶴の左足には、釣り糸がぐるぐるに巻きついていた。およそ大川沿いで釣《つ》り竿《ざお》を出している手合いの中に、糸の始末をないがしろにした不届き者がいたに相違ない。生憎《あいにく》なことに、糸先には釣り針がついたままで、それが腿《もも》に刺《さ》さっていた。

玄斎の手当てで釣り針は取り除かれたものの、鶴は衰弱がひどく、しばらくのあいだせせらぎで養生させることになった。もっとも、鶴をむやみに捕らえることはお触《ふ》れで禁じられており、三河島村では鳥見名主《とりみなぬし》まで置いて鶴の出入りを取り仕切っている。念のため、せせらぎからは飼育係を報《しら》せに走らせていた。

「それはそうと、おまえ、箏《こと》のお稽古《けいこ》には行ったのでしょうね」

黙って話を聞いていたおときが、おもむろに口を開いた。

おゆりは膝に置いた手許へ目を落とした。月に三度、湯島にある稽古所へ通っている。

「お休みしました。鶴のことが案じられて、お稽古どころじゃなかったんだもの」

「まあ、それも道理だけどねえ。明日にでもお師匠さんへお詫《わ》びにうかがわないと」

気遣わしそうに、おときがこめかみへ手をやった。四十半《なか》ばになるおときの髪には、このごろ白いものが混じり始めている。

手許を見つめてひと呼吸してから、おゆりは顔を上げた。

「わたし、そろそろお箏をやめたいの」

「それはならん。物事を途中で放り出すのはよくないぞ」

咎《とが》めたのは父だった。陽に灼《や》けた顔をしかめ、腕組みになっている。

「ええと、作太《さくた》を寝かせているし、部屋に下がってもいいかな」

「あの、どうもごちそうさまでした」

兄夫婦が控えめに口を挿み、腰を上げた。二人のあいだには、生まれて半年足《た》らずの赤子があり、食事のあいだは子守りに世話を任せている。

おゆりと七つ違いの滝太郎は、三年ほど前に二つ齢下のさつきと一緒になった。さつきは日本橋で蒲鉾《かまぼこ》や半ぺんを商う店の娘で、江戸の真真中《まんまんなか》から下谷くんだりの植木屋へ嫁にきて寂《さび》しくないのだろうかとおゆりは案じたものだが、当人はおとなしく従順な人柄ですんなりと苗嶋に溶《と》け込んだ。江戸っ子らしい芯《しん》の通ったところも潜んでいて、おゆりにとってはつかず離れず寄り添ってくれる義姉である。

二人が部屋を出ていくのと入れ替わりに、女中が茶を運んできた。

茶を飲んだ彦佐が、湯呑《ゆの》みから口を離した。

「いま少しで免許皆伝だろう。せっかく続けてきたのに、やめるなんて、もったいない」

七つの齢に入門したおゆりは、免許皆伝の一歩手前まで進んでいた。腕前もさることながら、より高度な曲を修めるには、それに見合った謝礼も入用になる。父の声音《こわね》には、これまでに注《つ》ぎ込んだ金子《きんす》を惜《お》しむような響きが滲んでいたが、おゆりは気づかないふりをした。

「十年も通えば、それなりに上達して当たり前だわ。でも、自分でやりたくて習い始めたわけじゃないし、お師匠さんになりたいとも思わないもの」

見知らぬ相手と話すときは遠慮が先に立つぶん、身近な人には物言いが露骨になる。

「それはそうかもしれんが……」

「お箏をやめるかわり、絵を習わせてもらえませんか」

「なに、絵を」

彦佐が怪訝《けげん》そうな目を向ける。

「先だって花合わせの会にいらしてた絵描きの方、ええ、尾張の関口月旦さまと仰言るんだけど、狩野《かのう》派とも錦絵《にしきえ》とも違う絵をお描きになるの。ついては、関口さまに画法を手ほどきしてもらえないかと」

「その、月旦とかいう人の身許は確かなんだろうな。まだ若い男だったが」

「人となりは、玄斎先生のお墨付《すみつ》きよ。国許に身重のご新造《しんぞ》さまがおいでになる、れっきとしたお方です」

月旦に妻女があると聞いたときは何だか肩透《かたす》かしをくらった気もしたが、それで絵に対する関心が削《そ》がれたわけではない。

「ふむ。しかし今さらどこぞに入門しなくとも、おまえの絵はじゅうぶん達者だと思うがね。それに、その風変わりな絵を描いて、どうしようというのかえ」

彦佐が眉《まゆ》をひそめる。

「飛脚《ひきやく》売りの目録よ」

　思わず声が裏返った。

　苗嶋は植木屋仲間と手を組んで、菊や牡丹《ぼたん》などの飛脚売りをおこなっている。得意先に配《くば》る目録には、花の銘柄や色、咲き方、苗木一本あたりの代金などが文字で記《しる》されていた。

「細かいところまで描き込まれた絵が添えてあれば、ひと目で見て取れるし、字の読めない人にもわかりやすいでしょ。余所《よそ》が出している目録と比べても親切だわ」

　ふだんよりお喋《しやべ》りになっていることに、自分でも気づいている。

　飛脚売りの目録なぞ、とっさの思いつきを口にしたにすぎなかった。おゆりが月旦に絵を習いたいと望んだ実《じつ》のところは、医薬の役に立てると聞いたからだ。耕太の父親が抱える病《やまい》を治す手助けが、ほんの少しでも出来るかもしれないと思ったのである。

　自分で言うのもなんだが、絵の腕前にはそこそこ覚えがある。それなりの師について指南を受ければ、いずれひとかどの絵描きになれるのではなかろうか。

　おゆりは、玄斎の手習い所に通った仲間たちの顔を思い浮かべた。耕太は一人前の眼鏡職人を目指してひたすら修業に打ち込んでいるし、升田屋の清一郎も手さぐりしつつ商人の道を前へ進んでいる。勝次はせせらぎにある工房で鳥かご作りの腕をめきめきと上げていて、休み処の看板娘ひなたは、その顔を見るためだけに通う客もいるほどの人気者だ。

わたしだけ、何もない。わたしだけ、からっぽ。

常日頃、おゆりはそう思っている。悔しいけれど、父が縁談をちらつかせるのも、娘に若さよりほかの取り柄はないと見抜いているゆえだろう。

しかし、だからといって安易に流されたくはなかった。手習い所では、読み書きも掛け算の九九も、ひなたや勝次に先んじて身に付けたのは己れなのだ。仲間たちの背中が遠くなっていくのを、指をくわえて眺めているなんて我慢ならない。

そこにめぐりあったのが、本草の絵であった。

ただ、うかつに耕太の父親の話など持ち出して、彦佐によけいな勘繰《かんぐ》りをされると剣呑《けんのん》だ。ひなたの父親と言い換えたとしても、それはそれで取ってつけたみたいになる。やましい気持ちがあるだけに、いつになく饒舌《じょうぜつ》になってしまった。

「どうした、おゆり。うちの商いには関心がなかったんじゃないのか。花合わせの会だって、晴れ着が汚れるといって渋《しぶ》っていただろう」

腑《ふ》に落ちぬといいたそうに、彦佐が首をかしげている。

兄夫婦の部屋では作太が目を覚ましたとみえ、赤子の泣く声がかすかに届いてくる。

「いいと思いますよ、わたくしは」

茶を飲んでいたおときが、湯呑みを手に包んで膝に載せた。

「当人が絵を習いたいというのなら、そうさせてやりましょうよ」

おっとりと言って、母はいま一度、湯呑みに口をつけた。

「いいのか、おとき。箏の稽古へ通わせたがったのはおまえだぞ」

意外そうな声を出した彦佐に、おときがわずかに肩をすくめる。

「そりゃ、この子によかれと思って通わせたのはわたくしですけどね。当人がほかにやりたいことを見つけたのなら、無理強《むりじ》いはできませんでしょう」

「まあ、おまえがそれでいいなら、わしは構わんが」

拍子抜《ひょうしぬ》けしたような顔で、彦佐が頰《ほお》を指先で搔《か》く。

おときは湯呑みを膳にもどすと、おゆりへ膝を向けた。

「やりたいことができるのは娘のうちだけですよ。おまえの思うようになさい」

物分りのよさそうな笑みを浮かべ、切れ長の目を細める。おまえの目はおっ母《か》さんにそっくりだと誰もが口を揃えるその目で、こんなふうに見つめられるたび、おゆりは何ともいえず重苦しい心持ちになる。

おときは浅草並木町《なみきちよう》にある料亭の末娘だった。庭の手入れにうかがっていた苗嶋の先代が、器量と気立てのよさを兼ね備えたおときを気に入り、ぜひ倅の嫁にもらえぬかと申し出て、彦佐との縁組がととのったのだった。

娘時分のおときは、針仕事はからきしだったが、長唄《ながうた》の師匠の許でそれは熱心に稽古を積んだそうだ。おゆりがまだほんの小さかった頃、並木町へ遊びに行くたび、母方の祖父母から話を聞かされたものだ。だが、祖父母は母の本心まで察せなかったとみえる。

「おっ母さんはね、実のところ長唄のお師匠さんになって、稽古所を開きたかったんだよ」

おゆりに習わせる箏が家に届いた日、おときはとっておきの宝物を披露するような表情で娘に言った。

「おっ母さんのお師匠さんもそのつもりで稽古をつけてくだすったんだけど、どうにも親に言い出せなくてね。娘にはきちんとした家のご新造になってほしいと願っているのが、おっ母さんにもよくわかっていたし」

　女の長唄師匠はさほど珍しいものでもないが、祭ともなると弟子を引き連れて踊り屋台に加わったり、若い男の弟子の中には師匠の容貌《ようぼう》を拝《おが》むことだけを目当てに通ってくる不届き者もいたりして、当人にそのつもりがなくても何かと派手に見られがちだった。

　その後も、母はことあるごとに長唄師匠になりたかったという話をして聞かせた。七つだった頃のおゆりは、おっ母さんはたいそうな腕前の持ち主なのだとすっかり感服したが、今は幾らか違う。母にはきっと、芸のうえで越えられない壁があったのだ。己れの技量に欠けていた何かをもっともらしい仔細《しさい》にすり替えて、自分をごまかしているにすぎないと思う。

　母から目を逸《そ》らし、おゆりは黙って茶を飲んだ。

「ともかく、わしが玄斎先生のところへうかがって、その、関口さまとやらにご挨拶できるよう取り計《はか》らってもらうとしよう。しかしまあ、筝は続けなさい。娘らしい稽古事には通っておくものだ」

　そういって、彦佐が腕組みを揺すった。父は父で、稽古事を嫁入り道具か何かみたいに捉えているふうだった。

「そういうわけで、関口さまに絵をご指南していただけることになったの。十日に一度、ここに足を運んでくださるそうで」

せせらぎの和鳥が収まる禽舎の前で、おゆりはかたわらに立つひなたに言った。

四

彦佐から話を聞いた立花玄斎は、市谷《いちがや》の尾張藩拝領屋敷に寄宿している月旦につなぎをつけ、彦佐を伴って面会にうかがった。そこで話し合いが持たれ、月旦がせせらぎでおゆりの絵を見ることを承知してくれたのだ。

とりあえずは身の回りで目に留まったものを描くようにとお題が出され、おゆりはせせらぎの鳥を描くことにしたのだった。先だっての鶴の具合が気に掛かっていたのもある。

「たいしたものねえ、苗嶋の小父さんは。おゆりちゃんの望みを何でもかなえてくれて」

ひなたが言いながら寂しそうに微笑《ほほえ》んだのを、画帖に筆をはしらせていたおゆりは気づかなかった。

　せせらぎでは二羽の鶴が飼われていたが、年寄りだった片方が冬のはじめに息絶え、一羽になったところへ、苗嶋の植え溜めで助けられた鶴が入ってきた。もとから飼われている鶴は、禽舎の浅い水場にいて、一本足で身体《し》を支えるふつうの寝姿でたたずんでいる。助けられたほうの鶴は、隅に敷き詰められた稲藁《いねわら》に身をまるめ、うずくまったきりだ。

　素描きが一段落ついたところで、おゆりは筆を矢立《やたて》にしまった。

「まだ、傷が癒《よ》くならないのかしら」

「釣り針が思いのほか深くまで刺さってたそうでね。傷が熱をもって、腫《は》れてるみたい。療治にはいましばらくかかるだろうって、玄斎先生が仰言ってた」

　ひなたの返事におゆりが顔をしかめたとき、上野の山で鐘が八ツ（午後二時頃）を撞《つ》き始めた。

　じきに飼鳥屋の障子が開いて、勝次と清一郎が庭へ出てきた。

「なんだ、おゆりが来てたのか」

　こちらへ近づいてきた勝次が、怪訝そうな顔をしている。

「おゆりちゃんは、関口さまに絵を習うことになったのよ」

ひなたが応じた。

「ふうん、いいご身分だな」

「ちょいと勝っちゃん、言い方に気をつけなさいよ」

ひなたがたしなめ、勝次が首をすくめている。

あんたなんか何も知らないくせにと言い返したいのを、おゆりはぐっと堪《こら》えた。手習い所でふざけては玄斎に雷を落とされていた勝次に、己れの込み入った心情を話したってわかるとは思えない。

「ほら、おいでなすったぞ」

三人の気を逸らすように清一郎が指さした方向を、おゆりたちは振り返った。

飼育係の詰所から、桶《おけ》やどんぶりを抱えた男たちが出てくるところだった。

五人の男たちは二手に分かれ、三人がおゆりたちのいる和鳥の禽舎のほうへやってきた。おのおのが禽舎の出入り口から身をかがめて中へ入ると、大瑠璃や駒《こま》鳥《どり》、鶺鴒《せきれい》などがいる部屋の餌台をくまなく掃除して新たな餌を載せたり、何箇所かに置かれた水入れの中身を換えたりしている。餌は、米や稗《ひえ》、粟《あわ》、向日葵《ひまわり》の種などを飼育係が独自にまぜ合わせたものだと、前にひなたから聞いたことがあった。季節やその日の天気をみて割合を加減するそうで、なかなか手が込んでいる。今の時季だと、鳥たちが止まって羽を休める木の枝に蜜柑《みかん》が刺してあったりもした。

　鶴が収まる部屋でも、飼育係が桶に入った餌を下に撒《ま》いている。大瑠璃たちの餌とは粒の大きさや色味が異なっており、鶴に見合うよう工夫が凝《こ》らされているふうだ。

「少しは元気が出てきたかな」

　清一郎が禽舎をのぞき込み、

「朝とあんまり変わらねえな」

　勝次が難しい顔で首を振っている。餌やりの刻限に合わせて庭へ出てきたのをみると、二人も鶴が気掛《きが》かりなのだろう。

　さっきまで水場で寝ていた鶴が、さっそく餌を突《つつ》いている。

　うずくまっている鶴のかたわらには飼育係が寄り添い、どんぶりから木杓子ですくった餌を口許へ運んでやっていた。すり潰《つぶ》しているのか水分を加えているのか、とろりとしてお腹にやさしそうだ。鶴もすっかり人間に心を許したとみえ、飼育係に嘴を預けている。

　餌やりをすませた飼育係が詰所へもどっていき、鶴が嘴を羽にうずめたのを見ていた勝次が、だしぬけに言った。

「なあ、鶴って、どんな味がするのかな」

おゆりはぎょっとした。ひなたも眉間《みけん》に皺を寄せている。

「前に玄斎先生が言ってただろ。お上が捕らえた鶴は、朝廷に献上するって」

顔を見合わせている女子《おなご》たちに構わず、勝次は鶴に目を向けている。

上様が御鷹狩りで捕らえた鶴はすみやかに腸《はらわた》を抜いて塩を詰め、朝廷へ献上されることはおゆりも心得ている。とはいえ、今ここで生々しいことを口にする勝次の了簡《りょうけん》を疑った。

「朝廷に献上するのは、鍋鶴だ。丹頂とは違うよ」

やれやれという口調で、清一郎が割って入った。きょとんとしている勝次に、重ねて言う。

「玄斎先生に話を聞いたとき、何だかおっかない気がして質問攻めにしたんだ。そこにいる丹頂を御鶴場にもどしたとしても、塩漬けにされることはないよ」

清一郎は勝次に向かって喋っているが、口ぶりには女子たちへの気遣いが感じられた。日ごろは理屈っぽい清一郎に、おゆりは救われる思いがした。

苦笑を浮かべたまま、清一郎がおゆりに顔を向けた。

「鶴を描いていたんだろ。見せてくれるかい」

おゆりが画帖を開くと、まったくこたえたふうのない勝次が真っ先に食いついてきた。

「へえ、さすがに上手《うま》いもんだな」

「それほどでもないわ。下手の横好きだもの」

おゆりの自嘲《じちょう》めいた物言いにもとんと気づかず、感心しきりでため息をついている。

「ふうん、よく描けてるじゃないか」

「おゆりちゃんの絵は、子供時分から飛び抜けてたものね」

清一郎とひなたが囃《はや》し立てた。お世辞とわかっていても、嬉《うれ》しいものは嬉しい。

「ねえ、おゆりちゃん。ほかにはどんなものを描くの」

「それが、悩みどころでね。苗嶋やせせらぎに植わっている草花でも差し支《つか》えないんだけど、本草の絵を学ぶなら薬草を描くのが望ましいそうで。とはいえ、薬草がいっぱい植えてある場所なんて、なかなか思いつかなくて」

おゆりが首を振ると、ひなたの目がにわかに活《い》きいきと輝いた。

五

訪ね先の門口まで従《つ》いてきた供の女中を帰し、格子戸《こうしど》を引いて訪《おとな》いを入れると、じきに上がり端《はな》の障子が開いて、一人の老人が顔を出した。骨ばった体軀に焦茶《こげちゃ》の着物をまとい、利休鼠《りきゅうねずみ》の羽織を重ねている。頭は丸めており、濃い眉と鷲鼻《わしばな》が目についた。

「おう、いらっしゃい」

老人が片手を上げた。いかめしい眉が、くいっと垂《た》れ下がる。

「馬琴先生、こんにちは。本日もお世話になります」

風呂敷《ふろしき》包みを胸に抱え、おゆりは丁寧《ていねい》に腰をかがめる。その所作に目を細め、曲亭馬琴が「どうぞお上がり」とうながした。

框《かまち》に上がったおゆりは、三和土《たたき》に脱いだ草履《ぞうり》を手にして、馬琴のあとを従いていった。ここを訪れるのは四度めである。

廊下の突き当たりが書斎だった。八畳間のなかほどに机と長火鉢が置かれ、そのかたわらに灯《ひ》のない行燈《あんどん》、壁際には書棚が設《しつら》えられていた。机には書きかけの戯作《げさく》が載っており、書き損じとみえる紙が丸められて屑《くず》かごに捨てられている。屑かごの位置まで定規できっちり測《はか》ったような部屋を横切り、馬琴は縁側に面した明かり障子を引いた。手入れの行き届いた庭が、部屋の前に開けている。

おゆりは縁側へ出ると、草履を沓脱石《くつぬぎいし》に揃えて置いた。

「お忙しいところ、お手数をお掛けしましてあいすみません。あの、寒うございますから、障子は閉めておいてください」

草履に足を入れて庭に下り、馬琴を振り返る。

「なんの、このくらい平気だわえ。半月もすれば桜がほころぶ陽気じゃもの」

腕組みをした馬琴が首を伸ばし、廂《ひさし》ごしに空を仰《あお》ぐ。うっすらと刷毛《はけ》で刷いたような雲を透かして、お天道様《てんとうさま》の光が注《そそ》いでいる。

「では、一刻（約二時間）ほどお邪魔いたしますね」

おゆりは風呂敷包みから襷《たすき》を取り出し、肩へ掛け渡した。庭伝いに勝手口へ回り、井戸の水を汲《く》んで、持参してきた筆洗《ふであらい》に移す。

縁側にもどってくると、畳《たた》んだ風呂敷の脇に硯箱《すずりばこ》が置いてあった。

「馬琴先生、ありがとう存じます。お借りいたします」

開いた障子の向こうへ礼を言ったが、返ってくる言葉はなかった。馬琴は机の前に坐って、戯作の続きにとりかかっている。こうなるともう何を言っても耳に入らなくなることを、おゆりはすっかり心得ていた。

薬草を描く場所を探していたおゆりに、おあつらえ向きのところがあると言ってひなたが連れて来てくれたのが曲亭馬琴の家であった。

馬琴の倅宗伯は、松前藩前藩主のお抱え医者をつとめているそうで、自宅の庭には松や楓《かえで》といった樹木のほかに、丁子《ちょうじ》の木や茴香《ういきょう》といった薬草が植えられていた。出入りの植木屋は苗嶋ではないが、梨や柿、葡萄《ぶどう》など実が生《な》る木もけっこう植わっている。

ひなたが話を切り出すなり、「他人がのべつ家に出入りするのはお断りだ」と馬琴は渋い顔をしたが、おゆりが手土産《てみやげ》の羊羹《ようかん》を差し出して丁重にお願いするとにわかに目許を弛《ゆる》ませ、「なかなか行き届いたお嬢さんだの」と快《こころよ》く承知してくれたのだった。少々偏屈な老人だとひなたに聞かされたけれど、礼節と敬《うやま》う気持ちをもって接すれば何のことはない、気のいい年寄りである。

いちおう矢立を風呂敷に包んできたが、馬琴の心遣いを無下《むげ》にするのは気が引けた。おゆりは硯箱と、これまた厚意で支度《したく》してくれた、腰くらいの高さがある作業台を抱え、高さ十尺（約三メートル）はあろうかという山茱萸《さんしゅゆ》の根方に立った。

　隣に植えられている梅の枝では、四十雀《しじゅうから》がほがらかな声を響かせている。それとは別に、庭には鳥の鳴き声が波音のように寄せてくる。馬琴の書斎の奥にある部屋が金糸雀《カナリア》の寝床《ねどこ》になっており、そこで寝起きしている三十羽ほどがさえずっているのだ。

　作業台に硯箱を置いたおゆりは、鼬毛《いたちげ》の細筆に墨を含ませて画帖を構えた。

「上達の秘訣は、一にも二にも、描く物を素直に観ることですよ」

　三日ほど前、おゆりは馬琴の家の庭で描いた山茱萸を、せせらぎの休み処で関口月旦に見せた。その折に月旦が幾度も口にした言葉が、耳にこだましている。

　おゆりは山茱萸を目にしたまま描いているつもりなのに、見映えにこだわりすぎだとか、描き手の思い入れが透けて見えるだとか、褒められた点は一つもなかった。

「まあ、山茱萸でしたら、あとひと月ばかりは咲いておりますし」

　そういって、月旦は眉を持ち上げた。要は描き直しを言い付けられたのである。帰り際に、月旦は一枚の手本をおゆりにくれた。「手本にあって、あなたの絵にはないもの。それを踏まえて、いま一度、お描きなさい」

二十個から三十個ばかりの小花がひとかたまりになっている山茱萸の花を、おゆりはじっくりと観る。葉に先駆けて花だけが咲くので、花弁の鮮《あざ》やかな黄色がよく映える。蘂《しべ》の形や本数、花弁のつき方、枚数といったものまでつぶさに捉えて、紙に描き取っていく。

月旦に褒めてもらえなくても、おゆりは絵を描くのが愉しかった。自分なりに得心のゆく出来映えのものが描けたと思うはしから、次の課題が見えてくる。描けば描くほど道の奥深さが浮かび上がってきて、また描きたくなるのだ。箏の稽古で、これほどのめり込んだことはなかった。

描かれている植物が学問の見地から間違いなく見極められるよう、その特徴をきちんと押さえるのが肝要だとも月旦は言った。山茱萸で薬に用いられるのは秋に生る赤い実だが、だからといって花や葉をないがしろにしてもよいということはない。

助言を心に留めて、丹念に筆を運ぶ。四十雀や金糸雀のさえずりが、いつしか耳から遠のいていった。

どのくらいのあいだ、筆をはしらせていただろう。

「とうに一刻はすぎたぞ。ここらでひと息いれなさい。といっても、あいにく婆《ばあ》さんが癪《しゃく》持ちで、ちっとも役に立たんでな」

縁側を振り返ると、馬琴が急須《きゅうす》で茶を淹《い》れていた。盆に載せた二つの湯呑みに注ぎ分けたのち、一つをおゆりに勧《すす》めてくれる。

「恐れ入ります、お茶ならわたくしが淹れましたのに」

頭を下げて、沓脱石を上がる。

口にふくんだ茶はびっくりするほど渋かったが、馬琴の気持ちが胸に沁《し》みた。

「はかどっておるかね」

「おかげさまで。山茱萸の花をこんなに時をかけて観たのは初めてです」

「どれ、よこしてごらん」

差し出された手に、画帖を渡した。山茱萸の素描きを、馬琴がためつすがめつする。

「ふむ。ここに通い始めたときより、格段に上達しなすったな」

大きくうなずいた馬琴に、おゆりは励まされる思いがした。

だがしかし、翌日、関口月旦はその絵を目にするなり眉間に皺を寄せたのである。

「あなたは私の言ったことをまったくわかっていませんね。いったい、手本の何を観ていたんですか」

休み処の卓に画帖を載せて、人差し指の先で山茱萸を小刻みに突く。

葛湯を運んできたひなたが、神妙な顔つきで二人を交互に見やり、声も掛けずに下がっていった。

葛湯の底におゆりが視線を落とすと、月旦がいくぶん口調を和《やわ》らげた。

「筋を見込んでいるから申しているのです。道の入り口で、もたもたするのはよしてください。私の絵を手本にしている時点で、ほかの方に後れをとっているのですから」

「え、関口さまより達者な方がおいでなのですか」

おゆりはいささか戸惑った。

「むろんです。大河内存真《おおこうちそんしん》どの、伊藤圭介《いとうけいすけ》どののご兄弟をはじめ、大窪昌章《おおくぼまさあき》どののなど、国許には老若《ろうにゃく》を問わず秀《ひい》でた本草学者が数多《あまた》おいでになります。いずれの方も、絵についてもたいそう達者でいらっしゃいますよ」

朋輩《ほうばい》の名を挙《あ》げる月旦の顔つきは誇らしげだった。

「あの、お国許には幾人ほどのご朋輩がおいでなのですか」

「そうですね、ざっと二十、いや三十人はいるでしょうか」

「そんなに……」

「ただし、お武家さまに限った人数で、私のような者も含めるといま少し増えますが」

さらりとした口調で、月旦が言う。

「女の方もいらっしゃるのですか」

「ええ、教授方の奥方や、薬種《やくしゅ》屋の奥向きなどには。表立って集まりに顔を出したりすることはありませんが、本草学にはふだんの暮らしに役立つ知恵も詰まっておりますからね。となると、裾野《すその》はもっと広くなる」

箏の稽古所に通う弟子のうち、おゆりと同じ齢頃の娘はせいぜい十人ばかりであった。単純に比べられるものではないけれど、月旦の国許には、その三倍を下らぬ数の同門の衆がいることになる。

ふと、富士の山を思った。箏の稽古では、手ほどきに始まって初伝、中伝、奥《おく》伝《でん》と、上達の程度に見合った曲目が定められている。入門して間もない時分、その一覧を目にしたおゆりは、ずらりと並ぶ曲目に頭がくらくらしたものだ。

富士の山を登ると思えばいいのですよ、と師匠は仰言った。一曲修めるごとに、一歩登れる。それを繰り返していれば、ともに山を登っていた人たちをいつしか抜き去り、頂《いただき》が見えてくる。

絵の道も同じと考えて、おゆりは素描きを幾枚も描いた。少しずつだが、上達している手応えもあった。だが、月旦に言わせると、己れは山の登り口にも立っていないらしい。

卓に載っている画帖へ視線をやった。幾度も描き直した線を見ていたら、咽喉の奥が痛くなり、こみ上げてくるものを辛抱《しんぼう》できなくなった。

参ったな、と月旦が舌打ちした。表情には、不快さがあらわになっている。

「これしきでめそめそして、どうするんです。いっそのこと、絵などおやめになってはいかがですか」

とめどもなく涙があふれてきて、おゆりは何も言い返すことができなかった。

六

西に傾いたお天道様が、善養寺の境内を橙《だいだい》色に染めている。じきに二月も仕《し》舞《ま》いだが、春の陽気が感じられたかと思うと真冬みたいな冷え込みが幾日も続いたりして一定しない。境内の庭に植えられている枝垂《しだれ》桜《ざくら》も、例年ならそろそろほころぶ頃なのに、今年はまだ小さな蕾《つぼみ》が固く縮《ちぢ》こまっている。

おゆりは、絵を描くことをやめていなかった。やめろと言われてやめられる境目は、とうに越している。しかし、好きなだけでは立ち行かないことも、ひしひしと感じていた。

枝垂桜の枝振りを眺めていると、隣で刺々《とげとげ》しい声がした。

「おい、ちゃんと聞いてるのかよ」

「大きな声を出さないで。関口さまは絵のお師匠さんだと、さっきから幾度も言っているじゃないの」

振り向いたおゆりの目に、耕太のむくれ顔が映っている。

馬琴の家で薬草を描かせてもらったあと、迎えにきた女中と車坂《くるまざか》を上って善養寺の山門が見えてきたところで、耕太に呼び止められたのだった。気を利《き》かせた女中が「お嬢さん、あまり遅くならないうちにお帰りなさいまし」と言って離れていった。苗嶋の門口は、すぐそこだ。

「はん、どうだか。十日にいっぺんはせせらぎで会ってるそうじゃねえか」

「だから、馬琴先生のお庭で描き溜めた絵を、関口さまにお見せしているんです。関口さまには、国許に身重のご新造さまがおありなの。耕太さんに怪しまれるような間柄じゃないことは、ひなちゃんだって心得てるはずよ」

「そのひなたが言ったんだ。何やら二人で深刻そうにひそひそやってると思ったら、おゆりちゃんが泣きそうになってたって」

おゆりはこめかみを指で押さえた。素直で邪心のないひなたを、子供時分から好ましくは思っている。だが、純に過ぎる性分が、ときに周りを引っ掻き回すことがある。当人に悪気がないだけに、何とも厄介であった。

「だいたい、絵を習うだなんて、おれは一度も聞かされてないぜ」

口を尖《とが》らせている耕太に、おゆりはいささか気が重くなった。かつてこの境内で一緒に遊んだ男の子が、いつしか眼鏡職人の修業に打ち込むようになり、新たな技に向かって目をきらきらさせているのを見て、ときめきと頼もしさを覚えたのだった。だが、目の前にいる耕太は、そのへんで駄々《だだ》をこねている子供と同じである。

「絵のことは、耕太さんにも言っておくつもりだったわ。会って話がしたいと、ひなちゃんに幾度か言伝を頼んだでしょ。でも、玻璃片のことで手一杯だって、相手にしてくれなかったじゃないの」

耕太は言葉に詰まったが、すぐに開き直って訊ねてきた。

「それにしたって、何で絵なんか習いてえんだよ」

こんどは、おゆりが口ごもった。もともとは、己れの絵が本草学を究めようという人たちの一助となり、いつか耕太の父親の喘息《ぜんそく》がすっかり癒くなる日が訪れたらと考えたゆえだった。けれど、そんな大事なことを、売り言葉に買い言葉で口にしたくはない。だが、黙っているとおかしな邪推《じやすい》をされそうだ。おゆりは深い呼吸を一つして、正直に胸の内を打ち明けた。

耕太は、いぶかしそうな顔をしたきりだった。

「おまえ、正気なのか。親父《おやじ》の病は、無理をせず養生するよりほかに手立てがねえと医者も言ってるんだぞ。おまえが言うような、そんなこと出来っこねえよ」

「出来るか否かはやってみないとわからないって、耕太さんもいつも言ってるでしょう」

声を尖らせたおゆりに、耕太が持て余すような目を向ける。

「おゆりにも出来ることはあるさ。ひなたやおふくろと一緒に親父を看病してくれたら、おれは大助かりだ」

鼻の頭を小指で掻いた耕太が、頭上を仰いだのちに顔をもどした。ひどく生真《きま》面目《じめ》な表情になっている。

「あと二年もすれば、一人前の眼鏡職人になれる。苗嶋のお嬢さんと一介《いっかい》の職人じゃ、てんで釣り合わねえのは百も承知だ。おまえの親父さんが、娘を清一郎と縁組させてえと望んでるのも知ってる。でも、おれはおまえと一緒になりてえんだ。だから、そういう心積もりで待っていてくれねえか」

境内の隅に滲んでいる暗がりを、おゆりは見つめた。

その言葉が耕太の口から告げられるのを、胸ときめかせて夢想したときがたしかにあった。だが、今は意味を持たない音の連《つら》なりが、耳を通りすぎていくばかりだ。

耕太の手がおゆりの肩口に添えられた。引き寄せられて胸に顔をうずめれば、顎をすくわれて唇が重なり合うことは、身体が覚えている。おゆりは、耕太の胸をつよく押し返した。

閉じた瞼に、山茱萸の花がいっぱいに広がった。

「耕太さんの意気地なし。関口さまのことが気に食わないなら、せせらぎに来てそう言えばいいじゃない。怖くてそれが出来ないものだから、話をすり替えたりして」

「おゆり……」

耕太の困惑顔を、おゆりはちりちりと胸が焦げつくような心持ちで見上げた。

この人は、一体わたしの何を見ているんだろう。

七

夕餉をすませたあと、名古屋へ行かせてほしいとおゆりが切り出すと、彦佐は飲みかけていた茶にむせて咳《せ》き込んだ。

「何を言い出すんだ、いきなり」

「だって、月旦さまが国許へお帰りになってしまわれたんですもの」

関口月旦は、妻女のお産が見通しより早まったと報せを受け、帰国の途についていた。その旨《むね》を記した文《ふみ》が彦佐宛に届けられたのは昨日だが、それより二、三日前に月旦は江戸を発《た》ったらしい。結局のところ、おゆりが涙を流したあの日で、絵の指南は打ち切りになっていた。

「関口さまがいずれ江戸を去られることは、はなから心得ていたはずだ。それが幾らか早まっただけのこと。ご挨拶できなかったおまえの気持ちは、お父《と》っつぁんにもわかる。明日にでも文を書いて、よくよくお礼を申し上げておくから安心しなさい」

「そうじゃないの。もっと絵を学びたいんです」

彦佐は手にした湯呑みをいま一度、口へ持っていき、時をかけて茶を飲み下した。

「絵の稽古を続けるにしたって、なにも名古屋へ行くことはあるまい。本草学者なら、江戸にもわんさといる。植木屋仲間から話をつけて、師にふさわしい絵描きを引き合わせてもらおうじゃないか。なんなら、玄斎先生にお頼みしてもいい。お父っつぁんが算段してやるから、そこに入門し直しなさい」

「関口さまじゃないと、駄目なんです」

お、おゆり、とおときが声を震わせた。

「おまえ、まさか関口さまとよからぬ間柄に……」

「おっ母さん、違うわ。おかしなことを言わないで」

まったく、誰も彼も頭の中が卑《いや》しくて呆《あき》れる。おゆりは嘆息《たんそく》した。

日ごろは早々に部屋を下がっていく滝太郎とさつきは、折を失って気まずそうに茶を飲んでいる。

「国許には関口さまのご朋輩が大勢いらして、わたしなぞ足許にも及ばないと鼻で笑われたわ」

彦佐とおときを見ながら、おゆりは言った。

「このまま、見くびられっぱなしでいるのは真っ平なの。この借りは、名古屋へ行かないと返せないでしょ」

あの折は衝撃を受けて泣いてしまったが、あとで振り返ると、忌々《いまいま》しく思えてきたのだった。

ふむ、と彦佐が低く唸《うな》った。難しい顔をしている。

「名古屋行きは、どうにも承知しかねる。悪いことは言わんから、家から通える師匠にしろ」

「お父っつぁん、どうして」

おゆりは思わず腰を浮かした。

「おやめっ。絵そのものを、今すぐおやめっ」

感情を昂《たか》ぶらせたおときの声が、おゆりをさえぎった。目を吊《つ》り上げている女房に、彦佐も呆気《あっけ》にとられている。

「そりゃ、おまえに娘時分の思い出をこしらえてやりたいとは思いましたよ。でも、こうなったら話は別です」

胸を押さえたおときが、息をととのえておゆりの目をのぞき込んだ。

「いいかえ、おゆり。おまえのことは、おっ母さんがよっくわかってる」

覆い被さってくるような口調だった。

「おまえは縁で結ばれた人と一緒になって、子供を産み育てるのがいっとう仕合わせなんだ。おっ母さんには、見えるんだもの」

おゆりは母の目をまっすぐに見返した。

「何が見えるっていうの」

我ながら、冷ややかな声が出た。

「ねえ、おっ母さんとわたしの歩く道は別々よね」

母の顔が、ひどく薄っぺらに映った。

「おっ母さんが長唄のお師匠さんになるのをあきらめたのは、おっ母さんの勝手でしょ」

「おゆり……」

このあたりで止めておけ、と内なる声がする。だが、今日は言わせてもらう、ともう一人の自分がその声を撥《は》ね返した。

「絵の道を志《こころざ》して転《ころ》んだとしても、それはわたしの勝手。今のわたしに昔のおっ母さんを重ねて見るのはよしてちょうだい」

おときが顔を歪《ゆが》ませた。

「おゆり、言いすぎだ。おっ母さんに謝《あやま》りなさい」

険しい声で、父がたしなめる。

おゆりは口をきつく引き結ぶ。母が流している涙も茶番めいて見え、黙って腰を上げた。

冷える夜だった。自分の部屋に下がったおゆりが寝間着《ねまき》に着替え、綿入れ半纏を羽織《はお》ったとき、廊下から声が掛けられた。

「おゆりさん、お寝《やす》みですか。ちょいと話せるといいんだけど」

さつきの声だった。

「平気よ、義姉《ねえ》さん。これから床をこしらえようと思ってたところ」

湯呑みを載せた盆を抱えて、さつきが部屋に入ってきた。おゆりの向かいに膝をついて、湯気の上がる湯呑みを畳に置く。

どうぞ、と勧められて湯呑みを手に取ると、酸味を感じさせるさわやかな香りに、ふわりと顔を包まれた。薄い黄色をした液体を口にふくむとほんのり甘く、さらに増した香りが鼻へ抜けていく。

「美味しい。義姉さん、これは何」

「蜜柑茶よ。身体が温まって、気持ちが落ち着くの」

蜜柑の皮を陽に干したものに、かんかんに沸《わ》いた湯を注いで濾《こ》したものだという。ほんの少しお砂糖を入れてあるのよ、とさつきは照れ臭そうにはにかんだ。

目鼻立ちがちんまりとして凡庸《ぼんよう》な感じを与えるさつきの、どこにこんな才覚が潜んでいたのか、おゆりはいささか意外な心持ちがした。

「義姉さんが部屋に来た訳合いは、だいたい察しがつきます。おっ母さんに詫びを入れなさいって言いたいんでしょ」

さつきは弱ったように微笑んでいる。

「たしかに、言い過ぎた気はしてます。でも、何でもわかったふうな顔で手前勝手な道理を押し付けられる身にもなってみて。おっ母さんなんて、意気地が足りなかっただけなのに」

「おゆりさん、それは少しばかり了簡違いかもしれないわ」

微笑を浮かべてはいたが、さつきは毅然《きぜん》とした口調で言った。

「いずれおゆりさんにもわかるときがくるでしょうけど、人が何かで身を立てるのは、そう容易なことじゃないの。長唄のお師匠さんを目指すことと、苗嶋に嫁入りすること。どちらも生半可な気持ちではつとまらないと心得たうえで、おっ義母《か》さんは肚《はら》をお決めになったんじゃないのかしら」

「義姉さん……」

「娘時分のおっ義母さんは、針仕事がめっぽう不得手だったそうね。けれど、今おゆりさんが羽織っている綿入れ半纏も、これから横になる夜具も、おっ義母さんが縫ったものでしょう」

言われてみればその通りだった。さつきが言葉を続けた。

「うちの人、ふだんは夕餉をすませるとじきに部屋へ引っ込むでしょ。べつに、作太の顔を見たいからじゃないのよ」

部屋に下がった兄は、庭木や花の手入れについて記された手引書を、毎晩遅くまで熱心に読んでいるのだという。

「作太と遊んでやりたい気持ちもあるに相違ないけど、どちらも半端《はんぱ》にやっていたのではひとかどの当主になることは出来ないとわきまえているみたいでね。うちの人を見てると、おっ義母さんの子供なんだなとつくづく思うわ」

「はあ……」

母と兄の話が、どこでどう繋《つな》がるのだろう。のっぺりした顔立ちと同じく、さつきの言うことはとりとめがなくて、何を言いたいのかおゆりにはさっぱり飲み込めない。

「うまく話せなくてごめんなさいね。ただ、名古屋へ行くといっても、おゆりさんはいつでも江戸へもどって来られるつもりでいるみたいな、そんな気がしたものだから」

温かくしておやすみなさいと言って、さつきは部屋を出ていった。

八

「そうかぁ。なかなか思うようにいかないね」

「お父っつぁんもおっ母さんも、どうしてわかってくれないのかしら」

葛湯を口へ運びながら、おゆりはため息をついた。

ひなたはひなたで、おゆりとは趣《おもむき》の異なるため息をついている。

「それにしても、名古屋なんてすごいなぁ。通行手形に路銀、絵を学ぶとなると謝礼も入用だし、何かと物入りでしょう。まあ、おゆりちゃんには苗嶋っていう後ろ盾があるし、何も案じることはないだろうけど」

おゆりは苦笑《にがわら》いして、話の向きを変えた。

「耕太さんは、変わりない？」

少しばかり考えてから、ひなたが口を開いた。

「意中の人と喧嘩《けんか》別れして、がっくりきてる。でも、兄さんとおゆりちゃんは生まれつきが違うもの。こういうこともあるかもしれないって、あたしは見当してた。だって、おゆりちゃん、もし兄さんと所帯を持ったとしても、長屋に一家で雑魚寝《ざこね》するなんて辛抱できないでしょ」

ひなたは、ごくまっとうなことを言っている。他意がないのも心得ている。だが、何気ない言葉の一つひとつが、おゆりをちくちくと刺してくる。

休み処に新たな客が入ってきた。「おいでなさいまし」と声を投げ、ひなたが腰を上げる。

おゆりは茶碗に残っている葛湯をすすった。母とはあれから、ひと言も口をきいていない。母もおゆりと目が合うのを避《さ》けていて、こちらとしても声を掛けるきっかけを摑《つか》めずにいる。冷《さ》めた葛湯は舌ざわりが落ちて、ざらざらした感じが口の中で尾を引いた。

「ねえ、おゆりちゃん。馬琴先生なら相談に乗ってくださるんじゃないかな。妙案を授けてくれそうだし」

　客を卓へ通したひなたが、おゆりのところへもどってきた。この思いつきこそが妙案だと言いたそうに、大きな目をくりくりさせている。

　しかし、おゆりは、とうに同朋町へ足を運んでいた。「父も母も、わたしの望みをちっとも受け容れてくれないんです。にっちもさっちもゆかなくて」とこぼすおゆりに、馬琴は軽い相づちを打つばかりだった。不平を吐《は》き出しきって、さすがに話すことのなくなったおゆりが息をついたとき、馬琴がそっけない口調で言った。

「お嬢さん、茨《いばら》は己れの手で刈り取らねば、道にはならんぞ」

　冷ややかな目が、こちらへ向けられていた。戯作者というのはこんな目で人を見るのかと、おゆりは少し怖くなった。同時に、今のありようを訴えて泣きつけば馬琴が何とかしてくれるのではないかと、知らずしらず当てにしていたことに思い至って、猛烈に恥ずかしくなった。

　その折のことを思い出すと、今も腋《わき》に汗が滲んでくる。だが、己れの愚《おろ》かさをひなたに知られたくなくて、おゆりは曖昧に苦笑しただけだった。

　上野の山の鐘が、八ツを報せていた。

「ひなちゃん、そろそろ庭へ出てみましょうか」

おゆりが気を取り直して言うと、ひなたもうなずいて立ち上がった。

休み処から出てきた二人を見て、和鳥の禽舎の前にいる勝次と清一郎が手を振ってよこした。

「おい、こっちこっち」

おゆりたちが駆けていくと、折しも一羽の鶴が禽舎から出されようとするところであった。釣り針が腿に刺さり、せせらぎで養生していた鶴だ。

飼育係の親方、孫八に抱かれて庭へ出てきた丹頂を見ながら、おゆりはひなたに声を潜めた。

「ねえ、平気なのかしら。朝晩はまだ冷え込むし、今年は花も遅れ気味で食べ物が少ないんじゃないの」

園内に植えられた桜が、三月の半ばになってほころび始め、ようやく満開を迎えようとしていた。この何日かでは暖かいほうだが、空気は少しばかりひんやりしている。

「それが、このままだと飛ばなくなるかもしれないんだって。もともと、見世物にするために買い入れた鳥じゃないし、傷が癒えたらきっと野生に返すようにってお上にも申し渡されてるでしょ。空にもどすのは今しかないと、玄斎先生が仰言ってね」

その玄斎の姿は、ここにはない。患家で飼われている鳥が先の夏に具合を悪くしてから、月に一度、泊りがけで青山へ出向いているのだ。あいにく今日は立ち会えぬので、かつての手習い子たちで見届けてほしいと頼まれ、おゆりもせせらぎへ足を運んだのであった。

「翼があるのに飛ばないって、どういうこと」

おゆりはひなたに訊き返した。

「ここにいれば雨風はしのげるし、定まった刻限に餌をもらえる。すっかり安心して、野生にもどる気持ちがなくなっちまうみたい」

飼育係のほうでも、これまでの手助けを切り上げ、自然へかえす頃合いを見極めるのが、たいそう難しいのだという。

「孫八親方が言ってたけど、親心っていうのは、相手が人の子だろうが鶴の子だろうが、根っこはおんなじだって。我が子の前にある難儀をなるたけ取り除いてやりたい気持ちと、我が子を信じて巣立ちを見守る気持ちに折り合いをつけるのが、容易ではないそうよ」

ひなたが肩をすくめる。

それを聞いて、おゆりは雷に打たれたようになった。

わかっていないのは、己れのほうだった。好き嫌いが言えるほどおまんまを食べられて、好きなことをさせてもらえて、そして何より娘のことを案じてくれる両親がそばにいる身の上を、心からありがたいと感じたことが一度でもあったろうか。

見えていないのは、己れのほうだった。まだ一人前ではない耕太は、己れの分をわきまえているからこそ、関口月旦に遠慮したのではなかろうか。

さつきの言いたかったことが、おぼろげながら飲み込めた気がした。江戸を離れるということは、今の居心地よさを捨てるということだ。その覚悟がおまえにあるのかと、義姉は問いたかったに相違ない。

孫八親方の腕から地面に下ろされた鶴は、身体を丸めてしばらくのあいだうずくまっていた。だが、じきにゆっくりと立ち上がり、すっと首を伸ばした。翼を閉じたまま、ほっそりとした足を右、左と交互に踏み出す。

「そう、その調子だ」

「いいぞ、上手いじゃないか」

勝次と清一郎が、声を掛けて励ましている。

土の感触をたしかめるように、鶴は一歩ずつ進んでいく。しかし、禽舎の前を行ったり来たりするだけで、一向に飛び立つ気配がない。

時折ふいてくる風に、黒い尾羽がそよいでいる。よもや本当に飛ぶことを忘れてしまったのではないか。おゆりの胸に、不安がよぎったときだった。

首を前傾させた鶴が、意を決したように助走を始めた。勢いをつけ、大きく翼を広げる。

翼が躍動し、足がふわりと地を離れる。しなやかな肢体《したい》が、風に乗ってなめらかに滑《すべ》り出た。羽ばたきとともに、鶴はぐんぐん高く舞い上がっていく。

わあ、とひなたが声にならぬ声を上げた。勝次や清一郎も、力いっぱい両手を振っている。それぞれに己れの行く手を見つめ、肚を据《す》えて道を切り開こうとしている友だちの姿が、おゆりの目にくっきりと見えてきた。

せせらぎの上空で、鶴は世話になった礼を言うようにゆったりと円を描いたのち、上野の山のほうへ飛んでいった。

おゆりは大きく息を吸い込む。

「ねえ、ひなちゃん。わたし、いま一度、お父っつぁんやおっ母さんと話し合ってみる」

鶴の去っていった空を見上げていたひなたが振り返った。

「そう、やっぱり行くのね」

「今すぐには、無理かもしれない。でも、いつかきっと」

月旦に借りを返すために行くのではない。ほかの誰かに負けたくないというのとも違う。

誰にも甘えることの出来ないところに己れを放り込んで、がむしゃらに絵の修業を積みたかった。耕太のことは、その先で考えればいい。

「おゆりちゃんが一人前になってもどってくるのを、今から楽しみにしてるわ」

ひなたが口許を弛ませる。

「一人前になっても、もどってこないかもね」

軽口めいた口調に、決して軽くはない想いを込めた。

目を丸くしているひなたに、いたずらっぽく微笑み返す。家に帰ったら、まずは両親に「ごめんなさい」と「ありがとう」を言うところから始めなければ、とおゆりは思った。

鴨《かも》の風聞《ふうぶん》

一

上野北大門町《きただいもんちょう》にある鴨《かも》料理屋「布袋庵《ほていあん》」を訪ねた耕太は、女将《おかみ》お増《ます》が詰所にしている六畳間へ通されたあと、しばらく待たされた。広小路に面した入れ込みの土間は客で埋《う》まっており、土間と板場をつなぐ廊下を女中たちが忙しそうに行ったり来たりするのが、詰所の出入り口に掛けられた暖簾《のれん》の内側からうかがえる。店の名物は、絶妙な塩梅《あんばい》で味つけされた鴨の塩焼きだ。

二階では昼間から宴《うたげ》を開いているらしく、どっと歓声が上がったかと思うと、手を叩《たた》く音がぱらぱらと響いてきた。

「すまないね、待たせちまって」

内暖簾が割れて、お増が入ってきた。藤鼠《ふじねず》の着物が、三十半《なか》ばの大柄な体格に映《は》えている。裾《すそ》の前をさっと払って、お増は耕太の向かいに坐《すわ》った。

「伯母《おば》さん、こっちこそ書き入れ時に訪ねてきて、あいすまねえ」

首の後ろへ手をやった耕太に、お増が顔の前で手を振る。

「おまえは見習いの身だ。お父《と》っつぁんが親方とはいえ、何かのついでがなきゃ出てこられないのは、あたしだって心得てるよ」

耕太は、父徳松の許《もと》で眼鏡《めがね》職人の修業に励《はげ》んでいる。硝子《ビードロ》問屋へ用足しに行く途中で、ここに寄ったのだった。脇《わき》に置いてある風呂敷《ふろしき》包みを耕太が差し出すと、それを広げながら、お増が訊《たず》ねかけてくる。

「徳松さんの具合はどうだえ」

「おかげさんで、このごろは大きな発作もなくすごしてまさ」

「それは、おのぶさんにしても何よりだねえ」

きちんと畳《たた》まれた前垂《まえだ》れを検《あらた》めつつ、お増が心の底から安堵《あんど》したふうにうなずいた。お増は、花鳥茶屋「せせらぎ」の頭取をつとめる善兵衛の女房である。善兵衛が、耕太の母おのぶと兄妹なので、耕太にとっては伯母にあたる。

喘息《ぜんそく》を患《わずら》う徳松や、それを支える家族を、善兵衛とお増は日ごろからたいそう気に掛けてくれる。風呂敷包みの中身は、布袋庵の女中たちが着ける前垂れのほつれや破れを繕《つくろ》った物で、お増がおのぶに頼んできた賃仕事《ちんしごと》であった。

お増は帯のあいだに挟《はさ》んだ紙入れを取り出すと、金子《きんす》を懐紙《かいし》に包んで耕太の膝《ひざ》許へすべらせた。

「これはほんの気持ち。薬礼《やくれい》の足《た》しにでもしておくれ」

「伯母さん、ありがとう。恩に着ます」

耕太は金子を押し頂《いただ》いた。

内暖簾の向こうに膝をついた女中が、声を掛けてきた。

「女将さん、先ほどお申し付けのあったものをお持ちしました」

「じゃあ、そちらへお出ししておくれ」

はい、と応じた女中は、運んできた膳《ぜん》を耕太の前に据《す》えて下がっていった。丼《どんぶり》によそわれた飯の上で、鶏卵《けいらん》でとじられた鴨肉がほわほわと湯気を上げている。

「時分《じぶん》どきに訪ねてきた甥《おい》っ子を、腹が減ったまま帰すような野暮はできないよ。おまえもそれを見越して来たんだろう。伯母さんは何でもお見通しでね」

お増がおどけたように言って微笑《ほほえ》んだ。

「かなわねえなあ。それじゃ、遠慮なくいただきやす」

耕太が胸の前で手を合わせたとき、大勢が手を叩く音が、また頭上でこだました。余興《よきよう》でも始まったのか、天井板がみしみしと鳴っている。

「近ごろ、とある線香問屋の旦那《だんな》がうちを気に入ってくれてね。寄り合いや商談があると座敷を使ってくれるんだけど、とにかく陽気に騒ぐのがお好みのようで」

恨《うら》めしそうに二階を見上げたお増が、「いけない。お客にけちをつけちゃ、罰《ばち》が当たっちまう」と肩をすくめた。

「あたしゃ店にもどるけど、ゆっくりしていっておくれ」

土間のほうでは、飲み食いする人たちの話し声や器《うつわ》の触《ふ》れ合う音が続いている。立ち上がりながら、お増がいま一度、帯のあいだに手を入れた。

「二階のお客が、さっきくだすったんだ。おまえ、こういうのが好きだろう」

折り畳まれた紙を耕太のかたわらに置いて、伯母は部屋を出ていった。

お増の実家は、南茅場町《みなみかやばちょう》にある鳥問屋「鳥勝《とりかつ》」だ。鳥勝では、食用にする鳥と飼い鳥の双方を扱っている。お増の長兄が実家を継ぎ、お増と弟の勇吉《ゆうきち》が布袋庵を切り盛りしているのだった。ちなみに、せせらぎの禽舎《きんしゃ》で寝起きしている鳥や飼鳥屋《かいどりや》で商《あきな》っている鳥も、鳥勝が納めている。

板長の勇吉が鳥問屋の息子とあって、鴨肉の扱いはお手のものだった。耕太の目の前で湯気に包まれている鴨丼は、もともと板場で働く連中のまかない飯で、客には出せない切り落としや端《はし》の肉を鉄鍋で炒《い》りつけて醬油《しょうゆ》とみりんで味をととのえ、鶏卵でとじたものを丼飯にのせてあるのだが、肉の臭みや筋張りは一切《いっさい》ない。これが耕太の好物で、伯母も甥が顔を見せると台所に言い付けてこしらえさせるのだった。
耕太は箸《はし》を手に取った。卵をまとった肉と飯の塊《かたまり》を、ひとすくいに口許へ運ぶ。普段なら、甘辛い味付けの鴨肉とまろやかな卵の風味が口いっぱいに広がるのだが、硬い歯ざわりとにゅるりとした食感が、舌の上で喧嘩《けんか》しているように感じられた。

おゆりが江戸を発《た》って、五日になる。本草《ほんぞう》の絵を学びたいと言い、師匠を追いかけて尾張名古屋へ旅立ったのだ。初めのうち頑《かたく》なに反対していた両親は、娘の肚《はら》の据わりようを見てとるとあっさり態度を和《やわ》らげた。折《おり》も折、上方《かみがた》で暮らす倅《せがれ》の家を訪ねるという夫婦が植木屋仲間にいて、両親は娘を途中まで同行させてもらうよう話をつけた。夫婦の出立《しゅったつ》する日が差し迫っていたので、おゆりの通行手形も大いそぎで手配《てくば》りし、ものの数日で旅支度《たびじたく》をととのえたのである。

朝早く旅に出るおゆりを筋違橋《すじかいばし》御門まで見送りに行ったひなたが、帰ってきて「寂《さび》しくなるわね」と漏《も》らしていた。見送りには清一郎と勝次も出たそうだが、耕太は行っていない。どんな顔で何と言葉を掛ければよいのか、見当がつかなかった。

己《おの》れが一人前の眼鏡職人になったら、おゆりと所帯を構えることになるだろう。面と向かって確かめはしなくとも、向こうもそう望んでいるものと思い込んでいた。一介《いっかい》の職人と裕福な植木商のお嬢さんという組み合わせが少々釣り合わぬ点は気掛《きが》かりだが、当人どうしの気持ちが通じ合っていれば乗り越えられぬ壁などあるものかと勇み立ってもいた。なのに、おゆりが自分の先行きをあんなふうに考えていたなんて。

耕太は丼を片手で抱えたまま、伯母が置いていった紙を広げてみた。瓦版《かわらばん》である。鼻が高く突き出し、碧《あお》い目をした異人の胸許《むな》から上が描かれている。文面では、長崎の出島にある阿蘭陀《オランダ》商館の商館長が、徳川《とくがわ》将軍に拝謁《はいえつ》し献上品を奉呈《ほうてい》するために江戸へ出府してきたことを伝えていた。こたびの商館長、いわゆる甲比丹《カピタン》の名は、スチュルレルというらしい。

四年に一度の割で江戸へ参府する一行は、将軍家への奉納品のほかにも、異国の珍奇な品々を携《たずさ》えてくる。前回の甲比丹ブロムホフは、江戸での定宿《じょうやど》「長崎屋」にて松前藩主・松前章広と面会し、阿蘭陀製の玻璃片《レンズ》が嵌《は》め込まれた虫眼鏡を贈呈した。その後、虫眼鏡は章広公の父・道広公の手へ渡り、さらに紆余曲折《うよきょくせつ》があって耕太が玻璃片を模造するに至った。いまから九月《ここのつき》ほど前のことだ。

あれをこしらえて、いよいよ己れも一人前に近づいたと晴れがましい気持ちになったのが、ひどく遠い日のことに思われた。試行錯誤を繰《く》り返していたときにこの瓦版を目にしていたら、胸をわくわくさせて見入っただろうが、碧い目も赤い唇も、どことなく色あせて見える。

耕太はため息をつき、箸を置いた。さほど美味《うま》いと思えなくとも、手と口は動いて丼が空《から》になるのが皮肉だった。

二

三日後、耕太は同朋町にある曲亭馬琴の家を訪《おとず》れた。

書棚《しよだな》や行燈《あんどん》が整然と置かれている八畳間に入った途端《とたん》、鳥のさえずりが耕太を抱きすくめてきた。襖《ふすま》の奥で飼われている三十羽からの金糸雀《カナリア》が、妻問《つまど》いの季節を迎えているのだ。

「どれ、見せてくれるかね」

机の脇に腰を下ろした馬琴に手で示され、耕太は向かいに坐る。

「ご注文に添《そ》えるよう、なるたけ加減したつもりですが」

そう言って、持参した眼鏡を差し出す。鼈甲《べっこう》でできた丸い縁《ふち》に玻璃片が嵌まり、耳に掛ける紐《ひも》が両側に付いている。

「ふむ、ふむ。これは、よろしい。目の前がぱっと開けるようだ」

受け取った眼鏡を目許にあて、馬琴が明るい声を出した。使っている眼鏡が合わなくなったので調整してほしいと頼まれ、耕太が玻璃片を磨《みが》いて厚みを加減したのであった。

「近いところが見え辛《づら》いってことでしたけど、そうだな、たとえば……」

耕太は首をめぐらせ、机に載《の》っていた書物に手を伸ばして、「こいつで、ちょいと確かめてもらえやすか」と馬琴へ渡そうとした。

が、受け取ってくれるはずの手が、そこにはなかった。馬琴は立ち上がって奥の襖に手をかけている。これまで何度かその言動を目にして、耕太は幾《いく》らか心得ているつもりだったが、なんとも気紛《きまぐ》れな老人であった。

「ほれ、兄さんも来てごらん」

金糸雀の部屋に移った馬琴が、壁一面に積み上げられた鳥かごの前で手招きしている。いささか苦々《にがにが》しい心持ちで、耕太は腰を上げた。兄さんという呼び方も、半人前に扱われているみたいで少しばかり気に障《さわ》る。

　とはいえ、金糸雀がずらりと並んださまは壮観だった。馬琴は鳥かごに顔を近づけて、何やらぶつぶつ言っている。横に立ってみると、「よろしい、はっきりと見える。よい、よいぞ」とつぶやいているのが聞こえた。

「鳥の目を見れば、大抵のことはわかるでの。文字なぞより、よっぽど豊かなことを語りかけてくる」

「は、はあ」

「これまでの眼鏡は視界がぼやけて、鳥が何を考えているのか読み取れんかったのじゃ」

「へ、先生は鳥の胸の内が、おわかりになりますんで」

　当たり前ではないかと言いたげに、馬琴が耕太を一瞥《いちべつ》した。

　ピュルル、ピュルルと、金糸雀がしきりにさえずっている。

　鳥かごをのぞき込んで、馬琴が目許をふっと弛《ゆる》ませた。

「鳥ほど無垢《むく》な生き物を、わしは知らぬ。人間にくらべて寿命ははかないが、そのぶん重い荷を背負わんでいいようになっておるのじゃなあ」

　耕太が返答に窮《きゆう》していると、馬琴が小さく息をついた。

「そういえば、我が家の庭を描かせてくれというて、つい先ごろまである娘さんが通うておったのじゃ。立花玄斎どのの手習い子だったそうだから、おまえさんも知っておろう」

話が別のところへ移ったようだった。

「おゆり、ですかい」

応《こた》えながら、耕太は胸がひりひりした。

「そう、おゆりさんじゃ。絵の腕前はまだこれからだが、あの娘の目は本物とみたぞ。真《ま》っ直《す》ぐに伸びていってほしいのう」

「へえ」

「礼儀をわきまえているのも、おゆりさんの長所じゃ。名古屋へ出立する前には、わしのところへもわざわざ出向いてくれての」

「さようで」

「近ごろの若い輩《やから》ときたら、目上の人に物を頼むのに手土産《てみやげ》の一つもよこさんのが大方《おおかた》じゃからな。そこへくると、おゆりさんはまことに道理を心得ておる」

勘弁《かんべん》してほしかった。おゆりの思い出話に興じる気にはなれない。

無言でいる耕太を、少しばかり眼鏡をずらした馬琴が、値踏みをするようにうかがった。

「兄さん、おゆりさんにふられなすったか」

「なっ」

馬琴の目が、ずいと迫ってくる。

「追い掛けんのか」

「そんな、まだ一人前でもねえのに」

「まったく、情けないのう。体面ばかり気にしおって」

そんな単純な話ではないと言い返したいのを、耕太はぐっと堪《こら》えた。何を言っても、半人前の負け惜《お》しみになりそうだ。

「しかしまあ、細《こま》かいところまでつぶさに見ることが出来るようになったのは、ありがたい。兄さんには、礼を言わねばならんな」

眼鏡の縁に手を添え、馬琴が表情を和らげた。

耕太は、戯作者《げさくしゃ》の人を見る目の鋭さに、あらためて感じ入った。これればかりは、玻璃片を調整してどうこうなるものではない。

いま一度、馬琴が鳥かごへ目をやった。

「ちと、水が汚れておるのう。兄さん、取り替えるのを手伝ってくれんかね」

井戸で水を汲《く》んでくるよう頼まれて、耕太は縁側《えんがわ》の沓脱石《くつぬぎいし》に並べてあった庭下《にわげ》駄《た》に足を入れた。手桶《ておけ》を提《さ》げて建物をぐるりとまわると、台所の裏手に井戸があった。釣瓶《つるべ》に汲んだ水を、手桶に移す。

背中に視線を感じて振り返ると、勝手口に一人の男が立っていた。蠟《ろう》を塗り込んだような肌の白さがどこか異様で、耕太はぎょっとした。男はひょろりとした体軀《たいく》に芥子《からし》色の着物をまとっているが、若いのか老いているのか見分けがつかない。

「て、て、手前の庭で、な、な、何をなさっておられるのですか」

きつい吃音《きつおん》混じりで、男が訊ねかけてきた。顔のむくみがひどいものの、高く盛り上がった鼻梁《びりょう》と慇懃《いんぎん》な物腰から、耕太は何となく察しがついた。

「間違っていたらすみやせん、宗伯さまでいなさいますか。手前は耕太と申しまして、馬琴先生に眼鏡をお届けにあがりやした。金糸雀の話をうかがっていたところ、鳥かごの水を取り替えるから井戸で汲んでこいと仰《おお》せつかりまして」

男は水で満たされた手桶に目をやり、「あ、ああ。さ、さ、さようでしたか」と立て続けに首を縦《たて》に振って、言葉を続けた。

「ち、父は、に、に、庭の立ち入り料を申し受けておりますでしょうか」

「立ち入り料……、いいえ」

いささか面喰《めんく》らいながら応えると、宗伯の表情がこわばった。

「そ、そ、それじゃあ、この二十文《もん》はどういうことだろう」

袂《たもと》から帳面を出して紙をめくり、頭を抱えている。あんまり取り乱しているので、放っておけなかった。

「どうなすったんで」

「て、手前がこの家の帳簿付けを任《まか》されているのですが、そ、算盤《そろばん》が合わないんです。ど、ど、どこを違《たが》えたんだろう」

宗伯が視線を泳がせている紙面を、耕太ものぞき込む。馬琴の潤筆《じゅんぴつ》料、この家が副業としている売薬の実入り、庭に植わった果樹の実を売った値、朝昼晩の献立と膳にのぼった食材まで、右肩上がりのきっかりした文字で細々と書き入れてある。

「ここですかね。青菜の勘定《かんじょう》が書かれてねえみたいですけど」

お浸《ひた》しと書かれた文字の下を耕太が指さすと、宗伯は深い息を吐《は》きながらへなへなと膝を折った。

「ちょ、大丈夫ですかい」

とっさに、耕太は宗伯の肩を支えた。小刻《こきざ》みに震える身体《からだ》から、薬湯の濃い匂いが押し寄せてきた。徳松に沁《し》みついている匂いとよく似《に》ている。

「た、た、助かりました。帳尻《ちょうじり》が合わないと、よ、夜も眠れませんので」

宗伯は帳面をぎゅっと抱きしめ、額《ひたい》を膝にくっつけんばかりにしてしゃがみ込んでいる。

「あの、失礼なことをお訊ねしやすが、馬琴先生はそんなにやかましく仰言《おっしゃ》るんですかい」

耕太が訊ねると、顔を上げた宗伯が、ゆるゆると首を振った。

「わ、我が家に入ってくる金のほとんどは、父が幾多の困難を乗り越えて得た潤筆料に拠《よ》っています。そ、それを一文とて無駄にすることなどできませんから」

「むずかしいことはわからねえけど、あんまり深く思い詰《つ》めねえほうがよかねえですかい」

「気休めはご免です」

ことのほか鋭い声が返ってきて、耕太は思わず口をつぐんだ。

自分の口から出た声に当人も戸惑ったふうで、あ、あ、すみません、と頭を下げる。

「て、手前は生まれつきひ弱な子供でしてね。か、身体つきもか細く、何かというと熱を出したそうです」

宗伯の目が、宙へ向けられた。

貧弱に生まれついた息子に、それでも馬琴は書画の師をつけて学ばせる費《つい》えを惜しまなかった。宗伯が長じると、名の通った学者の許で医学を学ばせている。いま、松前藩から扶持《ふち》を頂けるのも、そもそもは前藩主・道広公が馬琴宅に家来を遣《つか》わして珍聞奇談をお訊ねになり、馬琴がそれにお応えしたのがきっかけだ。父がいなければ今日《こんにち》の自分はなかったと、宗伯はたどたどしい口ぶりで語った。

「な、なのに、この齢《とし》になっても病《やまい》と縁が切れず、医者として患者を診《み》ることはおろか、松前藩のお屋敷にうかがうのもままならぬありさま。ち、父は、還《かん》暦《れき》を迎えたのに一家の大黒柱という役どころを倅に譲《ゆず》ることもかなわないのです」

「宗伯さま……」

「こ、ここまで育ててくれた父の恩に報《むく》いることのできぬ己れが、な、な、情けなくて、情けなくて」

宗伯が声を詰まらせる。

耕太には言葉が見つからなかった。医者である宗伯自身が病に苦しんでいることは耳にしていたけれど、身体の何処《どこ》というより、病んでいるのはもっとほかのところにあるようにも思える。

「おーい、兄さん。水はまだかえ」

縁側で声が聞こえている。

「あの、先生がお呼びになってますんで」

わずかにほっとしながら、耕太は宗伯の視線を逃れた。

「手桶一杯の水を汲むのにいつまで掛かるのかえ」

縁側へもどると、馬琴が玻璃片ごしにじろりと睨《にら》みつけてきた。足許には、空になった水入れが積み重なっている。

「鳥たちが干上《ひあ》がるぞ」

「へえ、あいすいやせん」

耕太が縁側に上がると、入れ替わりに馬琴が庭へ下りて水入れを洗い始めた。手桶のかたわらにしゃがんだ姿は猫背がひどいせいか、正面から向き合うときよりもひとまわり小さく見えた。

三

初めて目にする阿蘭陀人は、何もかもが大作りであった。目といい鼻といい、小刀で彫り込んだように輪郭《りんかく》がくっきりしている。胸板はぶ厚く、肩幅も広くてがっしりしていた。並んで坐っている幕府の通詞《つうじ》も、日《ひ》の本《もと》の侍としては恰幅《かっぷく》のよいほうだが、阿蘭陀人と比べるとまるで子供みたいだ。

阿蘭陀人は三人で、一本の長い脚で支えられた円卓を囲み、背もたれと肘掛《ひじか》けのついた腰掛けに坐って談笑している。仕草もいちいち大仰《おおぎょう》だった。三人が手を動かしたり足を組み直すたび、白粉《おしろい》に似た濃密な香りが立ちのぼる。

三人は、声も太くて大きかった。話しているのはむろん異国の言葉で、何を言っているのか耕太にはさっぱりわからない。

日本橋本石町に店を構える長崎屋、通称・阿蘭陀宿《やど》の二階にある応接間であった。十畳ほどの部屋の床には、異国風の毛氈《もうせん》が敷《し》き詰められている。

毛足の長い毛氈へじかに正座している耕太は、雲の中に膝が埋もれているみたいでどうにも落ち着かない。目も、ちかちかしてならなかった。阿蘭陀人たちは、赤や青、深緑といった鮮《あざ》やかな色合いの上着をまとい、胸許には金色に輝く飾りを幾つもぶら下げている。

三羽の瑠璃金剛《ルリコンゴウ》インコを、だしぬけに思い浮かべた。目の覚めるような彩《いろど》りを身にまとった異国の鳥。もちろん、じっさいに見たことはないけれど、子供時分に手習い師匠の立花玄斎から話を聞いたことのあるその鳥に、三人の阿蘭陀人はそっくりな気がする。

耕太のすぐ前には、黒の紋付《もんつき》袴《はかま》を着けた松前藩の隠居・道広公、曲亭馬琴、それに立花玄斎が端坐《たんざ》しているが、こちらに背を向けているので表情はうかがえない。隣に坐っているひなたは、壁際に設《しつら》えられた異国風の棚や金属製の燭台《しょくだい》をしげしげと眺《なが》めている。

赤い上着をまとった阿蘭陀人が、耕太たちに向かって話しかけてきた。甲比丹スチュルレルである。円卓のかたわらに置かれた文机《ふづくえ》の前で帳面に筆をはしらせていた通詞が、軽く咳払《せきばら》いをする。

「手前どもの宿へおいでくださり、祝着《しゅうちゃく》至極《しごく》に存じまする」

通詞は、自らしたためた文字を読みあげた。物言いが、どことなくいかめしい。

る。
「こちらの品をこしらえたのは、どの方でおられますか」
甲比丹が円卓に載せてあった虫眼鏡を手にとるのに合わせ、通詞が言葉を続
すうっと息を吸い込んで、耕太は勢いよく立ち上がった。
「フーデ　ミッダーフ。マイン　ナーム　イス　コータ」
玄斎に教わったとおりに、ゆっくりと音を発した。若い時分に長崎で暮らして
いたことのある玄斎は、阿蘭陀語には多少の心得があるのだ。「こんにちは、耕
太と申します」という意味だそうな。口が渇《かわ》いて舌がもつれそうになったもの
の、舌をすぼめて咽喉《のど》の奥を震わせるところなどは、我ながらなかなかうまくい
った。
耕太を凝視していた三人が、ぱっと表情をほころばせた。「オー、コータ」「コ
ータ」と名を呼び、いっせいに手を叩いている。
言葉が通じたのだ。やみくもに放った矢が図らずも的中したような、驚きと嬉《うれ》
しさで全身がかっと熱くなった。
甲比丹一行の江戸参府を伝える瓦版を布袋庵で目にした折には、まさか自分が
長崎屋を訪ねることになるとは思ってもみなかった。耕太が鴨井を腹に納めてい

たそのころ、長崎屋では松前藩当代藩主・章広公が使節と面会しており、耕太が玻璃片を模造するに至った経緯《いきさつ》を話して聞かせていたのである。

阿蘭陀製の玻璃片にほどこされた技を、江戸の若い職人がものにしたとあって、甲比丹一行はおおいに興味をそそられたとみえる。細かいことをいえば、阿蘭陀式の技をまるごと再現したのとは違うし、章広公もそこは断りを入れたのだが、それでも、一行は耕太との面談をつよく望んだ。

松前藩邸を通して申し出があったのが二日ほど前のこと。そうなると阿蘭陀びいきの立花玄斎や珍し物好きの曲亭馬琴、ご隠居の道広公といった面々が黙っているはずがなく、ひなたまでもが「兄さんだけずるい」と言い出して、ぞろぞろと供について来たのだった。このごろではいくらか謹慎《きんしん》が弛められているとはいえ、公儀から蟄居《ちっきょ》を申し付けられている道広公は、しかるべき筋に話をつけてこの場にのぞんでいる。

一行は、耕太に次々と問いをぶつけてきた。「一つの面で比《ひ》を違えた玻璃片をこしらえるにあたって、苦心したのはどこか」とか、「磨くのは難しくないのか」とか、おおかた玻璃片に関することで、耕太は緊張しつつも返答に詰まることはなかった。日ごろ自分がこなしている作業を順を追って話すうちに、気持ちがだんだん落ち着いてくる。

阿蘭陀人たちのことも、冷静に見ることが出来るようになった。甲比丹の隣に腰掛けている青い上着の男がシーボルトで、その隣で深緑色の上着に身を包んでいるのがビルヌーブだ。上着の生地《きじ》は天鵞絨《ビロード》だろうか、柔らかな光沢を放っている。三人はいずれも裁付袴《たつつけ》のようなものを穿《は》き、膝から下は脚絆《きやはん》みたいな布を巻いていた。長崎の出島では土足で家に上がると玄斎から聞いたが、甲比丹たちは厚手の布でこしらえた室内履きを足許に突っかけている。

玻璃片についてのやりとりが一段落つくと、部屋の障子《しようじ》が開いて、長崎屋の奉公人が二人ほど盆《ぼん》を抱えて入ってきた。二十歳《はたち》そこそこの手代らしい二人は、甲比丹たちが囲んでいる円卓と耕太たちの前に、運んできたものをしつらえ始めた。円筒形の硝子瓶《ビードロびん》や脚の付いた硝子杯、それに柄《え》の付いた湯呑《ゆの》みなどもある。

「ご隠居さま、馬琴どの。これはワインという飲み物、すなわちぶどう酒ですぞ」

手代の給仕で赤い液体が硝子杯へ注《つ》がれるのを見ながら、立花玄斎が言った。

「ほう、これがぶどう酒か」

道広公が、物珍しそうに身体を乗り出した。松前藩の隠居ともなれば異国の酒もどこからか手に入るのではないかと耕太は思ったが、幕府の役人の前でおおっぴらにするのは何かと差し障りがあるのかもしれない。

「いやはや、これが飲み物とは。なにやら、血のようではないか」

ご隠居の横では、馬琴が眉《まゆ》をひそめていた。珍し物好きのわりに、案外、腰が引けている。耕太は当人に気取《けど》られぬよう肩をすくめた。ひなたもくすくす笑っている。

耕太とひなたには、柄付きの湯呑みに入った飲み物が勧《すす》められた。茶色くてとろりとした液体で、見た目はあまり麗《うるわ》しいとはいえないが、立ちのぼる湯気はえもいわれぬ香気を漂《ただよ》わせている。ひと口ふくんだ途端、これまでに味わったことのない甘味とほんの少しの苦味が舌に広がった。

「こいつは、うまい」

「ショコラアトじゃよ。もとは、こう、小さな欠片《かけら》での。かんかんに沸《わ》かした湯に欠片を削《けず》り入れ、砂糖を少々と卵の黄身を加えたのち、茶筅《ちゃせん》でよくかき混ぜるのじゃ。そう、茶を点《た》てる要領でな」

講釈する玄斎に、松前のご隠居が目を丸くしている。

「玄斎どのは、まこと物知りでおられる」

「いや、それほどでもございませぬよ」

玄斎が面映《おもは》ゆそうに応じた。馬琴はというと、おっかなびっくり硝子杯に口をつけたものの、ひと口きりで飲むのをやめ、耕太のショコラアトへ物欲しそうな視線を送ってくる。

「馬琴先生、ちょいと味見をしてごらんになりやすかい」

耕太は、手にしている器を馬琴と取り換えた。耕太は耕太で、阿蘭陀の硝子杯を間近に見たかったのである。遠い異国から海を渡って長崎へ着き、そこから江戸まで砕《くだ》けることなく旅してきた硝子杯を、いとおしく思いながらためつすがめつした。ひと口だけ舐《な》めたぶどう酒は、米で出来た酒に比べて、ひどく渋く感じられた。

ショコラアトを口にした馬琴は、陶然《とうぜん》となっている。

甲比丹一行は、花鳥茶屋せせらぎにも関心を引かれたようだった。ことにシーボルトは生き物や草花に造詣《ぞうけい》が深く、鳥についてもひとかどの見識を持っていた。鳥医者の玄斎はもとより、馬琴や松前のご隠居も鳥のことになると黙っておられぬ性分ゆえ、鳥談義は身振り手振りも交えて盛り上がった。休み処《やすどころ》で出している葛《くず》もちや葛湯の話をひなたがすると、阿蘭陀人たちは「一度せせらぎへ行ってみたいものだ」と口ぐちに言い合った。

部屋にいる誰もが、ゆったりとくつろいでいる。通詞の顔からも、いかめしさが失《う》せていた。

生まれ育った国や喋《しゃべ》る言葉、見た目や慣習が異なっても、互いを尊重し、わかり合おうという気持ちを持って歩《あゆ》み寄れば、おのずと心は通ずるのだと耕太は思った。

なごやかな笑みを浮かべた甲比丹が、シーボルトと二言、三言やりとりを交わしたのち、通詞に向かって何やら告げた。通詞が、再びしかつめらしい表情をこしらえる。

「お近づきになったしるしに、使節から何か差し上げたいと存じます。耕太さん、どんなことでも、お望みがあれば聞かせてください」

「えっ、おれですかい」

「耕太、わしらに気遣いは要《い》らぬ。己れが思うとおりにお応えすればよい」

玄斎が温かく微笑んでいる。そう言われても、いきなりの申し出に、耕太は何と応えてよいかわからない。戸惑いを察したのか、甲比丹が言葉を足した。

「シーボルトは動植物のほかに医学にも通じており、ビルヌーブは絵を描くのに長じておりますが」

それを聞いて、思案が定まった。

「では、病人をひとり診てもらえませんか。こちらにいなさる馬琴先生の、ご子息さまを」

甲比丹側の快諾を得て、耕太たちは長崎屋を辞《じ》した。

しかし、帰り道でちょっとした悶着《もんちゃく》があった。

「この、馬鹿者めが。気遣いは無用じゃと、玄斎どのが申されたではないか」

筋違橋御門へと伸びる往還を北へたどりながら、馬琴が忌々《いまいま》しげに吐き捨てた。我が子を本場の蘭《らん》医に診てもらえるというのに、どうも気に入らないようだ。けれど、声の底に隠しきれない喜びが流れているのを、耕太は感づいていた。ことさらに不機嫌を装《よそお》うのが、馬琴流の照れ隠しとみえる。

「気遣いなんざ、しちゃおりません。これが欲しいって物も、取り立ててありませんし」

「わかっておらぬ。おまえさんは、わかっておらぬ」

馬琴が荒い鼻息を吐く。玄斎はやりとりに加わらず黙々と歩き、松前のご隠居は黒塗りの立派な乗り物に揺られていて、口を挿《はさ》むことはできない。ただ、耕太の脇を歩くひなたが、長崎屋を出たときからひと言も口を利かずにいた。お父っつぁんの病に効く薬を頼まなかったのはどういうわけかと、小鼻を膨《ふく》らませた顔に書いてある。

耕太にしても、父をないがしろにする気持ちなど、さらさらなかった。じっさい、シーボルトが医学に通じていると聞いて、いの一番に思い当たったのは父の喘息だったのだ。だが、おゆりの顔が脳裡《のうり》をよぎった。「耕太さんのお父っつぁんの、病を治す手助けをしたいの」と打ち明けられた折のひたむきな眼差《まなざ》しを思い出したのだ。

そうしたら、自然に口が動いていた。

耕太は、前を行く馬琴の背中へ視線をやる。もがいている宗伯の生白い面影が、家紋の染《そ》め抜かれた黒羽織《ばおり》に重なった。

ひなた、許せ。胸の内で、耕太は妹に手を合わせた。

四

五日ばかりしても、ひなたの表情は冴《さ》えなかった。

「おい、いつまで臍《へそ》を曲げてるんだよ」

耕太が声を掛けると、ひなたは眉を持ち上げ、小さく息を吐いた。

「兄さんが考えてるほど、根に持っちゃいないわ。ちょっとばかり頭の痛いことが持ち上がっていてね」

せせらぎの池で死んだ鴨を布袋庵の客に食べさせているという風聞《ふうぶん》がどこから広まり、ここ数日、せせらぎを訪れる客がめっきり減っていると聞かされて、耕太はびっくりした。

「伯母さんの店も、商売あがったりだそうよ」

「そんなの、でたらめじゃないか」

「とはいえ、人の口にいちいち戸を立ててまわることもできないもの。今日は門を閉めたあと、何か手立てを講じられないか、みなで話し合うんですって」

いま一度、ひなたが息を吐いた。

「その話し合い、おれも出させてもらうよ」

せせらぎも布袋庵も、耕太にはひと言で言い表わせぬくらい身近な存在だ。家族や親戚、それに仲のいい友だちが困っているのに、素知らぬ顔ではいられない。

上野の鐘が六ツ（午後六時頃）を撞《つ》き始めると、耕太は仕事道具を片付けてせせらぎに向かった。休み処には、せせらぎ頭取の善兵衛をはじめ、鳥かご職人の富十親方や飼鳥屋の主人吉五郎、飼育係の孫八親方に若い衆、休み処を切り盛りするお兼に茶汲《ちゃく》み娘たち、それに清一郎、勝次、ひなた——すなわち、せせらぎで働く面々が勢揃《せいぞろ》いしていた。十畳ほどの座敷には卓が四つ置かれており、みなが思い思いに分かれて腰を落ち着けている。いずれも、湯気の上がらなくなった湯呑みの茶を、背を丸めてのぞき込んでいた。

座敷へ上がってきた兄を見て腰を浮かしかけたひなたを、茶は要らないと目顔で制して、耕太はその隣へ腰を下ろした。同じ卓に着いている清一郎と勝次が、そっと目交《めま》ぜをしてよこす。

「して、せせらぎに客を呼びもどすにはどうしたらよいのか、どんなことでも構わぬから聞かせておくれ」

奥にある卓で腕組みしている善兵衛が、肥《こ》えた身体を揺すった。話し合いは始まったばかりのようだ。

「あの、人の噂《うわさ》も七十五日と言いますし、放っておいてもお客さんはいずれもどってくるんじゃないでしょうか」

いんだぞ」

お兼が応えるのへ、

「七十五日とあっさり言うが、そのあいだも鳥たちに飲み食いさせせないとならな

吉五郎が言い返し、飼育係の若い衆が、同調してあっちでもこっちでもうなず

いた。ひなたの同輩、茶汲み娘のおけいとおようは、気後《きおく》れした表情でやりとり

を見守っている。

「それはそうでしょうけど、せせらぎにしろ布袋庵にしろ、やましいところはな

いんですよね。だったら、どっしり構えていたほうが、よかありませんか」

「ふむ、お兼さんの言うことも一理あるな。それにしても、根も葉もねえ話が、

どこから出てきたものか」

そういって首をかしげた富十に、善兵衛が応じる。

「おおかた同業の者どものいやがらせだろう。布袋庵でも見方は同じだ。花鳥茶

屋か鴨料理屋か、それはわからぬけれども、似たような商いを営《いとな》む店がこのあた

りにも増えておるからな」

「布袋庵じゃあ、何か手を打っていなさるんで」

「鴨の仕入れ先を訊《き》いてくる客には、正直に応えていると女房は言うんだが

「……」

　善兵衛が顔をしかめた。

　大人たちの邪魔にならぬよう、耕太たちは低い声で言葉を交わしていた。勝次の語るところによると、飼鳥屋と富十工房が入っている建物の裏手には鳥塚があり、せせらぎで死んだ鳥は、そこに葬《ほうむ》られるという。鴨に限らず、どんな鳥もだと、ひなたが言葉を足した。

　布袋庵の鴨肉については、耕太が知っている限りの話をした。そもそも、鴨は秋から春先にかけて江戸へやってくる渡り鳥である。それゆえ、日ごろは菜飯屋《なめしや》なり軍鶏《シャモ》・雉《きじ》料理屋なりの看板を掲《かか》げて商っている店が、鴨肉が手に入るあいだだけ旬《しゅん》の味として客に供するのが大抵だった。しかし、布袋庵では問屋の鳥勝を通じて鴨の養殖をしている業者と話をつけ、常に鴨肉を仕入れることができる仕組みを持っている。もっとも、人に育てられた鴨は旬の味に遠く及ばず、食べ方も、夏場は鉄鍋で炒りつけた肉に生姜《しょうが》やわさびなどの薬味を添えて出していた。

　風聞の出所がいずこであっても、いいかげんであることは明白であった。

「後ろめたいことはしてないんですから、噂なんて放っておけばいいんですよ」

「それで客足がもどらなかったらどうする。百羽からの鳥におまんま食べさせるのに、一日いくらかかるか、わかって言ってるんだろうな」

「じゃあ、うちで死んだ鴨はどこの料理屋にも卸《おろ》してませんって触れまわるんですか。かえって、わざとらしくはありませんかねえ」

大人たちの談じ合いは堂々巡りであった。

休み処のような商いであれば、葛粉の仕入れを常より減らすなどの策を講じればすむことかもしれない。富士工房もしかりだ。せせらぎの外で、鳥かごを売ればよい。だが、禽舎の飼育係や飼鳥屋は商売の品が生き物だけに切実である。

「あの、催《もよお》しを開くってのはいかがでしょう」

思わず、耕太は大人たちの話に嘴《くちばし》を突っ込んだ。

「ふむ、何か思案があるのかね」

善兵衛が、埒《らち》の明かぬやりとりに飽きた顔を向けた。善兵衛と耕太の間柄を大人たちは心得ているので、耕太が話に加わるのをいぶかしむ者はなく、いずれも視線で先をうながしている。

「鴨とはまったく関わりのねえことがいいと思います。この座敷に子供たちを集めて、影絵の会を開くとか」

「何やら、突拍子《とっぴょうし》もない話だな」

善兵衛が眉をひそめた。富十や孫八、お兼もぴんとこない顔つきをしている。

「そんなことないわ、伯父《おじ》さん」

ひなたが切り返した。

「鴨を前に押し出した催しにすると、やっぱり風聞をもみ消そうとしてるんだって世間に思われるかもしれないでしょ。これから季節もよくなるし、夜に影絵の会をやって、ひと味ちがうせせらぎを楽しんでもらってはどうかしら」

「影絵の会に来た子供たちが昼間のせせらぎにも行きたいと言えば、親も一緒についてきます。そうすれば、少しずつお客がもどってくるんじゃないでしょうか」

清一郎も話に入ってくる。

妹や清一郎がこちらの意図をしっかりと摑《つか》んで後押ししてくれることが、耕太は心底うれしく、心強かった。

「ええと、影絵もいいけど、写し絵のほうが喜んでもらえるんじゃねえですかね。せっかく、耕ちゃんもいることだし」

いささかのんびりした口調で、勝次が言葉を添えた。

両の手を組み合わせて犬や鳥などの形をこしらえ、それを灯《ひ》あかりにかざして障子などに影を映す遊びは、古くから影絵といわれて親しまれてきた。紙を切り抜いたものに、たとえば楊枝《ようじ》や盃《さかずき》を用いて一寸法師《いっすんぼうし》の影をあらわしたりするのも、影絵の仲間といえる。

それがずっと進んだのが写し絵で、硝子板に絵を描き、灯あかりを当てて紙なり白布なりに映し出す仕掛けが編《あ》み出された。色差しされた硝子板であれば、灯あかりに透《す》けて赤や青、黄色といった彩りが映し出される。硝子板と灯あかりを仕込む木箱は風呂《ふろ》と呼ばれ、硝子板を上下あるいは左右に動かせる工夫が施《ほどこ》してあって、映し出される像に動きをつけることもできた。写し絵の仕掛けが世に出たのは今からおよそ二十年前、牛込神楽坂《うしごめかぐらざか》にある寄席《よせ》においてだそうだが、昨今は盛り場の見世物小屋でも楽しまれている。

「ほう、写し絵か。そいつは面白そうだな」

富十が、日ごろはぎょろりとしている目を細めた。耕太も、勝次を見直す思いだった。子供時分にいつも口達者なひなたにやり込められていた姿が頭の片隅《かたすみ》に残っていて、どこか軽《かろ》んじる気持ちがあったのだ。

「富十親方、ちょいと待ってくださいよ。道具を揃えるのに、いったい幾らかかると思っていなさるんです」

飼育係の若い衆のあいだから、不満そうな声があがった。

「道具だけじゃねえ。写し絵なんて、素人《しろうと》がちょっくらちょいと真似《まね》できるもんじゃありやせんよ」

「これで客がもどらねえ日にゃ、どうしてくれるんです」

富十が口をつぐむ。

「おい、富十さんにあたるのはよせ」

孫八親方が若い衆をたしなめる。とはいえ、孫八の眉間《みけん》に縦に刻まれた皺《しわ》も、相当に深い。やはり、客の入り具合によっては働き口を失うこともある連中と、いざとなれば腕一本で食べていける連中では、ことの重さを感じる度合いにずれが生じるようだ。

押し黙っていた善兵衛が、腕組みを解《ほど》いた。

「待っているだけでは、客はこない。ともかく、写し絵の催しを開いてみようじゃないか」

何か言いたそうな若い衆のほうへ、善兵衛が膝をずらして先を続ける。

「せせらぎの鳥たちは、わしにとって我が子も同然。滅多《めった》なことでは、園を潰《つぶ》したりはしません。よしんば商売が立ち行かなくなることがあっても、おまえさんたちを路頭に迷わせることのないようにすると約束しよう」

穏《おだ》やかながらきっぱりと告げると、若い衆は神妙な顔になって膝を正した。

耕太の気持ちが、にわかに引き締《し》まった。ひなたや勝次、清一郎の表情も、心

なしか硬くなっている。

五

催しは、半月後に開かれることになった。支度をととのえる時がじゅうぶんで

はないが、鳥の世話にかかる費えが日ごとにかさむことを思えば、四の五の言っ

てはいられない。

耕太たち四人は、まず、池之端の寄席で演じられている写し絵を見物に行っ

た。四人とも、ほんの子供時分に親に連れられて見物したことはあるものの、十

をすぎてからは目にしていない。写し絵は子供相手の見世物というのが、世間の

相場《そうば》であった。

夜席の幕開《まくあ》きに演《だ》された写し絵は、だが、子供騙《だま》しといっては罰が当たりそう

なほどに見事なものだった。白布に映し出される絵の動きに合わせて語り手が活《い》

きいきと台詞《せりふ》を喋り、三味線や唄《うた》が場面を盛り上げる。四人が子供だった頃よりも、見世物としての技が格段に進んでいるのだ。五十人ばかり入る座敷には、子連れ客だけでなく、写し絵が目当てとみえる大人たちも少なくなかった。

四人が楽しんだのは、掛け軸に描かれただるまが主人公になった物語であった。掛け軸《じく》は、とある屋敷の座敷に飾られている。夜になるとだるまが掛け軸を抜け出し、部屋に残っている酒や食べ物をたいらげていく。

だるまの動きが滑稽《こっけい》で、話運びもわかりやすい。四人も、だるまを題材にした話を演じることにした。しかし、掛け軸を抜け出しただるまが踊ったり駆《か》けっこをしたりする芸当など、ずぶの素人に出来るはずもない。それをしてのけられるのは、白布の裏手に控《ひか》える幾人もの写し絵師たちが、灯あかりと硝子板の仕込まれた風呂を両脇に抱え、だるまの手なら手、足なら足だけを瞬時に切り替えてみせる妙技を使いこなしているゆえだ。

風呂というと、ふつうは身体の垢《あか》や汗を流す湯船を連想するが、こちらは絵と灯あかりで見物人の心を温め、凝《こ》り固まった気持ちをほぐすことを得手《えて》にしているといえる。

耕太たちは、こしらえる風呂を二台とし、絵の動きが乏しいぶんは語りや鳴り物で補おうと話し合った。その造りはおおまかにいって、外側の木箱の部分と、各種の玻璃片《レンズ》、絵の描かれた硝子板《ビードロ》に分けられる。清一郎と勝次が木箱を、ひなたが絵を受け持つことになった。むろん、玻璃片と硝子板をこしらえるのは耕太よりほかにはいない。

玻璃片は二種類だ。一つは灯あかりの光を集めるための、差し渡し二寸（約六センチ）ほどのもの。いま一つは、像を映し出すための、差し渡し一寸ほどのものである。

絵柄《えがら》を描く硝子板は一寸四方の薄い正方形で、これを細長い杉板などに五枚ばかり嵌め込んで用いる。種板《たねいた》と呼ばれるこの板は、木箱の中で左右に動くよう取り付けられる。五枚の硝子それぞれに向きを少しずつ違えただるまを描いておけば、横に引き抜いたときにあたかもだるまが転がっているような像を映し出すことができるのだ。

ところで、耕太たちが風呂の造りを理解するにあたっては、馬琴の知恵を大いに拝借することとなった。馬琴はかつて上方を旅した折、写し絵の一歩手前にあたる仕掛けを目にしており、そのときからいわゆる幻灯の類《たぐい》に並々ならぬ関心を抱いていたという。耕太たちが写し絵の会を催すことは玄斎から耳にしたそうで、だしぬけにせせらぎを訪ねてくると、自分で描いたという図面を広げて風呂の造りをひとくさり説《と》き、「素人には、ちと難しかろうて。せいぜい足掻《あが》くことだな」といつもながらの毒を吐いた。

そうはいっても、阿蘭陀式の玻璃片を一度こしらえている耕太からすれば、このたびの細工《さいく》はさほど難儀なものではなかった。もっとも苦心したのは、硝子種の調達だ。なるたけ費《かか》りを抑えたいので、知り合いの工房に事情《わけ》を話して屑《くず》硝子を集めたりもしたのだが、それだけでは到底まかなえず、せせらぎの出費を増やすこととなった。

清一郎と勝次も、材料の工面《くめん》には頭を悩ませたようだった。本職の写し絵師は桐《きり》材でこしらえた軽い木箱を用いるが、自分たちは机にそれを据え置くつもりだから杉材で事足りる。二人で手分けして下谷界隈の普請場《ふしんば》をまわり、板や棒の切れ端をもらってきたものの、じゅうぶんな量ではなく、こちらも善兵衛に断りを入れて幾らか買い足した。

耕太はいささか見込みが外れた心持ちだった。清一郎は、このあたりでは名の知れた小間物商「升田屋」の惣領《そうりょう》息子だ。手習い所に通っていた時分は、手習い草紙の白い紙がなくなれば翌日には新しいものに替わっていたし、筆がすり減るまで使っているのを見たためしがない。こたびもきっと同じだろう、と踏んでいた。つまり、親に頼んで何とかしてもらうに相違ないと思ったのだ。

清一郎がどう感じているかは定かでないけれど、耕太としては手習い所に通っている時分から、どちらが先に立つかを競うような気持ちが常にあった。阿蘭陀式の玻璃片をこしらえたときは、これでぐっと水をあけたというか、己れがずいぶんと先行している心持ちがしたものだ。だが、このごろの清一郎を見ると、うかうかしてはいられない気がする。

玻璃片や木箱の費えには頭を悩ませたが、絵筆や絵の具などは、「うちの娘が使っていたのでよければお譲りしましょう」と「苗嶋」の彦佐親方が申し出てくれ、ひなたが礼を言って受け取ってきた。

「名古屋城下に着いたっていう文《ふみ》が、幾日か前におゆりちゃんから届いたそうよ。ほかには何も書いてなくて、苗嶋の小父《おじ》さんも様子がよくわからないふうだったけど」

長屋に帰ってきたひなたが、さりげない調子で言う。

「およそ楽しいことばっかりで、いちいち文なんて書いてられねえんだろう」

耕太はわざと素《そ》っ気《け》ない口調で返した。

木箱は勝次が改めて図面を引き、清一郎とともに組み立てていった。玻璃片を取り付ける位置を定《き》める段になると耕太もせせらぎに出向き、細かな調整を繰り返した。

道具づくりと合わせて、耕太たちは語りの稽古《けいこ》にも精を出した。筋書きを練《ね》ったのは清一郎で、各自に台詞が割り振られた。茶汲み娘のおけいが、長唄を習っている友だちがいるというので、三味線と唄の目処《めど》もついた。

これだけのことを、日々の仕事をこなしながら進めるのである。注文を受けた玻璃片を得意先へ納めに行き、その足でせせらぎへまわって台詞の稽古をする。引き続き勝次や清一郎と道具の調整をして、やっと家に帰るという具合だ。道具一式が仕上がったのちは、台詞に合わせてそれを操《あやつ》る稽古も加わった。仕舞《しま》い湯ぎりぎりの湯屋に飛び込んで汗を流し、長屋の床《とこ》へ横になるといつ眠りについたのかもわからぬくらいへとへとだったが、これまでにない充足感に満たされてもいた。

写し絵の会を翌日に控え、耕太は玻璃片を家に持ち帰って仕上げの布磨きにかかった。本番では風呂の光源に菜種《なたね》油の灯あかりを用いるが、稽古では魚油の灯あかりで代用するので、どうしても玻璃片がすすで黒くなってしまうのだ。

「なかなか精が出るじゃねえか」

板の間の隅にいる耕太の横に、いつしか寝床を出てきた徳松が坐っていた。

「すまねえ。眩《まぶ》しかったかい」

夜五ツ半（午後九時頃）をまわり、起きているのは耕太きりだった。ひなたと母は、とうに二階へ引き上げている。もっとも、かすかな物音が頭上に聞こえており、ひなたも何やら作業をしているとみえる。

手許を照らしていた行燈を、耕太が父の枕屛風《まくらびょうぶ》から遠ざけようとすると、徳松は身振りで制して言った。

「いよいよ明日だな」

穏やかな視線が、玻璃片へ向けられている。身体のほうは、時どき喘息の発作が出るものの、このごろはだいぶ落ち着いていた。

耕太は下に置いた布を手に取り、再び玻璃片を磨き始めた。

「客は集まりそうなのか」

「まあ、な。せせらぎの人たちが、知り合いに声を掛けてくれてね。七つ八つから十くらいの子供たちが来てくれそうだ」

「十か。おまえが修業に入ったのもそのくらいだったなあ」

徳松の目が遠くなった。

「はじめのうちは炉の炎がおっかなくて、よくべそをかいたっけ。ちびの頃から仕事場をのぞいていたのに、いざ炎を前にすると身がすくんじまって」

昔を思い出して、耕太は苦笑する。あの時分、本当におっかなかったのは徳松だった。道具の置き場所がずれているだの、掃除の仕方がなっていないだの、些《さ》細《さい》なことで度々《たびたび》叱《しか》られた。実の父親に弟子入りするというのは、生まれ育った家で寝起きもできるし、実の母親がおかみさんなのだから、赤の他人のところへ修業奉公に出るよりも何かと融通《ゆうずう》がきくだろうと高《たか》を括《くく》っていたが、とんでもない考え違いであった。

仕事場にいるときはむろん、寝るのも食べるのも親方と同じ部屋で、気の休まる暇《ひま》など毛筋ほどもない。耕太が修業に入ると同時に、母とひなたは寝起きする部屋を二階へ移してしまったので、誰かに泣き言を聞いてもらうこともできなかった。

けれど、それでよかったのだ。火を用いる仕事場では、あるべき場所に道具がなかったり、土間に紙くず一つ落ちているだけで大事につながることがある。

「おまえも頼もしくなったもんだ」

ぽつりと、徳松が漏らした。その声が心なしかしんみりと響いた気がして、耕太は父を振りむいた。

「いや、おれはまだ……」

「そんなことはねえ。今のおまえと同じ齢頃のおれには、催しを思いついて形にする才覚なんてものはなかった」

行燈のあかりが、徳松の物柔らかな表情をほんのりと照らしている。こんな顔を父が見せるようになったのはいつからだろう。

きっとあれだ、と耕太は思い当たった。耕太が阿蘭陀式の玻璃片をこしらえたあたりから、父の口出しする数が減り、ぶつかり合うこともなくなった。身体の具合が落ち着いてきたのもその頃ではなかったか、とふと思った。父の快復を妨《さまた》げているものの大本は、己れにあったのかもしれない。

「なあ、おやじ。明日は、みんなに喜んでもらえる会にしねえといけねえな」

「ああ、そうだな」

徳松が静かにうなずいた。

六

あくる日、せせらぎは普段より半刻《はんとき》（約一時間）ほど早い七ツ半（午後五時頃）に表門を閉め、子供たちを迎え入れた。くだんの風聞は下火になるどころか、布袋庵で鴨を食べた客が腹を下したという尾ひれまで付いて広がっている。店では、これまで出していなかった軍鶏鍋を品書きに加えるなどしているものの、いったん落ちた客足を取りもどすのは容易ではなかった。

写し絵の会に集まった子供は十五人。池之端や下谷界隈に住んでいて、いずれもせせらぎには幾度か訪れたことがある。親がついてきても構わないという触れ込みだったが、どの親もせせらぎなら勝手がわかっているといって、子供だけを置いていった。

「それじゃ、五ツ（午後八時頃）に迎えに来るから、よろしく頼みますよ」

「はい、お任せください」

表門には、頭取の善兵衛、鳥かご工房の富十親方、飼鳥屋の主人吉五郎、飼育係の孫八親方も顔を揃えた。大人たちに出迎えられたあとは、耕太やひなたといった少し齢上の兄さん姉さんが案内してくれ、しかも周りは自分と齢の違わない仲間きりとあって、子供たちの瞳もがぜん輝きを増している。

耕太たちは、まず、夕暮れの明るさが残る園内を子供たちの手を引いてまわった。日暮れ時にゆったりとたたずみ、羽づくろいしている鳥の姿が、子供の目には新鮮に映るようだった。あの鳥は何ていう名なの、生まれはどこなの、などという問いに応えていると、耕太と手をつないでいる女の子が、禽舎を見ながら首をかしげた。

「鳥さんは、幾つくらいまで生きられるの」

「そうだな、ほら、あすこにインコがいるだろ。あれだと寿命は十歳くらいかな」

立花玄斎の手習い所に通ったおかげで、耕太でもその程度は応えられる。

「ふうん、じゃあ、死んだ鳥さんはどうなるの」

やりとりをそれとなく聞いていたひなたや清一郎、勝次がちらりと振り返り、耕太はそんな三人と顔を見合わせた。

屈託《くったく》のない目で耕太を見上げている五つか六つの女の子が、大人たちに知恵をつけられたとも思えないが、そうでないとは言い切れない。

「死んだ鳥は、墓に入るんだ」

応えたのは、勝次だった。

「へえ、人とおんなじだね」

「あの建物の裏手に墓がある。見てみるかい」

女の子が「見たい」と応じ、おいらも、わたしも、とほかの子供たちも手を上げた。

鳥が葬られる場所はこんもりと土が盛り上がっており、「鳥塚」と刻まれた石碑が建っていた。日ごろから、石碑の前にはせせらぎの誰がしかによって花が手向《たむ》けられている。子供たちは、しばしのあいだ石碑に手を合わせたのち、案内役の兄さん姉さんに連れられて休み処の入れ込み座敷へ上がった。

日はとっぷり暮れて、暗闇がせせらぎを包んでいる。といっても、月の光や星あかりがほんのりと射《さ》し掛けてくるので、外に面した座敷の障子は黒い布で覆《おお》われていた。飼育係の若い衆が白い晒《さらし》を墨《すみ》で染め、休み処の女子《おなご》たちが縫《ぬ》ってつなぎ合わせたものだ。ひなたも、長屋に布を持ち帰って針を運んでいた。

入れ込み座敷の隣には、四畳半の小部屋がついている。武家の奥方などが訪れた折にひと息つけるよう設《もう》けてあるのだが、その襖を取り払い、白布を垂《た》らして絵を映すことにした。この布は、晒を染めずに縫い合わせてある。写し絵を見物する者は小部屋のほうを向いて坐り、白布を隔《へだ》てた小部屋で、灯あかりと硝子板を仕込んだ風呂を耕太たちが操るという寸法である。

入れ込み座敷では、飼育係の若い衆が手燭《てしょく》を掲げ、子供たちに白布がちゃんと見えるよう、席を入れ替えさせている。幾らか蒸《む》しているので、茶汲み娘のおけいとおようが、井戸で冷やした麦湯を一人ひとりの前に置いてまわっていた。

耕太たちも小部屋に入り、襷《たすき》掛《が》けをして持ち場につく。耕太と組んで風呂を操るのはひなたで、いま一台のほうは清一郎と勝次が受け持つことになっている。

「よし、出番だ」

耕太の声掛けで木箱の灯明皿《とうみようざら》に火がともされ、それを合図に、若い衆が手燭のあかりを消した。ざわざわしていた入れ込み座敷が、波が引くようにしんとなる。白布のかたわらに控えた娘たちの三味線が鳴り始めた。

耕太たちは、掛け軸に描かれただるま。清一郎たちは、床《とこ》の間《ま》と掛け軸。それぞれの風呂に仕込まれた異なる絵柄が、組み合わさって白布に映し出される。

ほうっと、入れ込み座敷がどよめいた。

清一郎が案を練った筋書きは、ざっとこんなふうだ。

床の間にある掛け軸の中で、だるまは代わり映《ば》えのしない毎日に退屈しながら暮らしている。ある日、座敷に飛び込んできた燕《つばめ》が、掛け軸すれすれに翼をかすめて外へ出て行った。暮れ時になると、家の主人に招かれた客で座敷はいっぱいになり、宴が催された。宴は二刻（約四時間）ばかりでお開きになったが、客が忘れていったのか、扇子《せんす》が二本ころがっている。

それを見ただるま、目をきらりと輝かせて掛け軸を抜け出した。まずは縮《ちぢ》こまっていた手足を伸ばし、畳《たたみ》の上の扇子を拾い上げて両手に持つ。昼間の燕を真似て扇子を動かすものの、でっぷりとした丸い胴体は飛び上がる気配すらない。だるまはひらめいた。酒を飲めば、身も心もふわふわとして飛べるかもしれない。座敷を見渡すと、酒の入った銚子《ちょうし》が残されている。

銚子の注ぎ口をじかに傾けて、だるまは酒をあおった。ごく、ごく、ごく。咽喉仏が上下するたびに心地よい酔いが広がり、身体が軽くなっていく。

翌朝、掛け軸には目を回しただるまが坐っていた。果たしてだるまは燕のように飛べたのか。それを知っているのは床の間にある置物きりだ、という落ちで締めくくられている。

「ぎょろ、ぎょろ、ぎょろ。おや、燕が飛んできたぞ」

耕太が口にする台詞に合わせ、真っ赤なだるまの描かれている硝子板を、ひなたが左右に動かした。だるまの目もぎょろぎょろと動く。光の屈折によって像が逆さまに映るので、硝子板は絵柄の上下をひっくり返して用いている。

だるまの前を燕がかすめると、子供たちのあいだから「わあっ」と声が上がった。「おいらの家には雀《すずめ》が入ってきたことがある」、「うちの軒先《のきさき》に燕が巣をこしらえてるんだよ」などと、隣に坐る子供どうしで言い合っている。

だるまが掛け軸を抜け出し、扇子で羽ばたこうとする場面になると、見物席はいっそう熱を帯びた。

「もっと力いっぱい扇子をあおぐんだ」

「飛べ。飛ぶんだ、だるま」

まるで我が事のように、子供たちが声援を送っている。どっとあがる歓声に、耕太はこのうえない手応えを感じた。

それにしても、やたらと暑い。稽古のときは部屋を布で覆ったりしないし、風呂に仕込んだ灯あかりも、今宵《こよい》ばかりは明るさを増すために灯心を五本も束《たば》ねている。

ひなたも、額からしたたる汗を首に垂らした手拭《てぬぐ》いでぬぐいながら、硝子板を動かしていた。銚子の酒を飲み干しただるまが、あっちへよろよろ、こっちへよろよろ、膳につまずいてごろんと転がり、見物席は盛大な笑い声に沸いている。

男の子が叫んだのは、そのときだった。

「だるまさんが怪我《けが》しちまったよう」

白布に映るだるまの額から、血が出ているではないか。それも、上へ噴き出している。

耕太は手許をのぞき込んだ。いつになく明るくなった火が硝子板を熱したせいで、だるまの胴体に塗られた絵の具が溶《と》けている。硝子板を上下さかさまに映しているので、血が噴き上がっているように見えるのだ。

見物席がざわざわし始めた。「血だ、血だ」と囁《ささや》きあう声も聞こえてくる。

「兄さん、どうしよう」

「仕方がねえ。いったん火を消そう」

溶けた絵の具を拭《ふ》き取り、いま一度、元にもどせばいい。耕太はそう思案していたひなたに指示を出したのに、どういうわけか、勝次が自分たちの受け持っている風呂の灯あかりを吹き消してしまった。

「あ、いけね」

勝次が小さく叫んだときには、真っ赤な血しぶきを上げるだるまだけが、白布へ大映しになっている。ざわめきが、悲鳴に変わった。

「か、勝っちゃん」

ひなたが悲痛な声をあげ、これまた風呂の灯を吹き消した。休み処ぜんたいが真っ暗になる。と、見物席が、すうっと静まった。

キー、キー。バサバサバサッ。

暗闇に、甲高《かんだか》い鳴き声と羽音がこだました。禽舎の鳥たちが、休み処のただならぬ気配を察して騒ぎだしたのだ。障子がかたかたと震えている。

「お、お化け。鳥のお化け」

「お墓を出てきた鳥が、おいらたちを脅《おど》かしにきたんだ」

「怖いよう、おっ母《か》さぁん」

あちらこちらで、引き攣《つ》った声が上がる。すすり泣きも混じっていた。

「馬鹿野郎、何やってんだ」

「あかりを灯《とも》せ」

若い衆の怒号も飛び交って、休み処は騒然となった。

七

耕太は深いため息をついた。今日はこれで幾度目だろう。

休み処に置かれた四つの卓には、空になった湯呑みが十ばかり残されていた。さっきまで、善兵衛をはじめとするせせらぎの面々が苦渋に満ちた顔つきで坐っていたが、いまは耕太たち四人きりだ。四人は卓を離れ、座敷の隅に膝を抱えている。

夕暮れの陽《ひ》に染まった明かり障子が、ため息をつくごとに青く翳《かげ》っていく。

二日前に催された写し絵の会は、真っ暗になった入れ込み座敷から表へ逃げ出そうとする子供と、あまりの恐ろしさに動けなくなった子供がもつれ合って混乱に陥《おちい》り、数人が負傷する事態となった。うち一人は、腕の骨を折っている。

善兵衛が子供たちの家を一軒ずつ詫《わ》びてまわったものの、腕の骨を折った子供の家では父親がひどく立腹しており、子供に会わせてくれなかった。「あんたのとこを信用して娘を預けたってえのに、一体どうしてくれるんだ」と詰《なじ》られ、せせらぎに帰ってきた善兵衛は、肉付きのよい頬《ほお》がたった一日でやつれたように見

言ってよこす家もあったという。「金勘定ばかりに目先がいって、気が弛んでいるのではないか」と嫌味《いやみ》を言ってよこす家もあったという。

「やっぱりさ、ひなちゃんはおれと組むべきだったんだよ」

がらんとした休み処に視線をやりながら、清一郎がつぶやいた。二台の道具をどういう組み合わせで受け持つか、揉《も》めたことを言っているのだ。

主人公のだるまが描かれた硝子板をいかに手際よく操ることができるかが、写し絵の出来を占う鍵であった。描いた当人に任せるのが順当だとする耕太と、重要な役どころを担わされるのは女子にとって荷が重かろうとする清一郎の言い分は、真っ向から対立した。

清一郎がひなたに心を寄せていることには、耕太もうすうす感づいている。清一郎は信頼のおける、いい男《やつ》だ。でも、このところめっきり娘らしくなった妹を託すことができるかというと、そこはそれ、猥《みだ》りがましい下心には己れも覚えがあるだけに、すんなり承知するわけにはいかない。とはいえ、勝次と組ませるには、もっと別の次元で不安がある。

耕太は己れの言い分を押し通して、ひなたと組むことにしたのだった。

「四人で話し合って決めたことじゃねえか。蒸し返すなよ」

耕太はぶっきらぼうな口ぶりで返事をした。正直いって、清一郎の少々ねちっこい性分には、時々いらいらする。

「ほう、はぐらかすのかい」

清一郎が、むっとした顔で言い返した。

「よしてよ、二人とも」

ひなたが割って入った。

「悪いのは、このあたし。前の晩に、だるまの色を塗り直したりしなきゃよかったの」

「そうだよ。おめえが余計なことをせずにいれば、こんなことにはならなかったんだ」

そう言って口を尖《とが》らせた勝次を、

「勝次、おまえは黙ってろ」

すかさず咎《とが》めたときだけ、耕太と清一郎の声が重なった。

ひなちゃん、と台所のほうで声がした。普段着に着替えたおけいとおようが、内暖簾から顔をのぞかせている。

「あたしたち、帰るね。あとはお願いしていいかえ」

冷ややかな口調だった。二人にしてみれば、耕太たちのうち誰か一人がというより、四人ともがせせらぎに災厄《さいやく》をもたらした張本人だと言いたいに相違ない。

お疲れさま、とひなたが言葉を掛けたが、二人は返事もせずに去っていった。

「おれは端《はな》から乗り気じゃなかったよ」

清一郎が吐き捨てるように言った。

「おい、何だよそれ」

耕太は膝を立ててにじり寄る。清一郎もぐっと胸をそらした。

「写し絵なんて、素人が生半可《なまはんか》な気持ちで出来るものじゃない。土台無理な話だったんだ」

「じゃあ、なんで初めにそう言わねえ。さんざんもっともらしいことを言ってたくせに」

「落ち込んでただろ」

「は」

「おゆりがいなくなって、たいそう沈んでたじゃないか」

清一郎の言葉を、しばしのあいだ反芻《はんすう》する。

「お情けをかけてやったと言いてえのか」

「だったらどうする」

片方だけ持ち上げられた口許に、耕太はかっとなった。

「てめえ、この野郎ッ」

口より先に、手が出た。

「やめろッ、耕ちゃん」

握り拳《こぶし》が、鈍い衝撃を受けて痺《しび》れている。壁の近くに、顔を押さえた勝次がうずくまっていた。清一郎はそっぽを向いて、襟《えり》許を手で払っている。

しまったと思ったが、後には引けなかった。

「勝次、こうなったのは、おめえのせいでもあるんだぞ。鳥塚なんて子供たちに見せたりしなけりゃ、あれほどの騒ぎにはならなかったんだ」

入れ込み座敷は、すっかり暗くなっている。ひなたが着物の袂でそっと目許を押さえるのが、耕太の視界の端に映った。

八

十日ほど経《た》ったが、むしゃくしゃした心持ちは治まらなかった。仕事場に入っても、清一郎や勝次のことを思い出して作業に集中できない。細かな失敗《しくじり》を重ねる己れにも、苛立《いらだ》たしさが溜《た》まっていった。

「兄さん、ちょいと」

せせらぎからもどってきたひなたに声を掛けられたのは、勝手口を出た耕太が、出来の気に入らない玻璃片に石を打ちつけて割っていたときだった。写し絵の会で怪我人を出したあと、せせらぎは門を開けている時間を短くした。奉公人たちの給金は削られるが、今のところ働き口を失う者は出ていない。しかしながら、飼育係の若い衆には、余所《よそ》の花鳥茶屋に引き抜かれてせせらぎを去る者が二人あらわれた。

ひなたもだいぶ心を痛めているだろうに、兄が始終いらいらしているものだから、気を遣ってあまり喋りかけてこない。それがまた耕太には気に食わないのだ。催しをやろうと言い出した兄さんがいっとう悪いと、ひなたも思っているに相違ないのに。

「何か用かよ」

我ながら、つっけんどんな口調になった。

「あのね、おゆりちゃんから文がきたの。尾張藩のお侍さんが玄斎先生に届けてくれて、それを先生がせせらぎへ持ってきてくだすってね」

ひなたが袂から書状を取り出しながら、おずおずと言う。

「宛名があたしたち四人になってたから、せせらぎにいた三人で先に読ませてもらったわ。兄さんも、読んでくれるでしょ」

耕太は石を置いて立ち上がると、黙ってそれを受け取った。自分よりほかの三人が先に読んだというのが癪《しゃく》に障ったが、均整のとれた文字で「ひなちゃん、耕太さま、清一郎さま、勝次さま。お変わりなくいらっしゃいますか」と書いてあるのを目にすると、どうでもよくなった。

江戸を発って十日ほどで名古屋城下に着いたこと。関口月旦の計《はか》らいで、薬種《やくしゅ》問屋「古賀屋」方に身を寄せる運びになったこと。そこの内儀が本草の素養を持ち合わせた人で、おゆりは内儀の身の回りの世話をしながら日々をすごしていることなどがつづられている。

読み進めるにつれ、耕太の眉間に皺が寄った。

「おい、これって……」

まるで下働きの女中じゃねえか、という言葉を辛《かろ》うじて飲み込む。

朝は暗いうちに起きて井戸の水を汲み、台所の水瓶《みずがめ》を満たしておかないといけないのだが、苗嶋にいるときのおゆりは、むろんそんなことはしたことがないので、井戸端から台所へ手桶を運ぶあいだに水がこぼれ、幾度も往復しなければならないという。廊下の雑巾《ぞうきん》掛けも、見るのと実際にやるのとは大違いで、そんなのろまなことではいつまで経っても掃除が終わらないと、女中頭に小言《こごと》をいわれたそうだ。夕餉《ゆうげ》のあと、内儀と一緒に本草の絵手本を見ながら絵筆を執ったものの、居眠りをして呆《あき》れられてしまった、ともしたためられている。

しかしながら、泣き言は一つも書かれていなかった。か弱そうに見えて芯は逞《たくま》しいおゆりのことだ、自分が言い出して始めたからには弱音なんて吐くものかという気概が、行間から立ち昇ってくるようである。

ふいに、文をしたためているおゆりの姿が目に浮かんだ。床に入る前のひととき、眠い目をこすりながら筆を執ったことだろう。新しい土地での暮らしに浮かれ、文を書く暇がないのだろうと考えた己れの浅はかさが恥ずかしかった。

文をいま一度、読み返して、耕太は一つ息をした。

「今のおれたちをおゆりが見たら、どう思うだろうな」

ひなたの顔に、苦笑が浮かんでいる。

「清さんと勝っちゃんも、仲間割れなんかしてる場合じゃないって言ってた」

ちっぽけな意地など打《う》っ遣《ちゃ》って、「身体に気をつけて励め」と、温かく送り出してやるべきだったのだ。そうすることができなかった悔《くや》しさと情けなさで、鼻の奥がつんと痛んだ。

九

「帰っとくれ。あの日から、おきみはずっと寝たきりなんだぞ」

写し絵の会で腕の骨を折った女の子はおきみといい、錺《かざり》職人の父親と二人で池之端仲町の裏店《うらだな》に住んでいた。耕太たち四人が戸口で訪《おと》いを入れるなり、父親は仕事場にしている板の間から土間へ飛び降りてきて、先頭にいた耕太を睨みつけたのだった。

ここへ来る前、耕太は清一郎と勝次の二人と、気まずい別れ方をしていらい初めて顔を合わせた。男三人は「よう」と言ったきり、ぎこちなく黙り込んだが、目の周りを黒ずませている勝次に、「まだ痛むか」と耕太が訊ねかけると、「見た目ほどじゃねえ」といって勝次はにっと歯を見せ、「おまえは、がきの頃からしょっちゅう青あざをこしらえてたよな」と清一郎が混ぜっ返した。その様子を見たひなたが、「みんな、おゆりちゃんには負けちゃいられないわね」と言い、男たちは互いの目を見交わしてかたくうなずきあったのである。

「おれたち、お見舞《みま》いにきたんです。頼むから、おきみちゃんに会わせてもらえませんか」

耕太は腰を折ったが、おきみの父親は険しい目で見返すばかりだ。

「物分りの悪い連中だな。うちの子がどんなに怖い思いをしたか、あんたたちにはちっともわかってねえ」

耕太の後ろから、ひなたがついと前に出る。

「お願いします、おきみちゃんにお詫びを言わせてください。許してもらえるとは思ってません。けれど、あたしたち、いっぺんも謝《あやま》ってないんです」

「何べん言えばわかるんだ。あんたたちの顔を見ると、おきみは嫌な思いをしなきゃならないんだよ」

「おれは、おきみちゃんに許してもらいてえ。そうしないと、二度と写し絵の会が出来なくなっちまいますから」

耕太はつい、本心を口にしていた。半端《はんぱ》なかたちのまま、催しを止めたくない。

「あ、あんた、うちの子をあんな目に遭わせておいて、まだそんなことをほざくのか」

父親が唇をわななかせた。ひなたもさすがに絶句して耕太を見上げ、清一郎と勝次は、何も言えずに黙っている。

うす暗い戸口に、沈黙が流れた。

「お父っつぁん」

奥に見えている枕屏風の向こうで、女の子の声がした。父親が振り返り、部屋に上がっていく。

耕太たちはしばらくのあいだそこで待った。父親と娘の低いやりとりが聞こえてくる。

「おきみが、あんたたちに会ってもいいと言ってる」

上がり口までもどってきた父親が、苦々《にがにが》しい口ぶりで告げた。

四人は、おきみの寝かされている蒲団《ふとん》を囲んで腰を下ろした。おきみは、せせらぎで死んだ鳥はどうなるのかと訊ねた子だ。夜具から出ている細い右腕に、添え木が当てられているのが痛々しかった。

「おきみちゃん、すまねえ。おれたちのせいで痛い目に遭わせちまって」

枕許に坐った耕太が手をついて頭を下げると、あとの三人もそれにならった。

「ごめんね、おきみちゃん。真っ暗になって怖かったよね」

「この通り、詫びを言わせておくれ」

「おいらたちが悪かったんだ」

耕太は、おきみの父親に膝を向け、ふたたび頭を下げた。

「こたびは娘さんに怪我をさせちまって、まことにすみませんでした」

ひなたたちも、口ぐちに詫びを入れる。

父親の表情が、少しばかり和らいだ。

おきみが、耕太のほうへ顔を傾けた。

「ねえ、お兄さん。写し絵の会を、またやってくれるよね」

「え、そいつは、まだわからねえが……」

さっきは思わず本音が飛び出したが、じっさいのところ、どうにも答えようがない。次回うんぬんの前に、子供たち一人ひとりに詫びてまわらなくてはいけないことは、耕太も承知している。

「おきみね、そのときはきっと行くよ」

「おめえ、怖くねえのか。あんなのは二度とごめんだって泣いてたじゃねえか」

そう言って膝を進めた父親に、おきみがにっこりと微笑んだ。

「怖いのよりも、仕舞いまで見られなかったのが心残りなんだもん。ほかの子たちもそうだと思うよ」

「おきみちゃん……」

枕許をのぞき込んだひなたへ、おきみが目を向ける。

「お姉さん、一つ、注文をつけたいんだけど」

「なあに、何でも言って」

「だるまさんを描いた人に言っておいて。いま少し、絵の稽古をしたほうがいいよ。赤く塗られた瓢簞《ひょうたん》のお化けみたいで、実のところ、初めからおっかないと思ってたの」

一瞬おいて、勝次が小さく噴きだした。ひなたは何とも言えない表情になっている。顔を下に向けたまま肩を震わせている清一郎を見て、耕太も笑いをこらえきれなくなった。

せせらぎにもどる道すがら、ひなたは頰を膨らませていた。

「どうせあたしは絵が下手《へた》ですよう」

「そうぷりぷりすんなよ。瓢簞のお化けってのも、描こうとして描けるもんじゃ

れている。

「稽古をすれば、茄子《なす》のお化けくらいにはなるかもしれないよ」

勝次に茶化《ちゃか》され、清一郎に珍妙な慰《なぐさ》めの言葉を掛けられて、ひなたは一層むくれている。

せせらぎに着いたのは八ツ半（午後三時頃）をまわった頃合いだった。声を弾ませながら歩いてきた四人だが、表門の前にさしかかった途端、笑いを引っ込めた。門からお増が出てきたのだ。

「伯母さん」

うつむき加減に歩いていたお増は、耕太に呼び止められてはっと顔を上げた。

「ああ、耕太。ひなたも……」

「どうしたんだい。まさか、布袋庵で何かあったんじゃ」

案じ顔でのぞき込む甥に、お増は目をしばたたいたのち、いつもの大らかな笑顔をみせた。

「いやだ、何て顔をしてんだい。うちの人にちょいと用があったんだ。おまえが気にすることはないよ」

軽く手を振って去って行ったが、耕太には無理にこしらえた笑みに見えた。

四人は無言で門をくぐった。池の周りに花菖蒲《はなしょうぶ》が咲き、鳥たちが妻問いの真《ま》っ只中《ただなか》にあるこの時季は、例年ならば多くの見物客で賑《にぎ》わい、庭の其処《そこ》ここで笑顔がはじけているのだ。それが、庭を歩いている客は十人に満たず、鳥たちのさえずりもどこか湿っぽく耳に響く。

空を覆う雲の切れ間から、弱々しい光が休み処の門口に射し掛けていた。小さな陽だまりの中で、およう と立ち話をしている客がいる。茶色っぽい着物に羽織をまとった後ろ姿だが、法体《ほったい》の頭と猫背には見覚えがあった。

こちらに気づいたおようが、手で示しながら客に何やら話している。客が後ろを振りむいた。

「馬琴先生、こんにちは」

耕太たちの前に出たひなたが、声を投げて駆け寄っていく。だが、馬琴はひなたには見向きもせず、大股で耕太に歩み寄ってきた。

「兄さん、待っておったぞ」

言うなり、馬琴はがばりと耕太に抱きついた。老人にしては背の高い馬琴だが、上背は耕太のほうがあるので、しがみついたというほうが当たっている。そして、老人とは思えぬ馬鹿ぢからで、馬琴は耕太の身体をぎりぎりと締めつけてきた。

「く、苦しい」

声を漏らすと、馬琴は力を弛め、こんどは耕太の両手を取ってこれでもかと揺さぶった。

「でかしたぞ、兄さん。この曲亭馬琴、厚く御礼申し上げる」

馬琴の目が、涙に濡《ぬ》れている。

何がどうなっているのか、ちっとも飲み込めない。ひなたたちも、呆気《あっけ》にとられている。

「あの、どうかなすったんですかい」

耕太は恐るおそる訊ねかけた。馬琴の涙には、鬼気迫るものがあった。

馬琴がはっと手を離した。二度、三度、咳払いをする。

「宗伯の病が快方に向かい始めたのじゃ。手足の痺れが消え、むくみも取れつつある」

「宗伯さんが……。そりゃ、よかったじゃねえですか」

「シーボルトというたか、阿蘭陀の医者に、兄さんが口をきいてくれたおかげじゃ。わしはもう、ここで命が果てたとしても惜しゅうない」

話すうちに、馬琴はまたしても感極まったふうだ。

「先生、ようございましたね」

ひなたも、目尻を指で拭っている。

「病が快癒《かいゆ》すれば、宗伯が嫁を取るのも夢ではなくなる。倅の一本立ちする日が、ついに訪れるかもしれんのじゃ」

声を震わせ、馬琴が袖口《そでぐち》をきつく目許に押し当てた。

その姿を、耕太はいささか複雑な気持ちで見つめた。子が一人前になるということが、親にとってこれほど喜ばしいものなのかと、今さらながら考えさせられたのだ。

おのずと我が身を省《かえり》みる心持ちになる。己れはまだ、一人前には程遠い。このたびの一件で、つくづく身に沁みた。

あとどれだけ足掻けば一人前になれるのだろう、と耕太は思った。

凜《りん》として大《おお》瑠《る》璃《り》

一

「して、どのような具合であった」

枯茶《からちゃ》の単衣《ひとえ》に白っぽい羽織《はおり》を重ねた松前藩の隠居・道広公が、肘《ひじ》をついた脇息《きょうそく》から上半身を乗り出した。しゃんと伸びた背筋や、彫りのくっきりした目許《めもと》に宿る光を見ると、とても七十の坂を越しているとは思えない。

ご隠居と向かい合っていると、勝次の心身はきりりと張りつめる。それでいて、奥行きをもった眼差《まなざ》しには、何もかもをすっぽりと包み込まれるふうな安らぎもある。そうした感じがどこからくるのか、ご隠居の前に出るたびに、勝次は不思議な心持ちがする。

「へえ、先様はたいそう喜んでいなさいやした。底箱にあしらった蒔絵《まきえ》を、見事なものだと申されまして」

ご隠居は「さようか」と目を二、三度しばたたいて肩を後ろへ引き、床《とこ》の間《ま》に据《す》えられた鳥かごへ視線をめぐらせた。松前藩上屋敷の、母屋《おもや》から渡り廊下でつながった離れの一室である。

丸みを帯びた円筒形の鳥かごでは、極黄《ごくき》の金糸雀《カナリア》が止まり木に羽を休めていた。

これと同じ色合いの金糸雀が収められた鳥かごを、勝次は本所《ほんじょ》へ届けにあがってきた。親方の富十が、ご隠居の注文を受けてこしらえた品だ。

「して、どのような具合であった」

道広公の指先が、脇息の縁《ふち》を小刻《こきざ》みに叩《たた》いている。今しがたの受け応《こた》えが、的《まと》をはずしていたことを示しているのだ。背筋にぴりっとしたものが走り、勝次はしばし思案する。

「ええと、先様は蒲団《ふとん》で横になっていなさいやしたが、あっしが鳥かごをお持ちすると、起き上がってご覧になりやした」

成願寺《じょうがんじ》という寺の裏手にある一軒家へ届けた鳥かごは、そこに住まう老女の見舞《みま》いにとあつらえられたのだった。

「顔色は、いかがであった」

「へえ、お悪くはなかったんじゃねえかと」

道広公の指先が動きを止めたのを見て、勝次はわずかながらほっとした。少しばかり気難しいところのあるご隠居で、藩主であった時分には、間の抜けた応対をした家臣を、手にしていた木剣でめった打ちにしたこともあるらしい。

もとは百姓家だったのを手入れしたとみえる風雅な住まいで、老女は身の回りの世話をする女中と二人で暮らしているようだった。齢《とし》のころ六十くらいか、目の下に刻まれた皺《しわ》は深く、頬《ほお》の肉は削《そ》げ落ちて頬骨ばかりが目立っていたが、こちらに向けられる眸《ひとみ》や鳥かごを指さす仕草には端然《たんぜん》とした風情《ふぜい》が漂《ただよ》っており、かつてはさぞや美貌《びぼう》であっただろうと思われた。

「全体を朱塗《しゅぬ》りにしたのが、ことにお気に召《め》されたみてえで。朱色の鳥かごと極黄の金糸雀が、身体《からだ》の底に淀《よど》んだ力を湧《わ》き立たせてくれるようだと」

女中に肩を支えられながらも気丈にふるまっていた老女を、勝次は思い返した。

「そうであろう。あれは粋《いき》を心得た女子《おなご》ゆえ。やはり、朱塗りにしてよかった。そちの親方は、いささか気に食わぬ顔をしておったが」

ご隠居が、皮肉っぽく口の片端《かたはし》を持ち上げた。鳥かごが派手な色味だと病人の気が休まらないのではないかと控《ひか》えめに言上《ごんじょう》したと、勝次は富十から聞かされている。勝次も親方と同感であった。

しかし、鳥かごを覆《おお》う布が取り除かれたときに老女が見せた眸の輝きを思えば、ご隠居の見立てに軍配を上げざるをえない。あの老女の好みに、よほど通じているのだろう。だが、二人がどんな間柄であるのか、なにゆえ道広公ご当人が見舞いに行かないのかといった疑問を、口にすることはできなかった。注文主みずからが話さぬ限り、客の内情には立ち入らないのが、富十親方の信条なのだ。

ピュルル、ピュルルルル。

鳥かごの金糸雀が、軽やかにさえずった。

人の世のあれやこれやなぞ知ったことかと唄《うた》っているふうでもある。

勝次が暇《いとま》を告げると、ご隠居は「おお、そうじゃ」と何かを思い出した顔になり、ほかに誰もいない部屋をぐるりと見回して手招きした。

膝《ひざ》でにじって近づくと、勝次の耳許でご隠居が声をひそめる。

「……してくれ。このことは、くれぐれも内密に頼むぞ。よいな」

念を押す重々しい口調に、勝次は身の引き締《し》まるような心持ちでうなずいた。

松前藩邸を辞《じ》して往来《おうらい》へ出ると、灰色の低い雲に覆われた空が広がっていた。息を吸うと、湿気で肺が重苦しくなる。季節が梅雨《つゆ》に入ったのだった。

西へと歩きだしながら、勝次はしぜんとうつむき加減になった。大名屋敷の長《なが》屋塀《やべい》が延々と続く通りに、そこだけぽつんと埋《う》め込まれるふうにして、小島町の町人地がたたずんでいる。通りに面した商家の軒先《のきさき》には、花をつけた紫陽花《あじさい》が植わっているが、どこか色が冴《さ》えない。

去年の今時分も、勝次はここを歩いた。山雀《やまがら》の鳥かごを注文してくれた女の住まいが、このあたりにある。あつらえの打ち合わせで、幾度《いくど》か通った。

あの折《おり》の気持ちを何と名付ければよいのか、今でもわからぬまま、思い出すと咽喉《のど》の奥がきゅうっと絞《しぼ》り上げられたようになる。

今しも、前を歩いていた人影が、路地を入っていった。

勝次ははっと足を止めた。男の横顔に、見覚えがある気がしたのだ。

いや、待てよ。今日が幾日であったか、暦《こよみ》の日付をたしかめる。

人影を飲み込んだ路地は、うす暗く翳《かげ》っている。

人違いのようだった。どうも、物思いに取り憑《つ》かれたらしい。己《おの》れの女々《めめ》しさに苦笑して、勝次は足を早めた。

二

「すると、ご隠居さまは、ずっと郷里の土を踏めずにいなさるんですか」

ひなたが眉《まゆ》をひそめた。

「まあ、そうなるのう。およそ三十年にもなろうか」

松前藩の道広公がそれだけの歳月を江戸藩邸にて送ってこられたのだと、立花玄斎は頬から顎《あご》にかけて伸びた長い鬚《ひげ》を撫《な》でている。焦茶《こげちゃ》の裁付袴《たつつけばかま》を穿《は》き、羽織をまとった出《い》で立ちは、勝次たちが玄斎の手習い所へ通っていた時分から見慣れた姿であった。

「そいつは、だいぶ長《なげ》えな」

眼鏡《めがね》職人の修業に励《はげ》んでいる耕太が、日々の作業で皮膚が固くなり、色も黒ずんだ親指の先を見つめ、

「うちの親父《おやじ》だって、先代から店を継いでまだ十五年なのに」

商人らしく物腰の柔らかな口ぶりで、清一郎が首を横に振った。

花鳥茶屋「せせらぎ」の休《やす》み処《どころ》には、玄斎と勝次たちのほかに客はない。座敷に置かれた卓を囲んで、勝次の隣にはひなたが坐《すわ》り、向かいには、玄斎を真ん中にして耕太と清一郎が並んでいた。

ひと口に三十年といっても、勝次にはぴんとこなかった。ただ、富十親方が十二のときに修業に入り、今年で四十八になることを鑑《かんが》みれば、生半《なまなか》な年数でない

とだけは見当がつく。

声を低くした玄斎が語るところによると、三十年のあいだに、松前藩の領地がある蝦夷《えぞ》を取り巻く状況は、めまぐるしく移り変わってきたという。道広公は齢《よわい》四十の手前で藩主の座を公儀によって追われ、江戸への出府を強《し》いられたのであった。

「ご当人にすれば甚《はなは》だ承服しかねる御沙汰《ごさた》であったとお察しする。その時分のことは、わしも人づてに聞くよりないが、江戸に出てきたご隠居さまは、それはもう豪奢放縦《ごうしゃほうじゅう》な日々を送っておられたらしい」

小判をつづり合わせて襦袢《じゅばん》に仕立てたり、遊郭《ゆうかく》へ通う途中のぬかるんだ往来に刻み煙草《たばこ》を敷《し》き詰《つ》めて歩きやすくする、といった具合だ。吉原の花魁《おいらん》を落籍《ひか》して市中に囲ったりもしたそうだ。

不行跡の数々がお上の耳に届き、道広公は永蟄居《えいちっきょ》を申し渡された。およそ十四年ばかりして謹慎《きんしん》は弛《ゆる》められたものの、今に至るまで江戸に留《とど》まっておられる。

「せっかく花魁を身請《みう》けしなすったのに、長いことお屋敷を出られないなんて。なんだか、お気の毒ね」

ひなたがしんみりとつぶやくのを耳にして、あの老女かもしれない、と勝次は思い当たった。身ごなしの端々《はしばし》に滲《にじ》み出る気高さ、品のよさは、そんじょそこらの老婆と一緒くたにできるものではなかった。ご隠居みずから本所の妾宅《しょうたく》へ鳥かごを届けようとなさらない裏には、きっとよんどころない事情が秘められているに相違ない。

二人の上に降り積もった歳月の厚みがいかほどのものか、勝次には見当のつけようもない。けれど、ほんの少し想像しただけで胸がしめつけられるようだった。そして、己れが大人の領分に足を踏み入れた気がして、やたらと心がしびれた。

「そうじゃ、ご隠居さまの話で思い出した。このたび、馬琴どのの末娘――おくわどのの縁組がととのうての」

いささか感傷に傾きかけた休み処に、玄斎のからりとした声音《こわね》が通った。

「えっ、馬琴先生に娘さんが。お幾つなんですか」

「同朋町のお宅へうかがったときには、気がつきませんでしたが」

ひなたと清一郎が目をぱちつかせる。

「さよう、二十七と申されたか。控えめな娘御ゆえ、ふだんは家の奥にいて針仕事などしておられるようじゃ」

「それじゃ、宗伯さんの妹さんってことですか。ちっとも知らなかった。なあ、勝次」

耕太から同意を求められて、勝次はわずかにうろたえた。

「え、えっと、おいらはご隠居さまのお屋敷へうかがったときに、ちょっとだけ耳にした」

「ふうん」

耕太が何か言いたそうにしたが、玄斎が話を続けた。

「この縁組には、道広公が一役買われての」

おくわが嫁《とつ》ぐのは、宇都宮《うつのみや》藩の上屋敷で用人《ようにん》をつとめる渥見《あつみ》家であった。用人というのは、藩の財務や内外の雑事をつかさどる役目である。宇都宮藩邸は松前藩邸と通り一本隔《へだ》てた向かいにあり、用人どうしが日ごろから何かと行き来していた。そうしたつながりから、渥見家で嫁を求めているという話が、松前藩の用人を通じて道広公の耳に届いたのだった。

「ご隠居さまに娘さんの縁談まで取り持ってもらって、先生は恐れ入っておいででしょうね」

ひなたに言われるまでもなく、耕太や清一郎の脳裡《のうり》にも感極まった馬琴の顔が思い浮かんだようだ。二人して、大きくうなずいている。

馬琴の末娘が冬に祝言《しゅうげん》を挙《あ》げるという話は道広公から聞かされたものの、自身の手柄についてはひと言も触《ふ》れられなかったことに、勝次は返すがえすも感じ入った。

「あたし、お茶を淹《い》れてきます」

ひなたが思い立ったように腰を上げ、台所へ入っていった。昼すぎから、先《せん》だっての写し絵の催《もよお》しに来てくれた子供の家へ四人で出向き、せせらぎに帰ってくると、禽舎《きんしゃ》の鳥の往診をすませた玄斎が休み処にいて、茶を出す間もなく話が始まったのだった。数日前に松前藩邸を訪ねたと勝次が口にしたのがきっかけとなり、道広公の過ぎ去りし日々へと話の穂先《ほさき》が振れていったのである。

盆《ぼん》を抱えたひなたがもどってきた。めいめいの前に湯呑《ゆの》みを置いて、ふたたび勝次の隣に膝を並べる。

玄斎が、茶をひと口すすった。

「そろそろ、子供たちの家をひとめぐりした頃じゃろう。どんな具合じゃな」

勝次たち男三人は、湯呑みへ伸ばしかけていた手を引っ込めた。ひなたは、膝に置いた手許を見つめている。

「ふむ、風向きは芳《かんば》しくないとみえる」

湯呑みを卓に置いて、玄斎が口をすぼめた。

鴨《かも》料理屋「布袋庵」で客に出しているのはせせらぎで死んだ鴨だという風聞《ふうぶん》が広まって、およそひと月になる。もちろんでたらめだが、布袋庵とせせらぎでは客足がめっきり落ち込んだ。逆境を撥《は》ね返そうと、勝次たち四人が音頭をとって写し絵の催しを開いたものの、不手際が重なって混乱を招き、さらに評判を落とす結果となってしまった。

あの晩、催しに来た子供は十五人。つごう十軒の家から子供が集まった寸法になる。勝次たちは、腕の骨を折ったおきみを見舞ったのを皮切りに、残りの家も、折をみて一軒ずつまわっていた。

子供の齢はおよそ五つから十二、三といったところで、四人への応じ方もさまざまであった。「筋立ての結末が気になるから、近いうちにまた催しを開いてくれ」という者もいれば、四人を目にした途端《とたん》、暗闇に閉ざされた休み処を思い出して身体が震え出す者もいて、子供たちをどれほど傷つけたのか、勝次は事の重大さをあらためて思い知った。

そういう家では、親も気が立っており、

「他人様《ひとさま》の子を預かってるってわきまえが、本当にあったのかえ」

「十《とお》にもならねえ子を集めるんだったら、いざってときの逃げ口くらいは知らせておくものだろう」

手加減なく浴《あ》びせられる嫌味《いやみ》や叱責《しっせき》に、四人はひたすら頭《こうべ》を垂《た》れるよりない。

今日、訪ねた家の男の子は、急に真っ暗になったのがいい意味で五感を刺戟《しげき》したらしく、ぞくぞくして堪《たま》らなかったというのでこちらも救われたものの、そうでなかったら四人ともくたびれ果てて、玄斎と話をする気力もなかっただろう。

「いったい、誰がどういうわけで、あることないこと言い触らしておるのじゃろうか」

眉間《みけん》に皺を寄せた玄斎が、宙を睨《にら》んだ。

「うちの頭取も、同業のいやがらせじゃないかと見込んでたんですけど、これといった目星がつかないみたいで。香具師《やし》の親分にも頼んで、ほうぼうに探りを入れてもらってるそうなんですが、なかなか……」

ひなたが力なく首を振る。せせらぎ頭取の善兵衛は、ひなたにとって伯父《おじ》にあたる。

「布袋庵のほうはどうなのじゃ」

「はあ、そっちも似《に》たようなもんでして。このごろは、あらかじめ座敷を押さえてある客よりほかは引き受けてねえんだとか」

応じたのは耕太だ。布袋庵を切り盛りするのは善兵衛の女房お増、つまりは耕太とひなたの伯母《おば》であった。布袋庵で飲み食いした客が腹を下したなどと、風聞に尾ひれまで付いた日にはもうお手上げだと、お増はじっさい、耕太に両手をひらひらして見せたそうだ。

耕太が、腿《もも》の上に握りしめた拳《こぶし》へ目を落とし、ゆっくりと顔を上げた。

「おれ、もういっぺん写し絵の催しを開きてえんです。おれたちの顔を見るのも嫌だって子の気持ちはわかる。でも、おきみちゃんに約束したんで」

「そうは言うても、親御さんたちの承諾を得るのは容易ではなかろう」

玄斎が顔をしかめる。

「お師匠さまに異を唱えるつもりはありません。でも、もともとは根も葉もねえ風聞を吹き飛ばそうと、四人で案を練《ね》った催しなんでさ。半端《はんぱ》なかたちで止めると、おれたちの本意ではねえ受け取られ方を、世間にされそうな気がして」

耕太が催しにこだわるのも、勝次にはもっともだと思えた。言いだしっぺの意地もあって、引くに引けない気持ちなのだろう。

いま一度、挑《いど》みたいのは、勝次も同じだ。何といってもせせらぎが好きだし、催しが人寄せの景気づけになるなら、次こそうまくやって客を呼び込みたい。

おいらは断然、耕ちゃんを後押しする。そう言おうとしてふと目をやると、肝《かん》心《じん》の当人がもじもじしている。

「あのよう、おきみちゃんとの約束もあるけど、それだけでもねえっていうか……」

「何が言いてえんだ、耕ちゃん」

「ええと、ちっと失敗《しくじ》ったぐれえであきらめたら、名古屋にいるおゆりに笑われちまうだろ」

「は」

「こんどおゆりに会ったとき、恥ずかしくねえ男になっていたくてよう」

うへえ、と勝次は思った。恋は人を盲目《もうもく》にするというが、手前がいっち恥ずかしいことに、耕太は気づかないのだろうか。

さりげなく視線をずらすと、清一郎がぶすっとした顔をしている。

勝次がひやりとするのは、こんなときだ。

耕太と清一郎は勝次より二つ齢上で、子供時分からいつも二人でつるんでいた。似た者どうしだから仲がよいというより、思い立ったらまっしぐらの耕太が持ち合わせていないものを、常に沈着な清一郎が備《そな》えているゆえに馬が合うのだと勝次の目には映った。読み書きにしろ算盤《そろばん》にしろ、ふたりは競《せ》り合うことで互いを磨《みが》いていた。

勝次と同い齢で手習い所へ通っていたのはどういうわけか女子ばかりで、読み書き算盤のいずれも、連中は勝次など話にならぬくらい習得するのが早かった。それだけに、勝次は齢上の二人がうらやましかった。一方で、常に張り合っていては疲れるだろうな、と思ったりもした。

先だっての催しにしても、さして乗り気とも見えなかった清一郎が、どう折り合いをつけて取り組んだのか、勝次はいま一つ量《はか》りかねている。

催しが不首尾に終わったあと、二人のあいだには不穏な空気が漂った。勝次が割って入り、ひびを大きくすることは免《まぬが》れたものの、それは上辺《うわべ》にすぎず、かえってもやもやを目に見えないところへ押し込めたようでもある。

耕太がおゆりのことを持ち出したのは、いかにもまずかった。四人が気持ちを一つにしなければならないときに、手前ひとり臆面《おくめん》もなく惚気《のろけ》られては、清一郎でなくても顔をしかめたくなる。

瞑目《めいもく》して鬚を撫でていた玄斎が、静かに目を開いた。

「進むも退《ひ》くも、おまえさん方しだいじゃ。くれぐれも、悔《く》いなきようにな」

三

玄斎が腰を上げると、耕太と清一郎も帰るといって立ち上がった。

清一郎は、鳥かごの飛脚《ひきゃく》売りで山のように抱えた売れ残りを捌《さば》くために、毎日せせらぎへ通ってきていたが、このところの客入り不振でそれも埒《らち》が明かなくなったので、升田屋で家業の手伝いに精を出していた。子供の家を見舞うときだけ、父親に断って店を抜けてくる。

玄斎たちを門口で見送ってくると、休み処はやけにがらんとなった。ひなたの朋輩《ほうばい》おけいとおようは、ずっと台所に引っ込んだきりだ。

框《かまち》に足をかけた勝次の耳に、梯子《はしご》段のきしむ音が届いてきた。

「ともかく、これ以上は待てないね」

「弁天堂《べんてんどう》の。そう仰言《おっしゃ》らずに、これ、この通り」

小柄でやせっぽちな男の後から、善兵衛の巨体が身を縮《ちぢ》めながら降りてくる。

男は池之端界隈《かいわい》を取り仕切る香具師の親分で、弁天堂の留蔵《とめぞう》と呼ばれていた。頭取をつとめる善兵衛も、じっさいの金主である留蔵には頭が上がらない。

勝次たちが子供の見舞いから帰ってきた頃合いに、留蔵も善兵衛を訪ねてきて、二階にある頭取の詰所で何やら話し合いをもっていたのだった。

「そう拝《おが》まれたところでねえ。門を開けたら開けただけ損《そん》が出るとなれば、あたしも黙って眺《なが》めてるわけにゃいかないんだよ」

「それはごもっともですが」

両の手を揉《も》む善兵衛に、留蔵が、ふんと鼻を鳴らした。

「悪いことは言わねえ。善兵衛さん、引き際を思案してはどうだね」

善兵衛が目をしばたたいたのを、勝次は見なかったふりをした。ひなたも、空《から》になった湯呑みをひたすら盆へ集めている。

「あ、あとひと月。ひと月だけ、待っていただけませんか」

「待って、どうにかなるのかえ」

「も、催しをいま一度、開きまして、巻き返しを図りたいと」

店座敷の中ほどまで進んだ留蔵が立ち止まり、善兵衛の視線の先にいる勝次とひなたに一瞥《いちべつ》をくれた。

勝次は、ひなたの手許にある盆から濡《ぬ》れ布巾《ぶきん》を摑《つか》みとり、がむしゃらに卓を拭《ふ》いた。

「巻き返せるのかね」

「も、もちろんですとも」

善兵衛が応えたのち、ちょっとの間があった。

「ひと月だよ」

草履《ぞうり》に足を入れるついでにひっそりと言い置いて、留蔵が戸口を出ていった。

その後に、善兵衛が続く。

勝次は布巾を持つ手を止めた。手のひらに、どっと汗が滲む。ひなたも、土間のほうを心細そうに見つめている。

やがて、善兵衛が首の付け根を手で叩きながらもどってきた。

「伯父さん、お茶を淹れましょうか」

声を掛けたひなたに、

「そうだな、頼もうか」

框を上がった善兵衛が応え、勝次のいる卓にきて腰を下ろした。ひなたが台所へ下がっていく。

勝次はなんとなく気まずくて、いがらっぽくもない咽喉を鳴らした。

「その顔だと、聞いていたんだろう」

苦《にが》く笑った善兵衛の、目許に濃い影が差した。

「あの、頭取。もういっぺん、写し絵の会をやるんですかい」

遠慮がちに訊《たず》ねると、善兵衛はくぼんだ目でまばたきをした。

「さて、どうとも……。ああでも言わないと、話がそれきりになりそうだったからね。しかし、親分の言うとおり、このへんが潮時なのかもしれぬなあ」

長々と嘆息《たんそく》した善兵衛は、首筋を伸ばしながらひとめぐりさせる。身体の内側で何か固いものの砕《くだ》ける音が、勝次の耳にも伝わってきた。

台所を出てきたひなたが、伯父の前に湯呑みを置き、勝次の隣へかしこまる。

善兵衛は湯呑みを掴むと、飲むというよりあおるといった態《てい》で茶を干した。

ふだんの善兵衛は、熱いものが不得手《ふえて》でちびちびと茶をすする。それをわきまえているひなたが、台所へ下がっているあいだに何を喋《しゃべ》ったのかと横から目顔で問うてくる。

勝次は首を振って返すよりほかない。

そのとき、戸口に人が立った。

「ちょいとお邪魔しますよ」

「お増、遅かったじゃないか」

勝次が振り向くより先に、善兵衛が声を投げた。腰を浮かしながら、言葉を続ける。

「親分は、もうお帰りになったよ。せっかく、おまえを待っていてくだすったのに」

声音に、苛立《いらだ》ちがむき出しになっている。

「だって、年にいっぺん会えるかって人もいるんだもの。積もる話に花を咲かせてるところへ、刻限がまいりましたので、はい、さようならって、そんな無粋はできないじゃないか」

女としては大柄なお増が、土間に立ったまま肉付きの豊かな腰に手を当て、くっと顎《あご》を突き出す。

「それはまあ、そうかもしれんが……」

善兵衛の声が、にわかに萎《しぼ》んだ。

同門の集《つど》いがあったのよ、とひなたが耳打ちしてよこした。お増は娘時分、日本橋住吉町《すみよしちよう》の師匠宅へ常磐津《ときわず》の稽古《けいこ》に通っていたという。かつて柳橋で芸者をつとめていた師匠の、住まいと稽古所を兼ねた家屋は、もとは裕福な商家の隠居所だったそうで、ちょっとした庭を備えていた。

年に一度、師匠の呼びかけで昔の女弟子が集まり、庭に咲く紫陽花を愛《め》でる会がもうけられる。稽古に通っていた時分は娘であった弟子たちも、十年二十年が経《た》ってどこぞのお内儀《かみ》さんになったり幾人もの子持ちになったりしているが、いずれもなるたけ遣《や》り繰《く》りして顔を出そうとする。

要するに、紫陽花にかこつけて家を抜け出してきた女たちが、飲み食いしながら喋って笑って、ときには涙して、日ごろの憂《う》さを忘れようという集いなのだ。齢が離れていて娘時分に顔を合わせていない者どうしでも、同門のよしみでたちまち打ち解ける。むろん、集まるのは都合がつく者きりで、年ごとに顔ぶれも少しずつ異なるのだが、そうしたゆるやかさが気楽なのだといって、お増も数日前から心待ちにしていたようだ。

「師匠は息災《そくさい》でいなすったのかね」

善兵衛が框へ出て訊ねている。

「ええ、お変わりありませんでしたよ。ただ……」

「どうした」

訊《き》き返されたお増が、ゆるゆると首を振る。

「例の人には、会えなくてね。紫陽花の集まりなら顔を出すだろうと見込んでたんだけど。今か今かと待っていたら、席を立つ機を逃してしまって」

「ふむ、そうだったのか」

やりとりを交わしながら、二人は店座敷を横切っていく。仕舞《しま》いのほうは、ひなたにもちんぷんかんぷんらしく、首をかしげていた。

「なんか、恐ろしくなっちまうな」

梯子段を重い足取りで上っていく二人の後ろ姿を眺めていたら、勝次の口からふいに言葉がこぼれ出た。

何を言うのかと、ひなたの目が訊ねている。

「おいら、常々親方に言われてるんだ。修業奉公をまっとうしたら、町なかに手前の工房を構えろって。自分でも、そういう心積もりだった」

ひなたが小さくうなずく。

「けど、このごろ、ちょっとばかり了簡《りょうけん》が違ってきた。世間ってのは、得体の知れねえ洞穴《ほらあな》みてえだ。一歩足を踏み入れたら、どこに落とし穴が待っているかわからねえ。そんなところで、おいら、ちゃんとやっていけるのかな」

ひなたが視線を勝次から逸《そ》らし、考え込むような顔つきになった。

こいつなら笑い飛ばしてくれる。男のくせに弱気になるんじゃないと叱《しか》ってくれる。そう見込んでいたのに、あてが外れて勝次はにわかに心許なくなった。そして、そんな自分にひどくうろたえた。

四

六月に入り、十日ばかりがすぎても、せせらぎの客入りは一向にふるわなかった。飼鳥屋《かいどりや》を訪ねてくる客も、日に数えるほどである。

富十工房では親方みずから得意先をまわって注文を請け負っているが、鳥かごは日々の暮らしにどうしても入用な品ではないから、数はたかが知れている。

「おい、何だこれは。おめえ、やる気があんのか」

飼鳥屋と部屋続きになっている六畳の仕事場に、富十親方の声が響いた。勝次の前にある、竹ひごで大まかに組まれた骨組みをひと目みるなり一喝《いっかつ》したのだ。

飼鳥屋の手代が、何事かといった顔で振りむいている。

胡坐《あぐら》をかいて細工《さいく》していた勝次は、膝を揃《そろ》えて坐り直した。

「やる気は、ありまさ。でも……」

「でも、何だ」

「こんなことが、いつまで続くんだろうと思って」

「で？」

ぎょろりとした目に真っ向から見つめられて、勝次は返事に詰まった。

「何かい、おめえは世間様がこっちを見てくれてるときは本気を出すが、そうじゃなけりゃ手を抜くってかい」

「そ、そんなつもりは」

「じゃあ、どういうつもりだ」

骨組みの置かれた板の間に、富十が拳をどんと落とす。組み方の甘い竹ひごが、かたかたと鳴って歪《ゆが》んだ。

「職人てえのはな、どんなときも倦《う》まず弛《たゆ》まず手ェ動かすきりのことよ」

富十がいま一度、拳を床に打ちつける。

「魂こめた仕事ができねえなら、とっととやめちまえ」

低い声ながら、圧を感じさせる口ぶりだった。

勝次は視線を膝に落としたまま動けない。咽喉の奥のほうが、何かに塞《ふさ》がれたみたいで苦しかった。

しばしの沈黙のあと、富十が短く息を吐《は》いた。

「ちっと、表の空気を吸ってきな」

「へえ、すいやせん」

頭を下げて、勝次は立ち上がった。

戸口の外には、相変わらず雲に覆われた梅雨空が広がっている。

客の姿は、孔雀《くじゃく》やインコが収まる禽舎《きんしゃ》の前に、ちらほらと見える程度だ。

和鳥のいる禽舎へ、勝次はのろのろと近づいていった。

「苗嶋」の植え溜《う　だ》めで助けられた鶴《つる》が野生へ放たれたのち、鶴はふたたび一羽になった。鶴と金網の仕切りで隔てられた部屋には、大瑠璃《おおるり》や駒鳥《こまどり》、鶺鴒《せきれい》といった鳥たちが収まっている。部屋の中ほどには鳥たちが羽を休められるよう、枝振りをととのえた柘植《つげ》の木が配されているほか、餌《えさ》台が三箇所ほど設《もう》けられていた。

禽舎の前に立った勝次は、しばらくのあいだ何をするでもなく鳥たちを眺めた。己れの手先の不器用さにほとほと嫌気がさしたときなど、よくここへ来る。ふだんなら、鳥たちが餌をついばんだり羽づくろいしたりするのを見ているうちに、少しずつ気持ちが上向いていくのだが、今は色のない絵を目にしているようで味気ないばかりだ。

低い枝にいた駒鳥が、羽ばたいて餌台へ移った。すると、水場を飛び立った大瑠璃が勝次の目の前を横切り、枝の高いところに止まってさえずり始めた。

折しも、頭上の雲が切れ、隙間を透《す》けてきた陽《ひ》が、大瑠璃に射《さ》しかけている。そこだけ青い灯《ひ》がともったようで、勝次の目が吸い寄せられた。

雀《すずめ》をふっくらと肥えさせたような体軀《たいく》。しっとりと艶《つや》を帯びた群青《ぐんじょう》の翼。真綿みたいに白い腹。

どんな鳥も見ていて飽くことがないが、大瑠璃ほど心を惹《ひ》かれる鳥はない。

大瑠璃は、つぶらな眸でまっすぐに前を見つめ、胸を張ってさえずっている。ただひたすらに、思い惑うことなく唄う姿は、凜《りん》としてうつくしかった。

清らかに澄みわたる声に、勝次は時がたつのも忘れて聞き入った。

ふところに手を入れて、小さく折り畳《たた》んだ紙を取り出す。一人前の職人になったら大瑠璃にぴったりの鳥かごをこしらえたいと夢見て引いた図面であった。

広げてみると、紙はくたくたで端が破れそうになっている。毎朝、着替えるときにふところへ忍ばせると、おのずと気持ちも引き締まったものだが、いつしか形ばかりの習慣になっていた。

目をつむって、図面にある鳥かごで大瑠璃が羽を休めているところを想像してみる。

骨組みを解《ほど》いて、一からやり直そう、と勝次は思った。今のままでは、鳥かごの注文主にも、中に収まる鳥にも礼を欠く。なにより、図面を引いた頃の己れに顔向けできない。今できることを、精いっぱいやるほかないのだ。

五

清一郎が耕太と連れ立ってせせらぎを訪ねてきたのは、五日後の昼下がりであった。

その日は写し絵の催しにきていた子供の家へ見舞いに行く手筈《てはず》になっていたが、取り決めた刻限にはだいぶ間があったので、勝次はいささか面喰《めんく》らった。

「親方、すみません。勝っちゃんをお借りしてもいいですか。大事な話があるといって、兄さんたちが押しかけてきて……」

すまなそうに腰をかがめるひなたに、富士は勝次が組み直しにかかっている竹ひごをちらと見やって言った。

「ちょうど、きりがついたところだ。おい、勝次、一服《いっぷく》させてもらってこい」

勝次が道具や材料をざっと片付けて休み処へ行くと、先にもどっていたひなたが、店座敷の隅《すみ》で軽く手を上げた。ひなたの前には、きちんと膝を揃えた清一郎と、胡坐をかいた耕太が向かい合っている。

ほかに客は見当たらないが、土間に脱いである履物《はきもの》はつごう二足ほど多い。勝次にはいずれも見覚えがあった。香具師の留蔵と、布袋庵のお増のものだ。二階の詰所で、善兵衛と資金繰りの話し合いをしているのだろう。

座敷に上がった勝次に、清一郎は目で笑いかけてきたが、耕太は口をへの字に結んでむすっとしている。ひなたは何も聞かされていないらしく、そっと肩をすくめてみせた。

「どうしたんだい、刻限にはちっと早いみてえだけど」

心なしか不穏なものを感じつつ、ひなたの向かいに腰を下ろす。待っていたように、清一郎がふところへ手をやった。一通の文《ふみ》を取り出し、膝の前に置く。

「今朝、おゆりから届いたんだ」

「え、清さんに？　どうして」

ひなたが清一郎ではなく兄に訊ねかけ、

「知るかよ」

ぶっきらぼうに耕太が応じる。

おゆりは耕太といい仲だったはずなのに、清一郎に鞍替《くらが》えしたのだろうか。いぶかしく思ったものの、勝次は黙っていた。これまでの例からいって、こういうときに口出しして割を食うのは、どうしてか己れなのだ。

兄をちらちらと見て、ひなたは文へ手を伸ばすのをためらっている。それを察したのか、清一郎が拾い上げて差し出した。

「ひなちゃん、催しの首尾を報《しら》せたんだね」

「ええ、苗嶋の小父《おじ》さんが向こうに送る品があると仰言るから、便乗させてもらったの」

「その返事が、はじめのほうに書いてあるよ」

「あら、何て」

文を受け取ったひなたが、文面に目を通しながら、声に出して読んでいく。耕太と勝次にも聞かせようとしているのが、口調から伝わってくる。

そこには、硝子《ビードロ》板に描かれただるまの赤い絵の具が溶《と》けてしまった因《わけ》や、それを防ぐ手立てなどがつづられていた。絵の具は膠《にかわ》液と水で溶いて用いるが、ひなたは硝子板に塗るのも紙と同じ塩梅《あんばい》でやっていたようだ。「膠にも幾つか種類があって、持ち味や使い心地が異なるので、様子をみて加減するとよい」とか、「湿気にも左右されやすいから気を配《くば》って」とか、万事に行き届いていて、さすがはおゆりと勝次は舌を巻いた。

「絵というのは一朝一夕に上達するものではないけれど、絵描きのお師匠さんについて手ほどきしていただくのが近道でしょう。馬琴先生なら、どなたかご存じではないかしら。それにしても、瓢簞《ひょうたん》のお化けだなんて、あんまりだわ」

つらつらと読み進めていたひなたが、そこまで口にすることはなかったという顔になった。

絵のまずさを当人なりに悩んでいたのだと、勝次は少しばかりひなたが気の毒になり、しかし腹の底からこみ上げてくる笑いを堪《こら》えることができなかった。清一郎も、口許を弛ませている。

が、つまらなそうに耳の後ろを搔《か》いている耕太と視線がぶつかって、勝次はあわてて笑いを引っ込めた。

「さて、本題はここからだ」

清一郎が膝を乗り出した。ひなたが手にしている紙の上辺をついとつまんで抜き取り、「ここを読んでみろ」と勝次に指し示す。

端正な筆跡に、勝次はちょっとのま見惚《みと》れた。と、耕太の鋭い目が刺《さ》してきて、焦って文面を読みにかかる。おゆりは、名古屋城下、本町《ほんまち》通り筋で薬種屋《やくしゅや》を営《いとな》む「古賀屋」橋右衛門方に身を寄せていると記《しる》してあった。

「何か気づかないか」

「何かって、何を」

首をひねる勝次に、清一郎がじれったそうな声になる。

「古賀屋だよ。鳥かごの飛脚売りを手掛けたとき、いの一番に大口の注文をくれた……」

「ああ」

思い出した。先だっての手紙にも店の名が書かれていたはずだが、清一郎も見落としたとみえる。

「ねえ、何て書いてあるの」

向かいからひなたが声を掛けてくるのに構わず、勝次は目で先を追った。

古賀屋に寄宿した当初、おゆりは何の気なしでいたのだが、主人夫婦に江戸のことを訊かれて応えているうちにせせらぎの話が出て、ではあのときの、と互いに偶然を驚き合ったのだという。

「もう、勝っちゃんたら」

頰をふくらませたひなたに、清一郎が苦笑まじりに応えてやっている。

古賀屋橋右衛門は、天候不順という予測のきかない事由《わけ》があったとはいえ、ぎりぎりになって注文を取り下げたことをすまなく思っていたそうだ。また、その折は物珍しさに惹かれて牡蠣殻《かきがら》の餌蓋《えぶた》が付いた鳥かごを注文したが、雛《ひな》が丈夫に育つ品という謳《うた》い文句に切り替えて商《あきな》いをやり直していることをおゆりから聞くと、清一郎たちの目の付け所に感心するやら、牡蠣末《ぼれいまつ》の扱いもある薬種屋として己れの迂闊《うかつ》さを恥じるやらであったらしい。

それらを踏まえたうえで、古賀屋がいま一度、鳥かごを注文したいと言っている、とおゆりの筆は伝えていた。品は年の暮れまでに納めればよいそうで、ずいぶん悠長な話だと勝次は思ったが、注文の数を見て目を疑った。四十揃《そろえ》とある。こないだの倍の数だ。

「せ、清ちゃん」

思わず声がうわずった。一揃が二百五十文《もん》として、それが四十……。勘定《かんじょう》しようにも、とっさのことで頭が回らない。しかしながら、うまくいけばたいそうな金高《かねだか》になることだけは察しがつく。

ひなたにあらましを聞かせていた清一郎が、勝次に笑顔を向けた。

「仕切り直しだよ、勝次。この前みたいなへまは、もうしない。仔細《しさい》の取り決めについて先方ときっちり話をつけて、それから作業に取りかかるつもりだ」

「うん、わかった」

飛脚売りはあくまでも升田屋の商いで、富士工房には上がりの何割かが入ってくるだけだが、幾らかでも親方や善兵衛の役に立つことができると思うと、少しは面目が立つような心持ちがする。

「おい、勝次。ちょいと待てよ」

耕太が口を開いた。声が尖《とが》っている。

「土壇場《どたんば》で注文を取り下げるような店を、易々《やすやす》と信用していいのかよ。そんなのより、もういっぺん写し絵の催しをやるほうが先だろ」

「でも、耕ちゃん」

今は四の五の言ってられる場合ではないと勝次が言うより先に、清一郎が口を挿《はさ》んだ。

「女のことでうまくいかないからって、人の足を引っぱるのはよせよ」

「は、何だって」

耕太が上体をぐいと前に押し出した。

「顔に書いてあるんだよ。おゆりは何でおれに文をくれねえのかって。女々しいったらないね」

清一郎が冷ややかに言い返す。案《あん》の定《じょう》、腹の底ではもやもやしたものが燻《くす》ぶっていたとみえる。

「おい、もういっぺんいってみろ」

耕太が、胡坐をくずして立て膝になった。

「ちょ、よしなさいよ」

ひなたが左右へ顔を向け、手で押さえてみせるが、二人は見向きもしない。

「幾らでも言ってやるさ。おまえはおゆりがいないと何にも出来ないんだ。あんまりみっともないと、甲比丹《カピタン》にも嗤《わら》われるぞ」

「何でそこに甲比丹が出てくるんだよ。おめえ、阿蘭陀宿《オランダやど》に行けなかったのを根に持ってるんだろ」

「なっ」

清一郎の頬がさっと赤くなった。

ふた月ほど前、耕太たち兄妹は日本橋にある阿蘭陀宿「長崎屋」にて甲比丹と面会した。清一郎と勝次は招かれていない。後日、甲比丹たちが胸に着けていた金ぴかの飾りやら、異国の白粉《おしろい》の香りやら、耕太が得意になって喋りまくるのを、清一郎はぐっと唇を嚙《か》んで聞いていた。

「焼餅《やきもち》やいてるのは、おめえのほうじゃねえか。みっともねえのはどっちだよ」

立てた膝に肘をついて、耕太がにやにや笑っている。

「違う」

「違わねえ」

「おい」

清一郎が床に手をついて腰を浮かし、

「やるか」

耕太も中腰になる。

二人は、鼻を突き合わさんばかりに睨み合った。

「もう、お願いだから、やめてったら」

ひなたがおろおろ声になる。

「いい加減にしろッ」

勝次は、すっと立ち上がった。耕ちゃんも清ちゃんも、手前のことしか頭にねえ。そう考えたら胸がむかむかして、我ながらびっくりするような大声が出た。

呆気《あっけ》にとられた顔で見上げている二人に構わず、大股で土間に向かう。

「勝っちゃん、ねえ、待ってよ」

ひなたの声が追いかけてくる。休み処を出て、中庭の池のほとりにさしかかったところで、勝次は歩《あゆ》みを弛めた。

追いついたひなたが、肩を上下させせながら気遣《きづか》わしげに後ろを振り返った。

「あのままで大丈夫かしら。殴り合いになったりしたら……」

今にも泣き出しそうな空が、休み処の屋根にのしかかっている。

勝次は荒い鼻息を吐いた。

「放っとけ。殴り合いになったら、なったときだ」

「え、そんな」

「ほら、ぐずぐずしてねえで、子供ん家《ち》へ行くぞ」

ひなたをうながして、表門へと向かった。

六

一刻《とき》（約二時間）ばかりのち、浅草阿部川町《あべかわちょう》にある千吉《せんきち》の家をあとにして、勝次とひなたは通りを西へ歩いていた。右手には町家の家並みが、左手には旗本や御家人の屋敷が軒《のき》を並べている。

写し絵の催しに集まったのは下谷に住んでいる子供が大方《おおかた》だが、寅吉《とらきち》という子と友だちの千吉だけが、少しばかり離れた町に住んでいた。真っ暗になった座敷であわてて立ち上がろうとした千吉は、横からぶつかってきた誰かに突き飛ばされ、転倒して腰をしたたかに打ちつけた。尻《しり》と太腿《ふともも》の境目あたりが青あざになり、痛みで歩くのもやっとだとのことで、勝次たちは幾日かおきに見舞いに行っていた。

ひと月がすぎて青あざは消え、今日の千吉は痛みを気にしてもいなかった。十一の男の子ともなると、気持ちの立ち直りも早い。「次はいつやるの」と訊ねてきたが、隣にいた母親は「ばかを言うんじゃありませんよ」とあきれていた。

「当人はともかく、おっ母《か》さんはとうぶん許してくれそうになかったわね」

「親ってのは、どこもそんなもんだろう。仕方ねえよ」

母親よりも、千吉のほうがけろりとしていた。

「ねえ、勝っちゃん。いつかまた、写し絵の会をできるのかな」

「そうだなあ。せめて風聞の件が片付けば、何とかなるかもしれねえけど」

降りそうで降らない空の下、行く手に伸びる通りはうす暗かった。それでも、浅草寺《せんそうじ》や上野の山が近くに控えた往来には、わりあいに人の行き来がある。

折しも、勝次たちの前を歩いている商家の旦那風《だんなふう》が、突き当たりの角を左へ折れていく。その旦那を見るとはなしに眺めながら、勝次はひなたの横顔に言った。

「もう一軒、寄りてえところがあるんだ」

「ふうん、どこ」

「ご隠居さまのお屋敷」

今しがたの旦那が折れた角を行けば、松前藩邸はすぐそこだ。

「へえ、何の用で」

くれぐれも内密に頼むぞ、と念を押したご隠居の顔が脳裡をよぎったが、ひなたに打ち明けたとしても叱られることはあるまい、と思い直す。

「ええと、じつは……」

勝次は、順を追って話し始めた。

「ふん、ふん。へええ」

「ざっと、まあ、そういうことなんだ」

仕舞いまで話したところで、松前藩邸の前にさしかかった。

「ご隠居さまにお目通りできるか、訊いてくる。ちょいと待っててくれ」

そう言って、番所のほうへ勝次が踏み出したときである。

どこかで、女の悲鳴が聞こえた。

ひなたと顔を見合わせていると、往来の五、六間《けん》（十メートル前後）ばかり行く手、小島町の路地から女が突き飛ばされるようにして出てきた。そのあとから、

「待てっ」

怒号に近い声とともに、男があらわれる。

勝次の口から、あ、と声が漏《も》れた。さっきの旦那ではないか。

男は、じりじりと女へ迫っていく。品のよい身なりをしているが、だらりと両腕を下げた後ろ姿には、ただならぬ狂気が貼《は》りついている。

「やめてっ。来ないでっ」

武家屋敷の塀を背にした女のほうは、あきらかに怯《おび》えていた。こわばった声を投げながら、後じさりする。

なんで、あの女《ひと》が――。

思案するより先に、勝次のつま先は地を蹴《け》っていた。

七

休み処に帰ってくると、耕太と清一郎が背中合わせになって膝を抱えていた。殴り合いにこそならなかったものの、仲直りをしたふうでもなさそうだ。

面倒《めんどう》くさそうに戸口へ目を向けた二人は、勝次とひなたに寄り添《そ》われている女を見ると怪訝《けげん》そうな顔つきになった。

「どうしたんだ、その人」

訊ねる耕太の脇《わき》をあわただしくすり抜け、ひなたが奥の小部屋に通じる襖《ふすま》を引き開ける。

「どうぞ、こちらへ」

つぶし島田《しまだ》の頭をおずおずと下げて、女がひなたのあとをついていく。勝次は、女の身体に触れるか触れないかという間合いを保って手を添えている。女は一人で歩けたが、何かの拍子《ひょうし》にくずおれてしまいそうな心許なさをまとっていた。

女がへたり込むようにして尻を畳《たたみ》につけると、ひなたは台所へ行き、水を張った小桶《こおけ》と手拭《てぬぐ》いを運んできた。手拭いを水に浸《ひた》して絞《しぼ》り、女の左頰にあてる。

「勝っちゃん、お医者を呼んできて」

「よしきた」

うつむいていた女が、立ち上がりかけた勝次の腕を摑んだ。

「医者なんて、大袈裟《おおげさ》だよ。これくらい、たいしたことないし」

言葉とは裏腹に、女の頰は目が半分隠れるほどに赤く腫《は》れあがっていた。当人だってそうとう痛いだろうに、ここへたどり着くまでずっと「平気だから」と言い張っている。

勝次やひなたに対して遠慮があるというより、どうも気掛《きが》かりを抱えているふうだった。それゆえ、無理やりせせらぎへ連れてきたのだ。

「大袈裟なことがあるもんですか。そんなに腫れてるのに」

ひなたがぴしりと言った。

自分より齢下の娘に叱られて、女は所在なさそうに手を引っ込めた。

梯子段のきしむ音が届いてくる。どうしたんだね、騒がしいが、と口にしながら、二階から善兵衛が下りてきた。お増と、留蔵親分の顔もある。

「伯父さん、これからお話しにあがろうと思ってたんです。ええと、あの……」

何から話そうか思案をめぐらせているひなたの肩越しに、お増がひょいと小部屋をのぞき込む。

「あれ、あんた。お絹ちゃんじゃないか」

「あ……、お増さん……」

名を呼ばれた女が、目を見張った。お絹は、昨年、富十工房で山雀の鳥かごをあつらえた女であった。いや、食い違いがないように言うと、旦那に鳥かごをあつらえてもらった妾《めかけ》であった。

「あんた、何でここに」

「お増さんこそ」

女ふたりが狐《きつね》につままれたような顔を見合わせるのを、ほかの面々も何が何だかさっぱり飲み込めずに見守っている。

「とにかく、お医者を呼んでこなきゃ。あたしが行きます。勝っちゃんは、今しがた見てきたことを皆さんに話してあげて」

そう言ってひなたが小部屋を出ていき、入れ替わりに、お増がお絹のかたわらへ膝を折った。その脇に善兵衛と留蔵が腰を下ろすと、四畳半の小部屋はいささか手狭《てぜま》になる。耕太と清一郎は、敷居の外側に坐った。

じゃ、おいらが話しやす、と勝次が切り出した。

「千吉って子を見舞いに行った帰りに、この人――お絹さんが旦那に追いかけられてるところに通りかかったんでさ。ただの痴話喧嘩《げんか》かと思ったんだが、前にうちの工房で鳥かごを注文してくだすったお客さんで、知らんぷりも出来ねえ。何より、男のほうが女に手ェ上げてるのを見てられなくて……」

勝次は二人のあいだに割って入り、お絹を背にかばって旦那と向き合った。肩を角張らせ、まなじりを吊《つ》り上げた旦那の形相《ぎょうそう》は、記憶にある柔和な人相とまったく異なっていた。

「何だ、おまえは。そこをどけっ」

旦那は鳥かご職人のことなどまるで覚えてなさそうだった。勝次の後ろでは、勝次の着物の背中を摑んだお絹が、ぶるぶると手を震わせている。

「でも、旦那。たいそう怖がっておられますけど」

「うるさいっ。おれの女だ。どうしようとおれの勝手だっ」

旦那が口の端から泡を飛ばしてわめき、勝次の胸倉に手を伸ばしてぐいっと摑んだ。ものすごい力だった。

きゃあっと、お絹が声を上げる。

「だ、旦那、ここは往来だ。ちっと落ち着いてくだせえ」

つま先立ちになりながら勝次が声をかすれさせると、胸許を摑んでいる力がふっと弛んだ。

旦那が、きょろきょろと周りを見回す。

いつしか、通りを行き来する人たちが足を止め、勝次たちを遠巻きに囲んでいた。松前藩邸の門番や、通り沿いにある辻番所からも人が出てきて、それとなくこちらをうかがっている。

旦那の手が、勝次を離れた。旦那は咳払《せきばら》いをすると、襟《えり》許を手でなぞってとのえ、にわかに取り澄ました顔つきになった。目の中にあった凶暴な光がぎこちない笑みに搔き消されていくのを勝次は見たが、旦那は勝次と視線を合わせなかった。そして、何事もなかったかのように阿部川町のほうへ引き返していった。

「大丈夫ですかい」と背中を振り返った勝次は、お絹が左頰を赤く腫らしていることに、そのとき初めて気がついたのである。

勝次がそこまで話したとき、ひなたが医者を連れてきた。せせらぎの五軒ほど隣で、骨接ぎの看板を掲《かか》げる五十がらみの男だ。白髪の目立つ頭を惣髪《そうはつ》に結った医者は、黒い十徳《じっとく》の裾《すそ》を左右に捌いてお絹の向かいに坐った。赤く腫れた頰を目にした途端、「これはひどい」と眉間に皺を寄せる。

目の見え方や鼻、耳などに障《さわ》りはないか幾つか問診をしたのち、医者はかたわらに置いた薬箱の引き出しを開けて膏薬《こうやく》の調合にかかった。

医者の邪魔にならぬよう、お増が控えめに問いかける。

「ねえ、お絹ちゃん。あんたをぶった旦那ってのは、先《せん》に言ってた人かい」

おずおずとうなずくお絹を見て、お増が善兵衛を振り返った。

「この人なんだよ、常磐津の師匠んとこで、あたしが待ってたのは」

幾日か前に、紫陽花の会だかでお増が出掛けたことを、勝次は思い出した。

「というと、旦那にいちいち見張られて身動きかなわないお妾ってのは、おまえさんかえ」

善兵衛の言葉に、一同の目がさっとお絹に集まる。

お絹がうつむき、手にした手拭いをぎゅっと摑んだ。

「あたしが、いけないんです。あたしが……」

借金を抱えていた身を救ってくれた旦那の目を盗んで男と逢《あ》っていた、とお絹が言った。男と手が切れたあとに、なにゆえか旦那に露見してしまったという。すさんだ目をした優男の面影が、勝次の脳裡をかすめた。

旦那の怒りようは、お絹の想像をはるかに超えていた。終わったことだと幾ら言っても、ねちねちと恨《うら》み言を浴びせ、不義理をののしったあげく、お絹の身の回りを見張るために女中を新たにひとり雇い入れたのだ。

お増が付け足すように口を挿む。

「あれは二月のあたまくらいだったかねえ。ちょいと得意先に用があって浅草へ行った帰りに、お絹ちゃんと通りで出くわしたんだ。布袋庵《うち》に鴨を食べにおいでって誘ったんだけど、返事が何とも歯切れ悪くてね。いろいろ訊いてみたら、家から一町《ちょう》（約百十メートル）先にも行けないって言うじゃないか」

娘時分に肩を並べて稽古した間柄ではないけれど、同門の後輩をこのまま見捨ててはおけない。もとより姉さん気質《かたぎ》のお増は、「辛抱《しんぼう》できそうになければ、旦那に暇乞《ご》いして布袋庵の女中として働かないか」と持ちかけた。「次の紫陽花を愛でる会には、何としても旦那の許しをもらって出ておいで。女中奉公についての返事も、そのときに聞かせておくれ」とも言い添えて、お増はお絹と別れたのだった。しかし、お絹は師匠宅にあらわれなかった。

「お増さんが親身になってくれて、心底ありがたかった……。女中奉公のことは、とことん悩みました。おきんさんにも相談に乗ってもらって」

「誰だい、その、おきんさんってのは」

「飯炊きの婆《ばあ》さんです。旦那に一軒構えさせてもらったときから、ずっと住み込んでくれてて」

七十年配の、目の下といい口許といい、皺が縦横に走っていた老婆の顔が、勝次の瞼《まぶた》に浮かぶ。

お絹が身の振り方を思い悩み始めた頃から、旦那の執心ぶりは、凄まじさを増していった。お絹の行いを見張るのみならず、ちょっとでも気に食わないことがあると手を上げるようになったのだ。先刻も、同じ町内にある豆腐《とうふ》屋へ買い物に行こうと戸口を出たところへ、訪ねてきた旦那と行きあい、外出を詰《なじ》るうちに激してきた旦那がお絹の頬を張ったのだった。

「囲いの外に出ようだなんて、少しでもその気になったあたしが浅はかでした。

だから、ぶたれても仕方ないんです」

　お絹がうつむき、手拭いで目尻をぬぐう。

　それは違う、とすかさず咎《とが》めたのは骨接ぎ医者だった。

「おまえさんは頰を張ったと言うたが、こいつは拳で殴った痕だ。これだけ腫れておれば、口の中も切れているに相違なかろう。こんな傷を女子に負わせるなど、いかなる仔細があろうと、許されるものではない」

「でも、殴られたのは、あたしの振る舞いが行き届かないせいで……」

「それが間違いだと言うておるのだ。これはおまえさん、命に関わることだよ」

　医者が、きっぱりと言い切った。

「おまえさんのような女子を、たまに診《み》るのだ。男のほうが手前勝手な理屈をこねて、力の弱い相手に殴る蹴るの狼藉《ろうぜき》を働く、世間にはそういう例があってな」

　手を上げるのは相手に非があるせいだともっともらしくのたまうものだから、言われたほうも、徐々に己れが悪いと思い込むようになってしまう。

「そういう手合いは、やり口が卑劣でな。おもてから見えぬ場所に、うまいこと傷をつける」

　そう言って、医者が気遣わしそうな表情になる。

「おまえさんも、多かれ少なかれ、着物の下に青あざを隠しているんじゃないのかね」

手許に目をやったまま、お絹が肩を大きく上下させた。

自分が殴られたような気がして、勝次は思わず顔をゆがめる。これだけの青あざを身に受けていながら、不当な目に遭っていると当人が感じてないのが解《げ》せなかったが、殴られることに慣れると、人はまともな判断を失うのかもしれない。

善兵衛が表情を引き締め、腕組みした身体を揺すった。

「こいつは場合によっちゃ、わたしたちの手に負えないかもしれないな」

着物の袂《たもと》で目頭を押さえていたお増が、顔を上げる。

「世の中には、ひどい男がいたもんだ。お絹ちゃん、おしえておくれよ。あんたをこんな目にあわせたのは、どこの何ていう旦那なんだえ」

その名をお絹が告げると、お増の目がみるみる大きく見開かれていった。

八

「して、その者は何と」

松前藩の隠居・道広公が、脇息から身を乗り出した。

離れの障子《しょうじ》は開け放たれており、広大な庭がひと目で見渡せる。

勝次たちがお絹をせせらぎの休み処へ連れてきてから、半月ばかりが経ってい た。梅雨の明けた青空には夏らしいお天道様《てんとうさま》が堂々と輝き、手前に植わっている 松の細く尖った葉に光が跳ね返って、部屋にいる勝次の目を鋭く刺してくる。ご 隠居の召し物も、水浅葱《みずあさぎ》色の絽《ろ》が涼《すず》しげだ。

日ごろ床の間でさえずっている金糸雀は、今日はどこか別の場所に移されてい るようで、姿が見えなかった。

「へえ、ですから、松川屋ってえ線香問屋でして。春ごろからは、布袋庵の上得 意にもなっていたんです」

勝次の左隣に坐った耕太が応えた。その向こう隣には、清一郎が膝を折ってい る。

ご隠居が人差し指の先で脇息を突《つつ》いているのを目にして、勝次は腋《わき》に汗をかい た。お絹の旦那は神田米沢町の線香問屋、松川屋彦左衛門で、布袋庵とせせらぎ を悩ませる風聞を吹聴した張本人でもあったとは、話の初めに告げてあるのだ。

勝次はわざとらしい空咳をして、話に割り込んだ。

「お絹さんが身の振り方を迷っていると知って、松川屋の旦那は布袋庵を潰《つぶ》そうと思いついたんだそうで。布袋庵の商いが立ち行かなくなれば、お絹さんを雇うことも出来なくなると踏んだようでさ」

「松川屋は、いかにして妾の迷う心を知ったのであろうか」

道広公が、顎の下へ手をあてた。

「飯炊きのお婆さんから漏れたみたいです。布袋庵のことも、そのときに」

勝次の右隣で、ひなたが応える。その隣には曲亭馬琴が、そのまた隣には立花玄斎がかしこまっていた。

「ふうむ、なるほどな」

ご隠居が、考え込む顔つきになった。

勝次の脳裡に、せせらぎの頭取詰所に呼び出された松川屋彦左衛門が、善兵衛とお増、そして留蔵親分の前で神妙に頭を垂れていた光景がよみがえる。その場に顔を出すのを遠慮したお絹の代わりに、勝次たち四人が立ち会った。

彦左衛門は、小僧のときから奉公していた松川屋へ婿《むこ》に入った男である。近所の似たような連中と入り婿連なるものを結成し、ふところ具合のままならぬ中から幾らか出し合っては小料理屋や居酒屋などに集まり、養子につきものの窮屈さを酒や肴《さかな》で紛《まぎ》らわせていた。

あるとき、連中の一人が「小豆《あずき》の先物取引におまえもひと口加わらぬか」と彦左衛門に持ちかけてきた。話に乗った彦左衛門は、運よくひと山当てることができた。そのとき手にした金子《きんす》の幾ばくかが、妾宅を構える元手になったのだ。

妾を囲って得意になっていた彦左衛門に、「おまえの女がよその男をつまみ食いしているぞ」と耳打ちしたのも、入り婿連の仲間であった。浅草寺の縁日で、どこぞの優男とお絹が仲睦《なかむつ》まじそうに歩いていたという。

男とはもう縁が切れている、二度と浮気はしないとお絹に手をついて詫びられても、面子《メンツ》を踏みにじられた彦左衛門の怒りは治まらなかった。何かと口実をもうけて妾宅へ足を運ぶとともに、新たに女中を雇い入れて、お絹が不貞を働かぬか見張らせた。

そこから先は、お絹が休み処で打ち明けた話とたいして変わりはなかったが、彦左衛門は飯炊きのおきんから布袋庵の女将が差し出口を利《き》いていることを聞くと、入り婿連の面々を連れて店に出向いたのだった。

店はなかなか繁盛《はんじょう》していた。女将は十人並みの器量ながら客あしらいが巧《たく》みだし、鴨も美味《うま》い。酒を頼んで飲み食いしても、さほどふところにひびかないところもよかった。何かしらの落ち度をみつけて文句をつけ、女将を困らせることをもくろんでいた彦左衛門は、いましばらく様子をみようと思い直した。代わりに、お絹の見張りをいっそうきつくしたのだ。

彦左衛門は、入り婿連の寄り合いや商談があると布袋庵を使うようになった。入り婿連の幾度めかの寄り合いをもったとき、料理を運んできた女将に一枚の瓦《かわら》版《ばん》を渡してやった。店へ来る道すがら買ったその瓦版は、阿蘭陀商館の甲比丹が江戸へ参府することを伝えていた。

階下にいる甥《おい》っ子にも読ませるといって、女将が瓦版を帯の間に挟《はさ》んだ。若そうに見えてそんなに大きな甥っ子がいるのかね、と誰かが囃《はや》し立て、そこでひとしきり女将自身にまつわる話に花が咲いた。亭主は花鳥茶屋せせらぎの頭取をつとめており、休み処では姪《めい》が働いているという。

せせらぎと聞いて、彦左衛門は待てよ、と思った。お絹とのことにけちがつき始めたのは、せせらぎで鳥かごをあつらえたあたりからではなかったか。せせらぎと布袋庵が縁続きだとわかると、布袋庵を疎《うと》んじる気持ちがふたたび首をもたげてきた。やみくもに嫌悪感を募《つの》らせ、ついには二つの店が手を組んで己れの前に立ちはだかり、通せんぼしているふうにしか捉えられなくなったのである。

ゆえに風聞を流したのだと、松川屋彦左衛門は弁明した。

「やれ、なんとも自分本位な言い分よのう」

思案に沈んでいた松前のご隠居が、そう言って首を振った。

「そういう手合いは、己れが間違っているとは思っておらぬから厄介《やっかい》だわい」

合いの手を入れる玄斎の声も苦りきっている。

「でも、勝っちゃんがひとこと意見してくれたんです」

ひなたの言葉に、年寄り三人が、「何とな」と口をすぼめて勝次をのぞき込んだ。

あのとき、彦左衛門が何か言うたびに、勝次の胸はむかつきっ放しだった。商いに身が入らないのは古参の番頭と女房が店を取り仕切っているせい、見張りをつけたのはお絹が浮気をしたせい、風聞を流したのは布袋庵とせせらぎのせい。

悪いのはすべて周りだといわんばかりの言い草に、頭がかあっとして、気づいたときには彦左衛門に向かって吠《ほ》えていた。

「旦那は、いつまで、手前自身の落とし前をつけることから逃げるつもりなんですかい」

そう言われたときに彦左衛門が見せた何ともいえない表情を、勝次は忘れることができずにいる。むろん、青二才が偉そうな口を利けた道理はない。けれど、黙っていたのでは、お絹があまりに気の毒だった。

たぶん——。

勝次は、目の前にいる道広公を仰《あお》いだ。いつだったか、このご隠居の来し方を玄斎が話してくれた。その折に抱いた感慨が、自分に物を言わせたのに相違ない。

「その、松川屋というたか、何やら根に持ちそうな男じゃな。若造に意見されたくらいで心を入れ替えるかのう」

首をひねる馬琴に、清一郎が口の片端を持ち上げる。

「それについては、ご案じなく」

「ほう、えらく自信がありそうではないか」

「松川屋のお内儀さんも、途中からご同席くださったんです」

せせらぎでは、お絹の話を聞き取ったあと、善兵衛がお増や留蔵親分と話し合って、松川屋を訪ねていった。お絹がこしらえた青あざの数が思いのほか多く、松川屋の番頭と彦左衛門の女房おたかにも経緯《いきさつ》を報せておくことにしたのだ。善兵衛の話を静かに聞き終えたおたかは、亭主の不行き届きを丁重に詫びたのち、彦左衛門がせせらぎに呼び出される折には当人に内緒で同席させてほしいと申し出たのである。

おたかが詰所に入ってきたのは、勝次がひとこと物申したあとだった。彦左衛門のうろたえようといったらなかった。

太り肉《じし》というわけではないのにどっしりとした貫禄《かんろく》を漂わせたおたかが、「おまえさん、そちらの若い方の仰言る通りですよ」とひと睨みしただけで、彦左衛門は蛇《へび》の前に出た蛙《かえる》みたいに固まってしまった。

「このたびはいずれの方さまにもご迷惑をおかけして、申し訳ございませんでした」

彦左衛門のわずか後方に膝を折ったおたかは、畳に両手をついて深々と頭を下げ、ゆっくりと顔を上げた。

「布袋庵さま、並びにせせらぎの皆さまには、風聞で蒙《こうむ》られた損害も多かろうと存じます。手塩にかけて育ててこられた奉公人を余所《よそ》へ引き抜かれたという話もうかがいました。どうお詫び申し上げたものか見当もつきませんが、まずは五十両ずつ、償い金としてお納めくださいませんでしょうか」

「あ、合わせて百両……」

松川屋彦左衛門が、小さくうめいて女房を振り返ったが、

「お絹さん――とやらにも、お詫びの言葉もございません。二十、いえ三十両、償いの気持ちも含めまして、手切れ金とさせてもらいたいと存じます。おまえさん、承知しておくれだね」

おたかに、ぎりっと目を向けられると、

「あ、うう」

すっかり観念したとみえ、償い金と手切れ金の証文をその場でしたためた。

青ざめた顔の彦左衛門は終始おどおどして、見ている勝次のほうがいたたまれなかったが、亭主の尻拭いを毅然《きぜん》としてのけたおたかは、天晴《あっぱ》れというほかなかった。

「そんなわけで、この件は落着したんです」

話を締めくくった清一郎に、

「あのお内儀さんに睨まれたら、ひとたまりもねえよな」

耕太が茶化《ちゃか》すように言って、二人でうなずき合っている。

おや、と勝次は思った。いつのまに、この二人は仲直りをしたのだろう。

馬琴はというと、話を仕舞いまで聞き終えても、得心《とくしん》のいかぬ顔で首をかしげている。

「これ、馬琴どの、そう難しい顔をするのはよさぬか。こうして皆に集まってもろうたのは、そちに用があってのことなのだぞ」

松前のご隠居が苦笑すると、馬琴は右に傾けていた首を左へ持っていった。

「はて、手前にでございますか」

白い陽射しが降りそそぐ広縁へ向けて、ご隠居が二度ばかり手を叩く。衣擦《きぬず》れの音が近づいてきて、裃《かみしも》を着けた武士があらわれた。武士は部屋へ入ってくると、両手に抱えた長方形の品を馬琴の前に置き、浅く一礼したのちに下がっていった。

ご隠居が、力のみなぎった目で勝次に合図をよこす。

勝次は膝でにじって、長方形の品に被《かぶ》せられている布をひと息に取り払った。

ピィーリーリーリー。

鳥の鳴き声が、高らかにこだました。鳥かごの止まり木に、一羽の大瑠璃が摑まっている。

「こ、これは」

馬琴が勝次を見、次いでご隠居へ視線を向ける。

「いささか時期が早いが、娘御の婚礼祝いじゃ。嫁入り道具に加えてもらえんか」

「なんと……」

「そちが金糸雀を贔屓《ひいき》にしているのと同様、渥見の家では大瑠璃を飼《こ》うておるそうでの」

鳥かごは奥行き一尺四寸（約四十二センチ）、幅八寸（約二十四センチ）、高さ一尺（約三十センチ）ばかりの寸法で、径一分《ぶ》（約三ミリ）ほどの竹ひごを細い間隔で組み、底箱は杉材でこしらえてある。祝いの品ゆえ黒檀《こくたん》や紫檀《したん》をふんだんに使って贅《ぜい》を尽くしてはどうかとご隠居に相談されたが、大瑠璃の清らかなたたずまいをかえって損ねてしまうと勝次は進言した。

目の前に置かれた鳥かごは、腰まわりの意匠に杉材を用い、透かし細工や水引《みずひき》の鮑結《あわびむす》びをかたどった彫りが施《ほどこ》されている。大瑠璃が身にまとう、深く澄んだ青と静謐《せいひつ》な白の対比を、白木の鳥かごが清々《すがすが》しく引き立てていた。水や餌を出し入れする戸口に付けた錘《おもり》の珊瑚《さんご》玉が、女物らしい華《はな》やかさも添えている。

富十親方に一喝されたのち、性根を入れ替えてこしらえ直した鳥かごは、我ながら会心の作となった。

「馬琴先生。おいら、鳥の中じゃ大瑠璃がいっち気に入っていて、いつか一世一代の大瑠璃かごをこしらえてえと、前からずっと思ってたんでさ。こんな大役を仰《おお》せつかって、これより上の矜《ほこ》りはありやせん」

勝次がありったけの思いを口にすると、「先生、おめでとうございます」と、ひなたや耕太、清一郎からも声があがる。

馬琴の目が、みるみるうちに潤みを帯びていった。だが、勝次の鼻がぴくぴくと膨《ふく》らんでいるのを見た途端、馬琴は額《ひたい》と眉に力をこめて上下に動かした。目の縁から溢《あふ》れそうになるものを、躍起になってこらえているようだった。

「一世一代なぞと、おまえさんごときが口にするのは百年早い。玄斎どの、この兄さんに言葉の使いようを一から指南し直されてはいかがかな」

馬琴らしい物言いに、玄斎が肩を揺すっている。

「かように申されておるが、どうじゃな、勝次。いま一度、わしの手習い子になってみるかえ」

「うへえ、勘弁してくだせえ」

勝次は首をすくめ、朗《ほが》らかな笑い声があがる中を元の位置へもどった。

庭を渡る風に木々の枝葉がそよぎ、反射した光の粒が部屋の隅々まで満たしていく。

ピィーリー、リーリーリー。

透き通ったさえずりが、どこまでも響き渡っていった。

松前藩邸を辞して玄斎や馬琴と別れたのち、勝次たち四人はせせらぎに帰ってきた。

お天道様はいくらか西へ傾いているが、陽射しには力強さがあった。池の水面に砕ける光に目を細めながら、小路を庭へと抜ける。

ざっと二十人ばかりの見物客が、園内を散策していた。数えるほどの客しかいなかった頃にくらべれば増えているが、といってかつての賑《にぎ》わいには程遠い。風聞はすみやかに熄《や》みつつあるとはいえ、客足がすんなりもどってくるかとなると、何とも言い難かった。

休み処の店座敷には、二組ほどの客が卓について葛《くず》もちを頼んでいた。

「兄さんたちも食べていくでしょ」

框を上がったひなたが、袂から出した襷《たすき》を肩へ渡しにかかる。

「おい、おいらのは要《い》らねえぞ。このまま工房にもどるから」

暖簾《のれん》の内へ入りかけた背中に勝次が声を投げると、ひなたは首だけめぐらせてうなずいた。

　勝次は、耕太と清一郎を振り返る。

「二人とも、ゆっくりしてってくれよ」

「おい、ちょいと、勝次」

　呼び止めておいて、耕太が清一郎にそっと目交《めま》ぜし、鼻の脇を小指で掻きながら勝次に向き直った。

「あのさ、こないだ、おれとこいつが言い争いになっただろ」

「ああ……、うん」

　おゆりから文が届いたときのことを言っているのだと、勝次は察した。

「実のところ、あのあともしばらくぎくしゃくしてたんだ。でも、おまえに言われて目が覚めた」

「へ、おいらが何を」

　思い当たるふしが、まるでなかった。

　――いつまで、手前自身の落とし前をつけることから逃げるつもりなんですかい。

　清一郎が、ひとことずつを嚙《か》みしめるように言って、先を続ける。

「あれを聞いて、つまらないことでぐだぐだやってるのが恥ずかしくなってね。耕太に言ったら、おれもって」

「齢下にあんなこと言われたら、悔しいじゃねえか。それも、勝次みてえな味噌《みそ》っかすによ」

耕太がにやりと歯をのぞかせ、同感だといわんばかりに、清一郎が大きくうなずく。二人は互いの顔を見交わすと、いたずらっぽく笑い合った。

そう、この感じ。おいらたちは、こうして大きくなってきたんだ、と勝次は思った。

昔にもどったみたいでほっとしたら、鼻の奥がつんと痛くなった。あわてて、斜め上に顔を向ける。

「おいらも、たまには柄《がら》にもねえことを言ってみるもんだな」

わざとぶっきらぼうな言い方をした。

九

ふた月の時が流れた。

夏が去り、すっかり高くなった空に、少しずつ夕暮れの色が溶け込み始めている。乾いた風が、勝次の頰をさらりと撫でていく。

「ようこそ、おいでなさいまし。どうぞ奥へお進みください」

花鳥茶屋せせらぎの表門では、写し絵の催しを目当てに訪《おとず》れた客たちを、頭取の善兵衛以下、つとめている連中が総出で出迎えている。

ひなたの横に立つ勝次も、見知った顔があるとすすんで声を掛けた。もちろん、耕太と清一郎も並んでいる。

「お兄さん、お姉さん、こんにちは。こないだのが面白かったから、また来たよ」

目の前に立った女の子が、ぷっくりした頰をほころばせた。おきみである。添え木の取れた右手を、錺《かざり》職人の父親とつないでいた。

「おきみちゃん、来てくれてありがとよ。小父さん、ようこそおいでくださいました」

勝次が腰をかがめると、ひなたたちも口ぐちにおきみ親子へ声を掛けた。

「ここへ来るついでに、布袋庵へ寄ってみたんだ。あすこの鴨はいい味してるねえ。ちょうど二つ空いた席に坐ったが、繁盛するのも合点《がてん》がいくよ」

「そうですか。ねえ、おきみちゃん、箸《はし》を遣《つか》うのに差し支《つか》えはないかえ」

右手を結んだり開いたりしてひなたが訊ねかけると、おきみは同じように真似をしてみせた。

「もう平気だよ。鴨ね、うんと美味《おい》しかった」

「そう、よかった」

ひなたが頬をほころばせた。

おきみたちのほかにも、親子連れが続々と表門を入ってくる。

この盛況ぶりの立役者は誰かと問われたら、勝次は真っ先に曲亭馬琴の名を挙げる。馬琴は、こたびの風聞に関する一件を戯作《げさく》調の文章にまとめ、瓦版にして売り出してはどうかと提案したのだ。善兵衛が、松川屋のおたかに断ったうえで、馬琴の申し出を受けることにした。

瓦版は飛ぶように売れた。一枚八文で売り出されたところへ、布袋庵の「鴨の塩焼き一皿分」が無賃《ただ》になる券が付いていたからなのは言うまでもない。

風聞は根も葉もない流言であったと明らかになって、せせらぎと布袋庵に客がもどってきた。その頃になると、子供の家を地道に見舞った成果も見え始め、それぞれの親の承諾を得て、ふたたび写し絵の会を催すことができる運びとなったのである。

絵のまずさを、ひなたは相当、気にしていたらしい。催しがどうのこうのというのではなしに、おゆりからの文を読んだあと馬琴にこっそり掛け合って、絵描きの何某《なにがし》に引き合わせてもらったようだ。稽古に励んだおかげで、瓢箪のお化けとこき下ろされただるまがなかなかさまになるところまで上達して、何も聞かされていなかった勝次はびっくりした。耕太ですら、妹が絵の師匠についているのを知らなかったという。

やり直しの催しは、先に見にきてくれた十五人の子供と、その親たちを招いて開かれた。だるまの迫力が増したゆえか、会はたいそうな評判となった。

それが、およそひと月前のことである。しくじった折も含めて、今日がつごう三度めの催しとなる。先の十五人のほか、その友だちや、せせらぎが日ごろ世話になっている人たち、合わせて三十人ばかりを招いていた。

このふた月というもの、勝次はてんてこ舞いであった。名古屋の古賀屋に納める鳥かごづくりにも本腰を入れねばならなかったし、写し絵のほうも、新たな作をこしらえようという声が四人の誰からともなくあがって、筋立てを練るところから取り掛かったのだ。

一日が倍の長さになればいいのにと思うほどの忙しさであったが、弱音を吐く気にはなれなかった。

清一郎は、古賀屋との取り引きに手抜かりが生じぬよう、両替商や廻船商《かいせん》、材料の仕入れ先などへ幾度も足を運んで覚え書きを交わし、一つずつきっちりと事を推し進めている。写し絵の新作に関しても、清一郎がほかの三人の声を取り入れながら筋立てを練った。

耕太は、細かい注文のついた玻璃片《レンズ》をその通りにこしらえる腕が重宝がられて、このごろでは名指ししてあつらえを頼んでくる客が増えたという。根を詰める作業で疲れているだろうに、写し絵の稽古ではそんな素振《そぶ》りは毛筋ほども見せず、一同の先に立って声を出していた。

仲間たちを見ていると、多少のことでへこたれてはいられない気持ちが湧いてくる。

「お師匠さま、お運びいただいてありがとう存じます」

明るく言って、ひなたが立花玄斎に腰を折った。勝次たちも、それぞれに挨拶する。

「だいぶ賑わっておるようじゃな」

周囲を見回して、玄斎が目を細めた。

「おかげさまで、たくさんのお客さまがお見えくださってるんです」

「あの、馬琴先生はご一緒じゃねえんですかい」

勝次は首を横へずらして、玄斎のかたわらをのぞき込む。

「それよ。人が多く集まる場所は好まぬ、と断られての。しかしながら、人が押し寄せるようになったのはおまえさんの手柄なのじゃぞと言うたら、そういうところにはますます行きたくない、とまあ、いつものへそ曲がりよ」

玄斎のあきれ果てた口ぶりに、四人は声をあげて笑った。

「その代わりと言うては何じゃが、とびきりの上客をお連れしたぞ」

玄斎が振り返る。

「勝次さん、お久しぶり」

善兵衛と言葉を交わしていたお絹が、腰をかがめて近寄ってくる。華やいだ声でだしぬけに名を呼ばれて、勝次はどぎまぎと目を伏せた。

「わあ、お絹さん。前垂《まえだ》れがとっても似合っていなさいますね」

ひなたの浮き立った声に釣られて顔を上げると、お絹がうなじへ手を当てている。

「お増さんの厚意に甘えて、布袋庵で働かせてもらうことにしたんだよ」

言われてみれば、縞柄《しまがら》の藍木綿《あいもめん》に臙脂《えんじ》色の前垂れを締めた恰好《かっこう》は、布袋庵の女中姿そのものであった。

勝次の前に立ったお絹が、前垂れに両手を重ねて腰を折った。

「勝次さん、ありがとうございました。いま一度やり直そうと思えたのも、おまえさんのおかげ。きちんとお礼を言いたくて、お店を抜けさせてもらってきたんだよ」

「あ、ああ、そいつはどうも」

勝次はもごもごと口を動かす。お絹がどうにもきらきらして、視線を合わせられない。前垂れをちょいとつまんだ白い手指だけが、目の端に映っている。

「この色味が、あたしには派手な気がするんだけど。どう見たって、いま少し若い娘さん向きでしょ」

「へえ、まあ、へへへ」

「ま、勝次さんたら正直が過ぎるんじゃないかえ」

「い、いや。べらぼうに、あ、垢抜《あかぬ》けてると言いたかったんで」

「あら、ふふふ」

肩をすくめたお絹の目尻から、何ともいえない色気がこぼれている。大人びているのに、ひどくあどけないようにも見えて、勝次の目は釘付《くぎづ》けになった。肘のあたりに鈍い衝撃が響いて我に返ると、横にいるひなたと目が合った。どういうわけか、視線がつめたい。

「どれ、わしらはひと足先に参るとしようかの」

立花玄斎が、お絹へ目交ぜをした。はい、とお絹が応じる。

あ、お師匠さま、と勝次は呼び止めた。

「新作には、おいらたち四人——いえ、五人が、子供時分に胸をわくわくさせたものを詰め込んであるんでさ。お師匠さまにも、きっと気に入っていただけるはずで」

「ほう、それは楽しみじゃ」

玄斎がにっこりと微笑んだ。

休み処の門口へ吸い込まれていく二人の背中を見送って、耕太が仲間の顔をぐるりと見回した。

「さて、おれたちも支度にかかるか」

「よし、気合を入れていこう」

清一郎が、響くように声を返す。

空の低いところへかかる夕陽が、頭上を橙色《だいだい》に染《そ》め上げていた。

「今宵《こよい》の催しがうまくいくように、おゆりちゃんも名古屋の空に祈ってるそうよ」

ひなたが、点々と広がる鰯雲《いわしぐも》を見つめている。

勝次は空を見上げて大きく息を吸い込みながら、世の中は思うほど恐ろしいものではないのかもしれない、と思った。


不忍池のほとりに夜の帳《とばり》が降りるころ、花鳥茶屋せせらぎの休み処では、写し絵の幕開《まくあ》きを告げる口上が朗々とこだましていた。

「天が裂《さ》けたかと錯覚しそうな暴雨が、今しがた上がった。海を渡った、遥《はる》けき熱帯の地。鬱蒼《うっそう》と繁《しげ》る木々が陽の光をさえぎり、森の中は昼日中でもほの暗い
――」

像を映し出す白布には、見物衆の子供たちが見たこともないような、密林の緑が広がっている。

いつの日にかめぐりあうであろう、まだ見ぬ世界。子供たちは目を輝かせ、そこで紡がれる物語に引き込まれていく。

「ギーイー、ギギー。一羽の鳥が静寂を破って雄叫《おたけ》びをあげ、止まり木を発《た》って宙を滑《すべ》っていった。黒く猛々《たけだけ》しい嘴《くちばし》、鬱金《うこん》色に染まった腹、緑青《ろくしょう》を溶かしたふうな頭、空の青をそのまま切り取ったような背中の羽が、小暗い緑を背景にくっきりと浮かび上がる——」

子供時分、勝次たちが玄斎の話を聞いてうっとりとした瑠璃金剛《ルリコンゴウ》インコの姿が白布に浮かび上がると、見物衆のあいだにため息とも歓声ともつかぬどよめきが湧き上がった。

大きく広げた翼が、悠然と、力強く宙を切っていく。羽ばたく翼の先に風が生まれ、伸びやかに描いた軌跡に虹が架《か》かって、見物衆はいつしか瑠璃金剛インコと一体となる。

どこまでも、飛んでゆこう。

高く、遠く、見果てぬ明日へ。

解説――卓越した手腕を堪能できる、少年少女の胸を打つ物語

文芸評論家　末國善己《すえくによしみ》

志川節子《しがわせつこ》のデビュー単行本『手《て》のひら、ひらひら　江戸吉原七色彩《えどよしわらなないろもよう》』を読んだ時の驚きは、今も忘れられない。これまでにない角度で吉原を切り取った斬新《ざんしん》な物語と先が読めないミステリタッチの展開の中に、女性が直面する普遍的な問題に切り込む深いテーマを織《お》り込んだところは、まさに新人離れしていた。

その後も著者は、芝神明宮《しばしんめいぐう》近くにある商店街の人間模様を連作形式で描き、第一四八回直木賞の候補作にも選ばれた『春《はる》はそこまで　風待《かざま》ち小路《こみち》の人々《ひとびと》』、役者との密通を疑われ大店《おおだな》を追われたおえんが、人の縁を繋《つな》ぐ結《むす》び屋《や》を始める『結び屋おえん　糸《いと》を手繰《たぐ》れば』（文庫化に際し『ご縁の糸　芽吹長屋仕合せ帖《めぶきながやしあわせちょう》』に改題）と、寡作《かさく》ながら良質の市井《しせい》人情ものを発表し注目を集めている。

これまで、どちらかといえば大人のドラマを軸にしてきた著者が、十代半《なか》ばから後半の少年少女を主人公に、青春小説、お仕事小説、恋愛小説などとしても楽

しめる物語を作り新境地を開いたのが、本書『花鳥茶屋《かちょうぢゃや》せせらぎ』である。

　タイトルにある花鳥茶屋は、珍しい動植物を見せる江戸時代に実在した娯楽施設で、上方《かみがた》では孔雀《くじやく》茶屋、江戸では花鳥茶屋と呼ばれていた（この二つは、展示方法などが異なっていたとの説もある）。花鳥茶屋の歴史は古く、仮設の建物に虎《とら》や孔雀などを並べた江戸初期の見世物小屋が源流とされている。広い庭園に動植物を配し、来場者がくつろげる茶屋なども置いた恒久的な施設が作られたのは江戸後期で、上方の孔雀茶屋が模倣され全国に広まったとされている。

　おそらく、花鳥茶屋という珍しい題材を正面から取り上げた時代小説は、本書が初だろう（ほかには長谷川彰《はせがわあきら》『神隠《かみかく》し花鳥茶屋　酔《よ》いどれ同心速水一魂《どうしんはやみいっこん》』に、小町娘の連続失踪する事件の手掛かりになる場所として、花鳥茶屋が登場するくらいか。杉本苑子《すぎもとそのこ》の短編に「孔雀茶屋心中」があるが、この作品は男娼《だんしょう》が体を売る陰間《かげま》茶屋を、孔雀茶屋に見立てた作品である）。

　また本書には、『南総里見八犬伝《なんそうさとみはっけんでん》』を書いた曲亭馬琴《きょくていばきん》が主人公たちの相談役として登場するが、馬琴を鳥好きの作家として紹介したのも珍しい。作中にある通り、実際に馬琴は鳥好きで、随筆『無益《むえき》の記《き》』には、一八一四年の春頃に軽い病になり、なかなか回復しなかったため「もし試に小鳥を養《やしな》はゞ、日々に運動して気を養ひ、生を養ふべし」と考え、五月頃から鳥を飼い始めたとある（『吾仏乃記《あがほとけのきき》』によると、初めて飼ったのは「紅鸞《てりうそ》」）。ただ物にこだわる馬琴は「これを極《きわ》めんとする程に、覚《おぼ》えずその数百数鳥に及べり」という状態になったという。

こうした江戸の知られざる風俗、偉人の意外な一面を掘り起こし、それをフィクションと矛盾なく融合したり、テーマを際立たせるために用いたりしたところに、著者の時代小説作家としての卓越した手腕を見ることができるのである。

物語の舞台となる「せせらぎ」は、上野《うえの》の不忍池《しのばずのいけ》に面した約六百坪の敷地を持つ花鳥茶屋。そこに集《つど》うのは、鳥かご職人の修業をしている勝次《かつじ》、眼鏡《めがね》職人の徳松《とくまつ》を父に持つ耕太《こうた》とひなたの兄妹、小間物屋「升田屋《ますだや》」の惣領《そうりよう》息子・清一郎《せいいちろう》、植木屋「苗嶋《なえしま》」の娘おゆり。この五人は、鳥が好きだった立花玄斎《たちばなげんさい》の手習い所に通った幼馴染《おさななじみ》で、鳥医者に転職した玄斎も含め今も親しく交流している。

巻頭の「山雀《やまがら》の女」は、若者が一度は抱く不満を鮮やかに切り取っている。

鳥かご職人の富十《とみじゆう》親方に弟子入りした勝次だが、五年が経《た》っても簡単な鶉《うずら》かごしか作らせてもらえないことが我慢できなくなり、密《ひそ》かに大好きな大瑠璃《おおるり》を入れるかごの図面を描くなどしていた。そんな勝次の前に、線香問屋の主人・松川《まつかわ》屋彦左衛門《やひこざえもん》と、囲われている女お絹《きぬ》が現れる。お絹は彦左衛門に鳥が欲しいとねだり、山雀を飼うことになった。山雀は輪くぐりなどの芸を仕込めるため、鳥かごも凝《こ》ったものになる。その鳥かご作りを、勝次が任《まか》されたのだ。意気込む勝次だが、打ち合わせのためお絹と会ううちに、次第に魅《ひ》かれていく。

この作品は、鳥かごで飼われる鳥、旦那に囲われ生活は保障されているが自由を失ったお絹、いまだ好きなように仕事をさせてもらえない勝次を共鳴させることで、未熟さに気付かず、もっと仕事ができると考えがちな若者の心理を見事にすくい取っていた。勝次は十六歳だが、十一歳から修業を始めているので、現代でいえば大学卒業後に就職し一通り仕事を覚えた二十代半ばくらいといえる。この時期は、自分が思い抱く理想と実際に与えられる仕事のギャップに悩むことがあるので、勝次の抱える鬱屈《うっくつ》が生々しく感じられる若い読者も多いはずだ。

続く「孔雀きらめく」も、眼鏡職人に焦点を当てた職人小説である。

玄斎と馬琴が、「せせらぎ」の茶屋ではたらくひなたを訪ねてくる。玄斎は放《ほう》蕩《とう》を理由に永蟄居《えいちっきょ》を命じられた松前《まつまえ》藩の八代藩主・松前道広《みちひろ》から、阿蘭陀《オランダ》渡りの虫眼鏡を借りていて、それで鳥を観察するため馬琴を誘って「せせらぎ」に来たのだ。ところが馬琴と勝次が、虫眼鏡を奪い合った挙句《あげく》、玻璃片（レンズ）を割ってしまう。ひなたは、眼鏡職人の父・徳松と修業中の兄・耕太に虫眼鏡の修理を頼む。

新しいことに挑戦したい、阿蘭陀の高い技術を学びたい耕太は、消極的な徳松を説得し、二人で虫眼鏡の修理を始める。江戸時代には眼鏡があったことは知っていたが、この作品を読むまで玻璃片がどのように作られるのか、考えたことがなかった。硝子種《ビードロだね》を炉《ろ》で溶《と》かすあたりまでは想像できたが、それを手作業で磨いて玻璃片の膨らみと厚みを調整するプロセスは、本書で初めて知った。ただ徳松の経験と耕太のチャレンジ精神をもってしても、阿蘭陀製の巨大玻璃片を磨くのは難しく、どうしても途中で割れてしまう。その原因を突き止め、新たな方法を模索するところは、技術小説としても秀逸である。

職人ものだった「山雀の女」と「孔雀きらめく」に対し、「とんだ鶯《うぐいす》」は商人の世界を描いたビジネス小説となっている。

将来は老舗の小間物屋「升田屋」を継ぐ清一郎は、堅実ながら十年一日のごとく店を経営している父・仁兵衛《にへえ》の方針に不満を抱いていた。そんな時、おゆりから、植木屋では客が目録で商品を選び、為替《かわせ》手形で代金を受け取った後に飛脚《ひきゃく》で送る「飛脚売り」（現在の通信販売）が行われていると聞く。これを「升田屋」に取り入れることを思い付いた清一郎は、仁兵衛の反対を押し切り、やはり新事業に興味を持つ勝次を巻き込んで鳥かごの「飛脚売り」を始める。

技術や商売だけでなく、政治や芸術においても、頑《かたく》なに伝統を守っているだけでは、先細りする可能性がある。だが停滞を恐れ急激な改革や革新を行うと、その新しさやスピードに誰もついていけず、肝心の本業を傾けてしまう危険がある。実直な商売を主張する仁兵衛と、旧弊を打ち破りたい清一郎の対立は、伝統と革新のバランスはどうあるべきかを問いかけており、考えさせられる。

ここまでは仕事の悩みを描いた作品だったが、「ははたけよ丹頂《たんちょう》」は何をすべきか分からない人の自分さがしを描いている。この作品以降は、勝次に想いを寄せているひなた、そのひなたが好きな清一郎、耕太と相思相愛ながら、清一郎との結婚を望んでいる親の考えも知っているので迷うおゆりと、それまで遠景にあった複雑な恋愛模様が浮上していき、物語の重要な鍵《かぎ》になっていく。

子供の頃から絵が巧《うま》く、今も趣味で絵を描いているおゆりは、尾張《おわり》から来た本《ほん》草《ぞう》学者・関口月旦《せきぐちげったん》の写実的な植物の絵に衝撃を受ける。腕に覚えがあるおゆりは、月旦に師事すれば一廉《ひとかど》の絵師になれると思うが、結婚が娘の幸福と考える両親の言葉と、何より本当に自分に才能があるのか確信が持てず、迷い苦しむ。

「友がみなわれよりえらく見ゆる日よ／花を買ひ来て／妻としたしむ」（『一握《いちあく》の

砂《すな》』所収）と詠《よ》んだのは石川啄木《いしかわたくぼく》だが、この気持ちは誰もが経験しているのではないだろうか。それだけに、おゆりが着実に前へと進む幼馴染に抱く劣等感は、身につまされるものがある。玄斎の治療を受けている怪我《けが》で飛べなくなった丹頂鶴と、何をすべきかすら判然としないおゆりの心情が重なりあっていくので、その葛藤《かっとう》が強く印象に残る。おゆりが迫られる最大の選択は、現代と同じ結婚か、仕事かだけに、特に女性読者は共感が大きいように思える。

「鴨《かも》の風聞《ふうぶん》」と最終話「凜《りん》として大瑠璃」では、ひなたたちが「せせらぎ」存亡の機に立ち向かうことになる。ひなたの伯母《おば》は、鴨料理屋「布袋庵《ほていあん》」の女将《おかみ》にして、「せせらぎ」の頭取である善兵衛《ぜんべえ》の女房だが、「布袋庵」では「せせらぎ」で死んだ鳥を出しているという悪意ある風聞が流れ、両方とも客足が途絶えてしまった。そこでひなたたちは、写し絵（幻燈）のイベントを開き、まず子供たちの足を「せせらぎ」に向けさせようとする。外側の木箱を勝次と清一郎が、玻璃片（レンズ）と絵を描く硝子《ビードロ》板を耕太が受け持つなど、ひなたたちはそれぞれの得意分野で奮闘するが、次々とトラブルが起こる。これに風聞を流した犯人を捜すミステリの要素も加わるので、最後まで緊迫感ある展開が楽しめる。

終盤になると、若さゆえに視野狭窄《しやきょうさく》に陥《おちい》っていたり、自信過剰で慢心したり、自分に自信が持てなかったりしていた少年少女も、親や上司からの叱咤《しった》激励《げきれい》や仲間の助言に助けられ、絶望から抜け出したり、足元を固める重要性を痛感したり、たゆまぬ努力を続ける大切さを学ぶなどして成長していく。

勝次たちが閉塞感を打ち破り、新たな一歩を踏み出す最大の原動力は、将来の自分が、今の自分より優れた人間になっていたいという夢と希望である。だが現状を維持するだけで汲々《きゆうきゆう》としている現代人は、未来に夢や希望を持っているのか。厳しくも温かい大人たちに見守られながら、仕事の成功で自信をつける、反対に失敗を糧《かて》に新たな挑戦をするなどして、自分の進むべき道を見つけ鳥のように巣立っていく主人公たちの煌《きら》めきは、若い読者には夢を持つことの大切さを、大人には若者が夢を持てる社会を作ることの大切さを教えてくれるのである。

注・この作品は、平成二十七年九月祥伝社より四六判として刊行されたものです。

一〇〇字書評

花鳥茶屋せせらぎ

切・り・取・り・線

購買動機（新聞、雑誌名を記入するか、あるいは○をつけてください）

□（　　　　　　　　）の広告を見て	
□（　　　　　　　　）の書評を見て	
□ 知人のすすめで	□ タイトルに惹かれて
□ カバーが良かったから	□ 内容が面白そうだから
□ 好きな作家だから	□ 好きな分野の本だから

・最近、最も感銘を受けた作品名をお書き下さい

・あなたのお好きな作家名をお書き下さい

・その他、ご要望がありましたらお書き下さい

住所	〒				
氏名		職業		年齢	
Eメール	※携帯には配信できません	新刊情報等のメール配信を 希望する・しない			

この本の感想を、編集部までお寄せいただけたらありがたく存じます。今後の企画の参考にさせていただきます。Eメールでも結構です。

いただいた「一〇〇字書評」は、新聞・雑誌等に紹介させていただくことがあります。その場合はお礼として特製図書カードを差し上げます。

前ページの原稿用紙に書評をお書きの上、切り取り、左記までお送り下さい。宛先の住所は不要です。

なお、ご記入いただいたお名前、ご住所等は、書評紹介の事前了解、謝礼のお届けのためだけに利用し、そのほかの目的のために利用することはありません。

〒一〇一・八七〇一
祥伝社文庫編集長　坂口芳和
電話　〇三（三二六五）二〇八〇

祥伝社ホームページの「ブックレビュー」からも、書き込めます。
http://www.shodensha.co.jp/bookreview/

祥伝社文庫

花鳥茶屋《かちようぢやや》せせらぎ

平成30年6月20日　初版第1刷発行

著　者　志川節子《しがわせつこ》
発行者　辻　浩明
発行所　祥伝社《しようでんしや》
東京都千代田区神田神保町3-3
〒101-8701
電話　03（3265）2081（販売部）
電話　03（3265）2080（編集部）
電話　03（3265）3622（業務部）
http://www.shodensha.co.jp/

印刷所　図書印刷
製本所　図書印刷
カバーフォーマットデザイン　中原達治

 ISBN978-4-396-34431-3 C0193

〈祥伝社文庫　今月の新刊〉

島本理生
匿名者のためのスピカ
危険な元交際相手と消えた彼女を追って離島へ――。著者初の衝撃の恋愛サスペンス！

大崎　梢
空色の小鳥
亡き兄の隠し子を引き取った男の企みとは。家族にとって大事なものを問う、傑作長編！

安達　瑶
悪漢刑事《わるデカ》の遺言
地元企業の重役が瀕死の重傷を負った裏側に〝忖度〟と金の匂いを嗅ぎつけた佐脇は――

安東能明
彷徨《ほうこう》捜査　赤羽中央署生活安全課
赤羽に捨て置かれた四人の高齢者の身元を捜せ！　現代の病巣を描く、警察小説の白眉。

南　英男
新宿署特別強行犯係
新宿署に秘密裏に設置された、個性溢れる特別チーム。命を懸けて刑事殺しの闇を追う！

白河三兎
ふたえ
ひとりぼっちの修学旅行を巡る、二度読み必至の新感覚どんでん返し青春ミステリー。

梓林太郎
金沢　男川女川殺人事件
ふたつの川で時を隔てて起きた、不可解な殺人。茶屋次郎が、古都・金沢で謎に挑む！

志川節子
花鳥茶屋せせらぎ
初恋、友情、夢、仕事……幼馴染みの少年少女の巣立ちを瑞々しく描く、豊潤な時代小説。

喜安幸夫
闇奉行　押込み葬儀
八百屋の婆さんが消えた！　善良な民への悪行、許すまじ。奉行が裁けぬ悪を討て！

有馬美季子
はないちもんめ
やり手大女将・お紋、美人女将・お市、見習いのお花。女三代かしまし料理屋、繁盛中！

工藤堅太郎
斬り捨て御免　隠密同心・結城龍三郎
隠密同心・龍三郎が悪い奴らをぶった斬る！　役者が描く迫力の時代活劇、ここに開幕！

五十嵐佳子
わすれ落雁《らくがん》　読売屋お吉甘味帖
読売書きのお吉が救った、記憶を失くした少年――美しい菓子が親子の縁をたぐり寄せる。